THE QUEEN OF CRIME
繁體中文版
20週年
紀念珍藏

藍色列車之謎

阿嘉莎・克莉絲蒂——著

于雷——譯

The Mystery of the Blue Train

通俗是一種功力

吳念真（導演、作家）

通俗是一種功力。絕對自覺的通俗更是一種絕對的功力。

這樣的話從我這種俗氣的人的嘴巴說出來，大概很多人要笑破褲底了。不過，笑完之後請容我稍稍申訴。這申訴說得或許會比較長一點，以及，通俗一點。

小時候身材很爛，各種遊戲競爭完全任人宰割，唯一隱遁逃避的方法是躲起來看書或聽大人瞎掰。那年頭窮鄉僻壤的小孩能看的書不多，小學二年級時最喜歡的是超大本的《文壇》，老師借的。看著看著，某天老師發現我的造句竟出現：「捧著：朝陽捧著一臉笑顏為群山剪綵」這樣亂七八糟的文字，就拒絕再讓我看那些超齡的東西了。

老師的書不給看，我開始抓大人的書看。一種是厚得跟磚塊一樣的日文書，對我來說那完全是天書，但插圖好看，經常有限制級的素描。另一種書是比較薄的，通常藏得很嚴密，只是裡面有太多專有名詞、重複的單字和毫無限制的標點，比如「啊啊啊」、「……！！！」

老讓我百思不解。有一天，充滿求知欲地詢問大人竟然換來一巴掌後，那種閱讀的機會和樂趣也隨著消失了。

所幸這些閱讀的失落感，很快從大人的龍門陣中重新得到養分。講到這裡，我似乎先得跟一個村中長輩游條春先生致敬，並願他在天之靈安息。

我所成長的礦區，幾乎全是為著黃金而從四面八方擁至的冒險型人物，每人幾乎都有一段異於常人的傳奇故事。這些故事當事人說來未必精采，但一透過游條春先生的嘴巴重現，有時連當事人都聽得忘我，甚至涕泗縱橫，彷彿聽的是別人的故事。

條春伯沒當過日本兵，可是他可以綜合一堆台籍日本兵的遭遇，一如連續劇般從入伍、受訓、逃亡荒島，面對同鄉同袍的死亡，並取下他們的骨骸寄望帶回故鄉，乃至骨骸過多搞不清哪是誰的等等，讓聽的人完全隨他的敘述或悲或笑，彷彿跟他一起打了一場太平洋戰爭。此外他也可以把新聞事件說得讓一個三、四年級的小孩，到現在仍記得當時腦中被觸動的畫面。例如當年瑠公圳分屍案的凶手做案之後帶著小孩到安東街吃麵（這讓我一直以為台北的安東街是條專門賣麵的街道），還有甘迺迪總統被暗殺、賈桂琳抱住她先生、安全人員跳上飛快的車子保護賈桂琳……當然，這記憶全來自條春伯的嘴巴而不是報紙。我的記憶全是畫面，有畫面，是因為條春伯說得精采，說得有如親臨他至死都還搞不清地理位置的達拉斯命案現場。

於是這小孩長大後無條件地相信：通俗是一種功力，絕對自覺的通俗更是一種絕對的功力。透過那樣自覺的通俗傳播，即使連大字都不識一個的人，都能得到和高階閱讀者一樣的感動、快樂、共鳴，和所謂的知識、文化自然順暢的接軌。也許就是因為這些活生生的例子，俗氣的自己始終相信：講理念容易講故事難，講人人皆懂、皆能入迷的故事更難，而能隨時把這樣的故事講個不停的人，絕對值得立碑立傳。

條春伯嚴格地說是有自覺的轉述者，至於創作者，我的心目中有兩個。一個是日本導演山田洋次，一個是推理小說家阿嘉莎．克莉絲蒂。

山田洋次創造了寅次郎這個集合所有男人優點跟缺點的角色，在以《男人真命苦》為名的系列下，總共完成百部左右的電影。它們的敘述風格、開頭、結尾的方法不變，唯一改變的是故事，是時代，是遍歷日本小鄉小鎮的場景。數十年來，看《男人真命苦》幾已成為日本人每年的一種儀式，一如新春的神社參拜。

數十年前訪問過山田導演，他說，當他發現電影已然有它被期待的性格時，電影已經不是導演自己的。他說：當所有人都感動於美人魚的歌聲時，你願意為了讓她擁有跟你一樣的腳，而讓她失去人間少有的嗓音嗎？

人間少有的嗓音與動人的歌聲，都來自山田導演絕對自覺的通俗創造。

再如阿嘉莎．克莉絲蒂，如果我們光拿出她說過的故事和聽過她故事的人口數字，就足以嚇死你。五十多年的寫作生涯，她總共寫出六十六本長篇推理小說，外加一百多篇短篇小說和劇本。其中有二十六本推理小說被改編，拍了四十多部電影和電視劇集。作品被翻譯成一百零三種文字的版本，銷量超過二十億本。

夠了。你還想知道什麼？知道二十億本的意義是什麼嗎？二十億本的意義是全世界平均三個人就有一個人讀過她的書，聽過她說的故事。

說來巧合，她和山田洋次一樣，創造出個性鮮明的固定主角（當然，前前後後她弄出來好幾個），然後由他（或是她）帶引我們走進一個犯罪現場，追尋真正的罪犯。

故事就這樣？沒錯，應該說這是通常的架構。那你要我看什麼？不急，真的不急，克莉絲蒂會慢慢冒出一堆足夠讓你疑惑、驚嚇、意外，甚至滿足你的想像力、考驗你的耐心和智商的事件來。

推理小說不都是這樣嗎？你說得沒錯，大部分是這樣，不一樣的是……對了，她像條春伯，像山田洋次，她真會說，而且她用文字說。

文字的敘述可以讓全世界幾代的人「聽」得過癮、「聽」個不停，除了聖經，也許就是克莉絲蒂。她不是神，但她真的夠神。

數十年前，台灣剛剛出現她的推理系列中譯本，那時是我結婚前，常有同齡的文藝青年來我租住的地方借宿，瞄到我在看克莉絲蒂，表情詭異地說：「啊？你在看三毛促銷的這個喔？」

我只記得他抓了一本進廁所，清晨四點多，他敲開我的房門說：「幹，我實在很討厭那個白羅……再拿一本來看看，我跟你說真的，要不是你的書，我真的很想把那個矮儸壓到馬桶吃屎！」

我知道他毀了，愛吃又假客氣，撐著尊嚴騙自己。克莉絲蒂再度優雅地撕破一個高貴的知識份子的假面具，她的手法簡單，那手法叫通俗，絕對自覺的通俗，無與倫比、無法招架的功力。

昔日的文藝青年如今跟我一樣，已然老去，但不時還會看到他寫一些充滿理念和使命感極重的文章，在報紙和雜誌上出現。我知道他要說什麼，只是常常疑惑他想跟誰說；同樣，我記得他說過什麼，但轉眼間忘記他說了什麼。但請原諒我，幾十年前那個晚上，他在我家看完的那兩本克莉絲蒂的小說內容，我可還記得清清楚楚。

也許有一天再遇到他的時候，我會問他之後是否還看過克莉絲蒂其他的書，如果沒有，我會跟他說，想讀要趁早，因為你會老、會來不及。至於白羅那個矮儸，大概永遠不會消失。哦，對了，還有一個叫瑪波，你說不定會來不及認識……

老派偵探之必要

冬陽（推理評論人，台灣推理作家協會理事長）

「讀者非常喜歡白羅這個人物，表示『那個開朗的小個子，過氣的比利時名偵探』。顯然白羅是這本小說受歡迎的一個原因，雖然白羅可能不贊同用『過氣』二字來形容他。」知名編輯兼作家經紀人約翰．柯倫（John Curran）在《阿嘉莎．克莉絲蒂的秘密筆記》一書如是說，文中提到的「這本小說」，正是克莉絲蒂初試啼聲、名偵探赫丘勒．白羅優雅登場的《史岱爾莊謀殺案》，一部於一個世紀前出版的偵探推理作品。

百年光陰的淬鍊顯然證明了白羅絕無過氣的疲態，連帶讓我聯想起電影《金牌特務》（*Kingsman*）上映後，大眾熱議西裝如何能帥氣俊挺歷久不衰——或許可以從這個切入角度，在這裡跟老書迷、新讀友探究這個蛋頭翹鬍子偵探（我沒有影射哪款洋芋片食品喔）的魅力所在。

且讓我們話說從頭。

「我敢打賭你寫不出好的推理小說。」一九一六年，阿嘉莎．米勒（克莉絲蒂婚前的舊姓）在媽媽的打字機上敲擊，打算回應姐姐梅姫這挑釁的話語。她努力嘗試，但故事寫得不好，於是改從身旁熟悉的事物著手——比方說毒藥。阿嘉莎在藥房工作過，曾在某個夜裡驚醒，匆匆回到調劑室重新配置，因為她不記得有沒有漏做一個重要步驟，否則病患就要去見閻王了——噢，這似乎是個謀殺好點子。

阿嘉莎還記得姨婆對她的叮嚀：要注意他人覬覦她珍藏的首飾，時時留意是不是有人偷偷拉長了耳朵聽她們的竊竊私語。小阿嘉莎不但執行得徹底，還把這個習慣寫進小說裡。同時她還注意到，因為世界大戰爆發，家鄉托基湧入許多比利時難民，不如讓一個逃難到英國的比利時退休警官擔任偵探？一定很有趣！

啊，偵探小說顧名思義，只要塑造出一個教人印象深刻的偵探，大概就成功一半。這個人物必須要有特色、有個性，甚至是怪癖，而且聰明又自負。好幾個名字浮現在她腦海裡：莫里斯．盧布朗（Maurice Leblanc）筆下的怪盜紳士亞森．羅蘋、卡斯頓．勒胡（Gaston Leroux）創造的新聞記者胡爾達必，當然還有那最最知名的夏洛克．福爾摩斯——連帶創造一個華生型的助手好了。該怎麼安排呢……

於是，一位偵探的樣貌漸漸成形：五呎四吋的小個兒，蛋型臉上蓄著保養得宜、梳理有型的鬍子，衣著一塵不染，漆皮鞋擦得錚亮。他有嚴重的潔癖，說話不時夾雜法語，喜歡成雙成對的東西，喜歡方的不喜歡圓的（雞蛋為什麼不是方的呢？），口頭禪是「動動灰色的腦細胞」。阿嘉莎心想，他應該要有個像福爾摩斯一樣響亮的名字，取名「赫丘勒斯」怎麼樣？希臘神話中的大力士。姓氏叫白羅，不過搭赫丘勒斯這個名字好像不配……改一下，赫丘勒．白羅好像不錯？就這麼定了吧！

白羅很聰明，懂得觀察入微沒錯，但這並不表示他就得是台獨尊腦袋、缺乏情感的冰冷思考機器，尤其要在人物關係錯綜複雜的莊園宅邸查案追凶，交際手腕得高明些才行。他不是在謀殺發生、屍體出現後才開始像頭獵犬四處嗅聞，而是憑藉旺盛的好奇心與強烈的同理心接觸各種人事物，進而探入被害者、犯罪者、各個看似無辜但多少都和事件沾上邊的關係者的心靈深處，佐以現今稱作鑑識、法醫等等科學鐵證（哎，證據人人知道，可是要怎麼跟真相合理地連結到一塊，這就是名偵探的功力啦），讓原本叫人束手無策的事件得以畫下完美句點。也因此，白羅偶爾能預測進而制止罪案的發生，甚至對殘酷但值得憐憫的罪行網開一面，這樣才合乎人性不是嗎？

婚後以阿嘉莎．克莉絲蒂為名，推出《史岱爾莊謀殺案》後深獲好評，相隔六年的《羅傑艾克洛命案》更是引發街談巷議，而克莉絲蒂全球暢銷前十大作品中，還包括《東方快車謀殺案》、《尼羅河謀殺案》、《ABC謀殺案》、《藍色列車之謎》、《底牌》、《五隻小豬之歌》，合計八部皆由白羅擔綱演出。讀者不只喜愛這個聰明角色，還臣服於平實流暢的文筆及相對顯得衝突的複雜劇情，冷酷的謀殺動機隱藏在細膩的人際關係裡，穿透看似單純、帶點童話氣息的表象後，端賴名偵探明察秋毫、撥亂反正。尤其讓一個比利時人在英國土地上辦案，是克莉絲蒂的小心思，因為「英國人總是不信任外國人，也不相信睿智」（語出英國偵探俱樂部主席馬丁・愛德華茲〔Martin Edwards〕），讀者同凶手一樣輕忽不設防，卻也得到了參與鬥智競賽的意外驚奇和美好滿足。

這樣的閱讀感受，我稱之為「老派偵探之必要」，因為它純粹簡約，經得起反覆咀嚼，猶如前述的西裝革履，在潮流更迭的時間長河裡維持恆久的優雅風範——呼應吳念真先生寫在「策畫者的話」中的一段文字，那不是惺惺作態的高傲睥睨，而是「絕對自覺的通俗，無與倫比、無法招架的功力」所致。

不信？往下讀去就知道。而且我敢打賭，你有很高的比例會將整個白羅系列嗑完，然後是瑪波小姐系列以及其他系列，當然也不可能錯過像名列暢銷首位的《一個都不留》這類獨立之作……

註　克莉絲蒂推理全集一至三十八冊為「神探白羅系列」，三十九至五十二冊為「神探瑪波系列」，五十三至八十冊包含鬼豔先生、湯米與陶品絲、雷斯上校、巴鬥主任等名探故事。

獻詞

阿嘉莎．克莉絲蒂是世界讀者最眾，也最廣受喜愛的女作家。
身為克莉絲蒂的孫兒，我相信奶奶會非常樂見這次出版，
因為她極以自己作品中的趣味與娛樂為豪。
歡迎所有喜歡本系列的台灣新讀者參與這場饗宴！

——馬修．培察（Mathew Prichard）

01 白髮男子

時近子夜時分，有個人穿過協和廣場[1]。他雖然穿著貴重的毛皮大衣，還是不難看出他體弱多病、窮困潦倒。

這人生得一張老鼠臉，是那種會讓人家直覺無足輕重、不看在眼裡的人。然而，驟下這番結論的人，可能大錯特錯了。因為這名看似無用又不起眼的男子，在他生存的世界裡卻扮演著重要的角色，就算在鼠界，也稱得上是鼠王了。

即便在此深夜時分，仍有一位「特使」在等待他回返。但他有一件要事得先處理好——一件特使管不著的事。他的臉在月光下顯得蒼白而冷酷。細瘦微鉤的鼻梁透露著他的猶太血

1 協和廣場（Place de la Concorde），巴黎最大的廣場，位於塞納河右岸、城西北部。

統，他的父親是個祖籍波蘭的猶太人，是個領薪的裁縫師。完成這件要事一定能討他父親的歡心，因此他今晚才不辭辛苦地渡海而來。

他來到塞納河畔，穿過橋，跨入巴黎一個惡名昭彰的街區。他在一棟頹圮的大樓前稍停片刻，便直上四樓。沒等他伸手敲門，一個女人就把門打開了。這個女人顯然是在等這個男人的到來。她沒和他打什麼招呼，只是幫他脫掉了大衣，帶他走進了客廳，客廳的裝飾和擺設都很寒酸、俗氣。房內照明的電燈被罩上骯髒的粉紅色花綵，光線柔化了這個女人的臉龐，但仍掩蓋不了她一臉的濃妝豔抹；同樣的，那平板的蒙古人種臉廓也無不一目了然。這個女人名叫奧佳．德米羅夫。說到她的職業，那人們就不必有什麼懷疑了，就像不用懷疑她的國籍一樣。

「都辦妥了嗎，小寶貝？」

「都辦妥了，鮑瑞斯．伊萬諾維奇。」

他點了點頭，壓低了嗓門說：「我相信沒有人盯我的梢。」

但是他的聲音裡卻流露出緊張。他走到窗前，稍微把窗簾拉開，向樓下張望了一下。突然，他回過頭說道：「外面有兩個人，在對面的人行道上。這可能是……」

他煞然止住，咬起指甲來，這是他在緊張時常有的舉動。

俄國女孩安撫地搖搖頭。

「他們在你來之前就在那裡了……」

「還不是一樣，我看他們是在監視這棟大樓。」
「有可能。」她附和著說道。
「如果是這樣的話……」
「那又怎樣？就算他們真知道些什麼了，他們要監視的也不是你。」
男人的嘴上浮現出一絲冷酷的微笑。
「沒錯。」男人說道，「那倒是真的。」
他思慮了一兩分鐘，然後說道：「這個該死的美國佬真會保護自己。」
「這一點我相信。」
他又走到了窗前。
「難纏的客戶！」他嘟囔著，冷笑了一聲。「八成是警察局的老相識了，我猜。希望阿帕契兄弟馬到成功！」
奧佳．德米羅夫搖搖頭。
「如果那個美國佬像大家所說的那樣，那麼那兩個軟腳蝦絕不是他的對手。」她停了一下，「我在想……」
「什麼事？」
「沒什麼。今天晚上有個人走過這條街兩次，是一個白髮男人。」
「有什麼不對嗎？」

「哦，那個白髮男人走到那兩個人身邊時，掉了一隻手套在地上，其中一個人把手套撿起來，交還給那個白髮男人。真是老掉牙的手法。」

「你認為……這個白髮男人是那兩個傢伙的老闆嗎？」

「有點像。」

俄國佬有點吃驚和不安。

「你確定包裹還安全嗎？有沒有什麼人動過？外面在傳的話很多，傳得太厲害了。」

他又咬起了指甲。

「你自己判斷吧！」

她彎下腰把火爐裡的煤塊撥動了一下，從正中央的底下取出一個髒報紙包著的長方形包裹，遞給了他。

「真聰明！」他點頭稱許道。

「這棟房子已經被搜查了兩次，我的床墊都被割開了。」

「就像我說的，外面話傳得太多了。」他叨唸著，「不該在那裡討價還價的。」

他撕去了包裹外層的報紙，裡面是一個棕色包裹。他打開紙，看了一眼裡面的東西，又緊緊地包上了。這時一陣電鈴聲突然響起。

「美國佬準時來了。」

奧佳看了一下時鐘，走出房間。沒過多久她便領進了一個陌生人。他高個頭、寬肩膀，從外貌上一眼就可以看出是個美國人。美國人銳利的目光先是看了一眼女人，繼而又向男人掃了一眼。

「您是奎斯尼先生嗎？」美國佬客氣地問道。

「是的。」鮑瑞斯回答道，「很抱歉，必須勞駕您到這個奇怪的見面地點。但是，隱密是絕對必要的，我絕不能被人發現我和這件事有關。」

「是這樣嗎？」美國人很有禮貌地說道。

「您曾對我說過，這樁交易絕不外洩，是嗎？這是這樁買賣的重要條件。」

美國人點了一下頭。

「這方面我們已有共識。」他冷淡地說，「你現在能否把貨拿出來讓我看一下。」

「您的錢——現鈔——拿來了嗎？」

「是的。」對方回答道。

可是他顯然不想把錢亮出來。奎斯尼猶豫了一下，指指放在桌子上的紙包。

美國人打開紙包。他走到燈光下把裡面的東西細心查看了一會兒，似乎十分滿意。然後從口袋裡掏出一個厚厚的皮夾，拿出一疊鈔票交給那個俄國人，俄國人謹慎地數著鈔票。

「對嗎？」

「謝謝您，先生，數目完全正確。」

「好極了！」美國人說道。把紙包隨便放進自己的口袋裡，對奧佳鞠了一躬。「再見，小姐。再見奎斯尼先生。」

道別後，他便離開了房間，順手帶上房門。剩下的兩個人面面相覷了一會兒。

那男人用舌頭舔著乾燥的嘴唇說道：「我在想，他回不回得了下榻的飯店呢？」

兩人不約而同地望向窗外。這時那個美國人正好走到街尾。他向左轉後，便頭也不回地向前大步邁去。同時有兩個人影從某個門廊冒了出來，悄悄地跟上了他。跟蹤者和被跟蹤者都消失在漆黑的夜幕中。

奧佳說道：「他一定會安全抵達。你不用替他擔心……或滿懷希望了。」

「為什麼你認為他一定會安全抵達？」奎斯尼問道。

「如果一個人能賺得了那麼多錢，那他絕不是傻瓜。」奧佳說，「說到錢……」她意味深長地看著奎斯尼。

「嗯？」

「我的那一份，鮑瑞斯・伊萬諾維奇。」

他有點不情願地給了她兩張鈔票。她面無表情地點頭謝了他，把錢塞進長襪裡。

「很好。」她滿意地說道。

他好奇地看著奧佳。

「你不後悔嗎，奧佳？」

「後悔？為什麼要後悔？」

「放掉手上那些東西。女人，我相信大多數女人對這種東西都愛得發狂。」

她點點頭。

「你說得對。很多女人都會如此，可是我不會。不過我懷疑……」她停了下來。

「什麼事？」奎斯尼好奇問道。

「那個美國人現在是安然無事，是的，我敢確定。可是以後……」

「哦，你在想什麼？」

「他一定會把那東西送給某個女人。」奧佳遐想道：「然後會發生什麼事呢……」

她煩躁地搖搖頭，又走到窗前，突然喊了一聲，叫喚她的同伴。

「你看！他又出現在街上了……就是我提過的那個人。」

他們兩人同時向下望去，只見一個身材修長、姿態優雅的男人悠閒地從街上走過。他頭戴一頂圓帽，穿著大衣。在路燈照耀下，可以清楚地看到他那頭濃密的白髮。

02 侯爵先生

白髮男人不慌不忙地只顧走路，對周圍的一切似乎全不放在心上。他向右跨進一條巷子，又左拐了一個彎來到了另一條大街上，嘴裡還哼著歌曲。

突然他收住腳步，專心聽著。他聽到一種聲響，這聲響有點像輪胎爆胎，又有點像……槍聲。他的嘴角突然出現一絲怪異的微笑，然後又繼續漫行。轉過街角，他看到了一個熱鬧的場面：有個警察在筆記本上記錄著什麼，還有一兩個圍觀的路人。白髮男人向其中一人打聽情況。

「發生了什麼事？」

「有兩個流氓襲擊了一個美國人。」

「那個美國人受傷了嗎？」

「倒沒有。」回話的人淡淡一笑。「那個美國人口袋裡有一支左輪手槍。那兩個流氓還沒來得及下手，美國人就朝他們身旁開了槍。那兩個傢伙馬上嚇跑了。警察嘛，和往常一樣，總是來遲一步。」

「噢。」白髮男人說道，無甚反應。

他泰然自若地繼續趕路。過了塞納河，進入本市的高級地段，大約二十分鐘後，他停步在華麗街道上的一棟建築物前。

就一家商店而言，這家店鋪可謂十分低調質樸。主人帕波波魯斯博士是個極有名望的古玩商人，所以並不需要什麼廣告招攬生意。他的生意也很少在商店的櫃檯上成交。帕波波魯斯有一幢可眺望香榭麗舍區的漂亮豪宅，照理說這種時候他人應該在那裡，而不是在他做生意的地方。但是白髮男人自信滿滿地按了目標不明顯的電鈴，一邊四處張望無人的街道。

他的自信確非無由，大門開了，一個戴著金耳環的黝黑男子站在門口。

「晚安！」白髮男人說，「你家主人在裡面嗎？」

「主人在裡面。可是這個時候他不見臨時訪客。」男子咆哮道。

「我想他會見我的。請告訴他，他的朋友『侯爵』來了。」

男子把門開大了一點，請他進來。

這位自稱是「侯爵先生」的男人，剛才說話的時候用手捂著臉。但等男僕回來告訴他帕波波魯斯先生很高興接見他時，他的臉龐已罩上了黑綢面紗，不知是僕人太缺乏觀察力，還是平常訓練有素使然，他對客人的變裝並不感到訝異。他領著白髮男人走到廳廊盡頭，開了門，有禮貌說道：「侯爵先生到。」

起身迎接這陌生訪客的是一位儀表堂堂的男士。

帕波波魯斯有種莊嚴慈祥的氣質。飽滿的額頭，一把雪白優雅的鬍鬚，舉止宛若神職人員般親切。

「歡迎，親愛的朋友！」帕波波魯斯說道。他說起了法語，聲調嘹亮溫潤。

「抱歉！」侯爵說，「這麼晚了還來打擾您。」

「一點也不晚，一點也不晚！」帕波波魯斯說，「不如說是個有意思的晚間時段。您或許也度過了一個美麗良宵。」

「我個人是沒有。」侯爵道。

「您個人是沒有，是，是，您當然沒有了。有什麼新消息嗎，呃？」

他斜斜掃視侯爵一眼，已不見一絲慈祥或親切。

「沒有新的消息。襲擊失敗了，這是意料中事。」

「這樣啊。」帕波波魯斯說，「任何粗暴……」

帕波波魯斯搖搖手，表示他對任何粗暴行為的強烈輕蔑。事實上，帕波波魯斯本人也好，經手的貨色也好，絕不沾一點粗莽的氣息。他在歐洲皇室圈中極富盛名，國王們都友好地稱他是「德米崔斯」。他一向以行事謹慎著稱，加之他貴族的身分，遂使他輕而易舉地解決了許多麻煩。

「直接的進攻，有時可能成功，但機率很小。」古玩商搖著頭說道。

侯爵聳聳肩。

「但節省時間，」他說，「失敗了也沒損失——幾乎沒損失。我還有一個計畫，絕不會失敗。」

「哦？」帕波波魯斯眼神銳利地看著他。

侯爵則緩緩地點了頭。

「我對您完全信任，您有……很好的聲望。」古玩商說道。

侯爵先生輕輕一笑。

「我向您保證，」他喃喃地說，「我一定不會辜負您的信賴。」

「您有很多特別的門路。」帕波波魯斯說道，語調充滿了羨慕。

「我一定會順利完成。」侯爵道。

侯爵起身穿上剛剛隨意拋到椅背上的大衣。

「我會透過平時的管道和您保持聯繫，但您這邊的安排可別出了差錯。」

帕波波魯斯有些不悅。

「我安排的事從來不曾出過差錯。」他抱怨道。

侯爵淡淡一笑，沒再說什麼告別的話就離開了，並順手關上門。

帕波波魯斯在原地沉思了一會兒，伸手摸了一下他尊貴的白鬚，隨即移步到另外一扇內開方向的房門前。當他轉動門把時，一個貼在門鎖上偷聽的年輕女郎一頭栽進房內。帕波波魯斯既不訝異，也不在意。

「如何呀，齊婭？」他問道。

「我沒聽到他走了。」齊婭解釋道。

她是個俏麗的年輕小姐，有一雙明亮的黑眼睛，高高的個子和帕波波魯斯味道十分相像，很容易看出他們是父女。

「真討厭，」她仍舊惱怒不已。「從鑰匙孔裡就是不能聽、看都兼顧。」

「這確實是令人討厭的事。」帕波波魯斯故作天真地說道。

「他就是侯爵先生？」齊婭緩緩說道，「他總是戴著面紗嗎，爸爸？」

「是的。」

「是關於寶石的事吧，我猜？」齊婭問道。

她的父親點了點頭。

「你覺得他怎麼樣，小寶貝。」他黑眼中有種促狹的意味。

「你是說侯爵先生嗎？」

「當然啦！」

「依我看，」齊婭緩慢地說，「很難找到一個法文講得如此流利的上流英國人士。」

「噢，你這麼認為？」

一如平常，他沒說出自己的看法，但向女兒投以肯定的目光。

「還有，他的頭型好怪啊。」齊婭說道。

「是笨重吧，」她父親說，「笨重了一點，那是戴上假髮的效果。」

父女倆會心地相視一笑。

03 火心寶石

魯佛斯・范奧丁走進倫敦薩伏旅館的旋轉門，邁向服務台。服務人員彬彬有禮地上前向他問候。

「很高興您回來了，范奧丁先生。」

這位美國百萬富翁毫不在意地點了一下頭。

「沒什麼事吧？」他問道。

「是的，先生。奈頓少校正在樓上您的房間裡等候您。」

范奧丁又點點頭。

「有我的信嗎？」

「都送到樓上去了，范奧丁先生。噢，對不起，請您等一下。」

他在一大堆信件中又挑出了一封。

「這是剛才來的信。」他解釋道。

魯佛斯．范奧丁把信接過來。當他看到信上那流暢的女人字跡時，他的臉色突然變了，嚴峻的輪廓頓時軟化，唇邊緊繃的線條明顯放鬆。他拿著信上了樓，臉上仍帶著微笑。

在他房間的客廳裡，有一個年輕男子正坐在桌旁俐落而從容地將文件分類。看見范奧丁進來，他立即站起身。

「哈羅，奈頓！」

「很高興您又回到倫敦了，先生。在巴黎過得好嗎？」

「馬馬虎虎。」這位百萬富翁興致索然地說。「現在的巴黎已經不算什麼了。不過，我還是拿到我要的東西了。」他冷笑道。

「您一向如此。」他的祕書說道，臉上堆著笑容。

「那倒是。」百萬富翁，一副理所當然、人盡皆知的態度。

他脫下厚重的大衣，走近了書桌。

「有什麼要緊的信件嗎？」

「沒什麼。都只是些例行信函，我還沒做好分類。」

范奧丁點了一下頭。他是一個不輕易稱讚和責備別人的人，任用部屬的方式也很簡單，先試用一段時間，然後毫不猶豫地辭去缺乏效率的人。在選擇下屬時，他也有自己獨特的方式。就拿奈頓來說，他是范奧丁兩個月前在瑞士的一個休養所裡認識的。他調查過這個人，找過他的戰時記錄，所以知道他瘸腿的原因。當時奈頓也不避諱地說自己正在找工作，並怯怯地請范奧丁幫他忙。想著想著，范奧丁嘴邊浮起一絲冷笑，他還記得，當這個年輕人聽到范奧丁竟錄用他當自己的私人祕書時，他驚訝得幾乎說不出話來。

「但是……但是我沒有做生意的經驗。」當時奈頓有點兒口吃地說道。

「這不要緊。」范奧丁回答道，「我有其他三個私人祕書處理生意上的事。由於我可能要去英國待上六個月，所以需要一個熟門熟路的英國人，幫我料理社交方面的事。」

而到現在為止，范奧丁對自己的選擇並不後悔。奈頓很聰明，反應敏捷，人也很可愛。

祕書指著書桌上的三、四封信。

「這幾封信您最好親自過目，先生，」奈頓說，「最上面那封是有關寇頓的合約——」

可是，范奧丁舉起手打斷他。

「今天晚上我絕不看這些鬼東西一眼，明天再看。但這一封可要另當別論了。」

范奧丁看著手裡的那封信，臉上又浮現了笑容，完全是另一種表情。

理查．奈頓了然於心地微笑著。

「是凱特林女士來的信嗎？」他喃喃地說，「她昨天和今天都給您打過電話，好像急著想馬上見您。」

「真的嗎？」

笑容馬上從百萬富翁的臉上消失。他拆開手中的信封，掏出信裡面的信紙。愈讀他臉色愈陰沉，嘴角上又出現了華爾街人都熟悉的嚴肅線條，且緊鎖起眉頭。奈頓知趣地轉過身去，繼續將文件分門別類。百萬富翁爆出一聲詛咒，緊握起拳頭猛擊桌面。

「我再也不能忍受下去了！」他喃喃地說，「可憐的女兒！幸好她還有老爸當靠山。」

范奧丁在房間裡踱來踱去，雙眉緊皺，奈頓仍在書桌前忙著。突然范奧丁收住了腳步，順手拿起他進屋時扔到座椅上的大衣。

「您還要出去嗎，先生？」

「是的，我要到我女兒那裡去。」

「如果寇頓那裡的人來電話……」

「你叫他見鬼去！」范奧丁怒道。

「是！」祕書面無表情地回答說。

范奧丁穿起大衣，把帽子扣在頭上，朝門口走去，他握著門把時回頭說道：「你是個聰明的人，奈頓，每次我發火時，你都不會來煩擾我。」

奈頓微笑了一下，沒有作聲。

「魯絲是我唯一的孩子。」范奧丁說，「不會有人了解她對我的意義。」

他臉上湧上一絲笑容，把手伸進口袋。

「要不要看件東西，奈頓？」

范奧丁轉身走向祕書，從口袋裡掏出一個棕色紙包。他把外面那層紙撕掉後露出一個大而寒酸的絨布紅盒，盒蓋中央繡著幾個扭曲的字母，上面是一頂皇冠。他「啪」的打開盒子，奈頓瞬時屏住了呼吸。在微髒的白色襯布上，有幾顆血紅的寶石閃閃發光。

「我的天啊！先生。」奈頓驚叫著，「這是……這是真品嗎？」

范奧丁大笑起來。

「你會這麼問我並不意外。在這些寶石裡有三顆世界上最大的寶石，俄羅斯女皇凱撒琳大帝[2]戴過。中間那顆就是名聲響噹噹的『火心寶石』，它簡直是完美無缺，上面一點瑕疵也沒有。」

「但是，」祕書說，「它們一定價值連城吧？」

「可能值四十萬到五十萬美元。」范奧丁冷靜說道，「部分是因為它具有歷史價值。」

「而您竟然把它們隨便裝在口袋裡帶來帶去？」

范奧丁愉快笑了笑。

「是呀。這是我送給魯絲的一點小禮物。」

祕書謹慎地一笑。

「現在我知道為什麼凱特林夫人在電話裡那麼心急了。」

范奧丁搖了搖頭，神色又嚴肅起來。

「你弄錯了。」他說，「她還不知道這件事。我想給她一個驚喜！」他把盒子蓋上，慢慢地包好。「真的很不容易，奈頓，」他說，「我們能為所愛的人做的事實在太少了。如果對她有用的話，我甚至可以為她買下半個世界，但是沒有這個必要。我可以把這件東西戴在她的頸子上，給她短暫的快樂，但是……」他又搖了一下頭。「如果一個女人的婚姻不幸……」

范奧丁沒把話說完。祕書慎重地點著頭。他太了解人們對德瑞克．凱特林的評價了。范奧丁嘆了口氣，再次把東西放進口袋裡，向祕書點點頭便離開了。

2 凱撒琳大帝（Catherine the Great, 1729-1796），俄羅斯史上在位時間最長的君王。

04 魯絲・凱特林

德瑞克・凱特林夫人住在古爾松大街。僕人開了門，一看是范奧丁就立即讓他進去，並對百萬富翁恭敬地微微一笑。他領著百萬富翁上樓，步進一間寬敞的雙併客廳。一個女人正坐在窗邊，一看到他，便叫了起來。

「我好高興啊，爸爸，你回來了！我打了一整天的電話要找你，可是奈頓就是無法確定你回國的時間。」

魯絲・凱特林今年二十八歲，雖不是美若天仙，甚至稱不上真正的漂亮，但是身上的髮膚顏色卻很吸引人。范奧丁在年輕時被人形容為「紅蘿蔔加生薑」，而魯絲的頭髮則是純金棕色，還有黑色的眼睛、烏黑的睫毛……這倒看得出是化妝的效果。她身材修長，體態優美，不經意看去，還真像拉斐爾筆下的聖母瑪利亞。如果仔細端詳就會發現她下巴的線條和父親酷似，代表著冷酷和堅毅的特性。

這樣的特質適合男人，但對女人來說，可就不太妙了。

魯絲．范奧丁從小就懂得堅持己見，假如有人敢於跟她唱反調，那他很快就會了解，范奧丁的女兒也是從不屈服的。

「奈頓告訴我說，你打過電話給他。我半小時前才剛從巴黎回來，德瑞克又有什麼新花樣了？」

魯絲的面頰由於憤怒而出現紅暈。

「簡直太不像話，太過分了！」她叫道，「我的話他一句也不聽。」她語帶慌張與憤怒。

「那他得聽我的了。」百萬富翁冷冷地說道。

魯絲繼續說：「我有一個多月沒見到他了。他和那個女人整天到處鬼混。」

「哪個女人？」

「叫作米蕾兒，帕森農飯店的舞伶。」

范奧丁點了一下頭。

「上星期我到萊康柏瑞去，我……我把事情告訴萊康柏瑞爵士。」魯絲說，「他對我相當親切，完全站在我這邊。他說他一定會好好說說德瑞克的。」

「噢。」范奧丁嘆道。

「你那聲『噢』是什麼意思啊，爸爸？」

「就是你想的那樣。老萊康柏瑞爵士已經不行了，他當然同情你，當然會安慰你。他讓自己的兒子兼繼承人娶了美國大富翁的千金，自然不希望你們分手，但是人人都知道，他已經是一隻腳踏進棺材的人了，怎麼說得動德瑞克？」

「爸爸，你能幫上忙嗎？」一兩分鐘後，魯絲懇求道。

「也許可以。」百萬富翁說。他思索了片刻繼續說，「我可以採取許多手段，但只有一個辦法能真正幫助你。魯絲，你有勇氣嗎？」

魯絲凝視著父親，范奧丁向女兒點了點頭。

「你是否有勇氣公開承認自己犯了一個錯誤？擺脫麻煩的辦法只有一個，就是和過去一刀兩斷，開始新的生活吧！」

「你是說……」

「離婚。」

「離婚！」

范奧丁微笑了。

「魯絲，你說出這兩個字的樣子，好像是第一次聽到這個字眼似的。可是你身邊每天都有朋友離婚啊。」

「這我知道。可是……」

魯絲的話停在舌間。她咬緊了嘴唇。父親看了她一眼，投以理解的目光。

「我知道，魯絲，你和我一樣，凡事無法甘心放手。但我學到教訓了，你也應該學會理解，有時它真是唯一的一條路了。我或許能把德瑞克叫回你身邊，但到最後，結果還是一樣。他是個無藥可救的人，墮落到底了。我經常責備自己，為什麼當初會讓你嫁給他。可是你當時非他不嫁，而且他看來也有心改頭換面。何況，我以前阻撓過你一次，寶貝……」

說最後一句話時，他沒看著女兒，否則他會發現魯絲的面頰瞬間變了顏色。

「你是！」魯絲．凱特林的聲音很冷酷。

「我太心軟了，不忍心再一次反對你。如果當時我再狠一下心該多好！這幾年你過得太痛苦了。」

「的確是不大……愉快。」魯絲說。

「所以我說一定要結束。」他拍了一下桌子。「你可能對他還抱著希望，但是，斷念吧，面對事實，德瑞克是為了錢才和你結婚的。事情就是這樣，放棄他吧，魯絲。」

魯絲盯著地板許久，然後低著頭說道：「可是，如果他不同意呢？」

范奧丁迷惑不解地看著她。

「這件事他無權置喙。」

魯絲脹紅了臉，緊咬著嘴唇。

「是，是，當然，我只是覺得……」

她欲言又止，她父親敏感地看著她。

「你覺得什麼？」

「我是說……」她小心地選擇適當的字眼。「他可能不會善罷甘休。」

百萬富翁重聲吼道：「你是說他會訴諸法律？只要他敢！但是你這麼想就錯了。任何一個律師都會告訴他，他是毫無勝算的。」

「你不認為他會……」魯絲猶豫不決。「我是說，為了折磨我而……嗯，製造出許多麻煩？」

父親看著女兒，十分不解。

「你是說訴諸法律嗎？」他搖搖頭。「可能性不大。你知道，他得掌握了什麼籌碼才有可能。」

魯絲沒有回答。范奧丁敏銳地看了女兒一眼。

「來，魯絲，說出來吧！你一定有什麼煩惱，是什麼事？」

「沒有，沒什麼。」但是魯絲的聲音很不堅定。

「你是怕人家會說話嗎？是不是？這你讓我來處理好了。我會讓事情不著痕跡地過去，不會有一點閒言閒語。」

「那好吧，如果你認為那是最好的解決方式。」

「你是不是還對他抱有希望？」

「不！」

魯絲的聲音很堅決，范奧丁感到滿意。他親暱地拍著女兒的肩膀。

「乖女兒，一切都會很順利的！你不用擔心。現在先別管這件事了。我從巴黎給你帶了一點禮物。」

「給我的？是很棒的東西嗎？」

「希望你會喜歡它。」范奧丁微笑著說道。

他從口袋裡掏出那個紙包遞給她。魯絲急切地撕去包裝紙，打開盒子。「啊！」她發出一聲長長的驚叫。魯絲一向喜歡寶石。

「爸爸，好……好美啊！」

「在水準以上，是不是。」百萬富翁滿意地說道，「你喜歡嗎？」

「喜歡？爸，這簡直是人間至寶！你是怎麼弄到手的？」

范奧丁微微一笑。

「這是我的祕密。當然，交易得私下進行。這些寶石非常名貴。你看到中間那顆大寶石了嗎？你可能聽說過它，這是歷史上著名的『火心寶石』。」

「火心寶石！」魯絲重複道。

她從盒子裡取出寶石，貼在胸前。百萬富翁看著自己的女兒，想到所有戴過這顆寶石的女人們，想到因它所引起的一切悲痛、絕望和嫉妒。如同一切有名的寶石一樣，「火心寶石」的背後留下了一連串的悲劇和血腥歷史。

然而這些寶石握在魯絲·凱特林的手裡似乎失去了原有的邪惡力量。這個西方女子冷靜、堅定的姿態似乎能抗拒一切的悲劇和怨妒。

魯絲把寶石放回盒裡，然後跳起來，摟住了父親的脖子。

「謝謝你，謝謝你，謝謝你，爸爸！這個禮物太棒了。你總是送給我最美妙的禮物。」

「沒什麼。」范奧丁拍拍她的肩膀說，「你知道，你就是我的一切，小魯絲。」

「你要不要在這裡吃晚飯，爸爸？」

「不了。你是不是要出去？」

「是呀，但可以推掉，沒有什麼特別的事。」

「不，」范奧丁說，「你儘管去吧，我有一堆事要做。明天見，親愛的。也許明天我再打電話給你，我們在卡布斯那裡碰面。」

卡布斯法律事務所。卡布斯是范奧丁在倫敦的法律顧問。

「好吧，爸爸。」她猶豫了一下。「這件事不會礙到我去里維拉[3]旅行的事吧？」

「你什麼時候去？」

「十四日。」

「沒問題。這些事得從長計議。另外，魯絲，我要是你的話，我不會把那些寶石帶出國的。你最好把寶石存到銀行裡。」

魯絲點了一下頭。

「我可不想因為這顆『火心寶石』，而使你遭人搶劫或被殺。」百萬富翁開玩笑地說道。

「可是你卻把寶石帶在口袋裡到處走。」女兒笑著說道。

「的確——」

某種感覺，某種猶豫，引起她的注意。

「怎麼了，爸爸？」

「沒什麼，」他笑了，「我只是想起了在巴黎的一次小小冒險。」

「冒險？」

「是的，就是我買這些東西的那個晚上。」他指著那個寶石盒子說道。

「說給我聽，爸爸！」

「沒什麼特別的，魯絲。有兩個惡棍想要無賴，我向他們開了槍，他們就跑掉了。就這樣。」

她頗感驕傲地看著他。

「你是條鐵漢，爸爸！」

「你說得很對。」

他親熱地吻了女兒一下就走了。

3 里維拉（Riviera），法國東南部及義大利西北部的海濱地區，瀕臨地中海，以風光旖旎著稱。

回到旅館後，他對奈頓簡短指示道：「你去把一個叫格比的人找來。我的筆記本裡有他的地址，叫他明天早上九點半到這裡來。」

「是的，先生。」

「我還想見見凱特林先生，天涯海角你也要逮到他！他可能在他的俱樂部裡，無論如何，找到他，安排我們明天早上在這裡見個面，最好晚一點，大概十二點左右，這種人是晚起的鳥。」

祕書全然了解點了點頭。說完范奧丁就隨祕書打點了。當他躺進浴缸時，想起了和女兒的談話。結局還算讓他滿意。他早就看出離婚是使女兒擺脫困境的唯一辦法。女兒比預期容易地表示同意了，但除了她答應得有點勉強，還有其他事他覺得不對勁：魯絲的態度很不尋常。他緊鎖起眉頭。

「可能是我的錯覺，」他嘟囔著說，「但是，她一定有什麼事瞞著我。」

05 打聽專家

奈頓進屋的時候，范奧丁剛剛吃完他固定的簡單早餐：咖啡和酸葡萄酒。

「格比先生在樓下等著見您，先生。」

百萬富翁看了一下鐘，正好是九點半。

「好，」他扼要地說，「讓他上來。」

一兩分鐘後格比先生走進房間來。他是個矮小的老頭子，穿戴很寒酸，兩隻眼睛好奇地打量著房子裡的一切，就是不看和他談話的對方。

「早安，格比！」百萬富翁說，「請坐。」

「謝謝，范奧丁先生。」

格比坐下，雙手放在膝蓋上，兩眼死盯著壁爐。

「我給你找了一樁生意。」

「哦，范奧丁先生？」

「你可能知道，我女兒嫁了德瑞克．凱特林。」

格比的目光轉向左半邊書桌的抽屜，臉上露出了一絲反對的微笑。格比知道很多事，但他不喜歡承認這一點。

「基於我的建議，我女兒將對我女婿提出離婚。當然，這是律師的事。但由於某些私人的理由，我希望得到與此事有關且完整的詳細資料。」

格比仰望一下天花板，嘟囔了一句：「凱特林先生的事？」

「凱特林先生的事。」

「好吧，先生。」

格比站起身來。

「什麼時候聽你的消息？」

「事情很急迫嗎，先生？」

「我的事一向都很急迫。」百萬富翁回答道。

格比望著壁爐，會心地一笑。

「那就說今天下午兩點如何，先生？」

「太好了，」百萬富翁欣然同意。「再見，格比。」

「再見，范奧丁先生。」

「一個非常能幹的人。」當格比走出房間，祕書走進來時，百萬富翁說，「他是這一行的專家。」

「哪一行？」

「探聽情報。你給他二十四小時，他可以把坎特伯里大主教的私生活統統告訴你。」

「的確是個能幹的傢伙。」奈頓微笑地說道。

「他已經幫我服務過一兩次了。」他說，「好了，我們開始工作吧，奈頓。」

之後幾個小時他們完全忙於工作。十二點半，電話鈴聲響起，是通知凱特林先生到來的電話。奈頓看到范奧丁點了一下頭，便在電話裡回說：「請凱特林先生上樓來。」

祕書把文件整理一下，離開了房間。他在門口碰上了德瑞克，德瑞克．凱特林閃身讓了一下路，然後走進房間，關上門。

「早啊，岳父大人。我聽說您急著找我？」

他那副無所謂、嘲弄的口吻又喚起范奧丁的記憶。那聲音透著一股魅力，永遠透著那股魅力。范奧丁死盯著他的女婿。德瑞克．凱特林是個身材勻稱的年輕人，臉龐很窄，皮色微黑。雖然已經是三十四歲的人了，但看上去還很年輕。

「進來，」范奧丁簡短地說，「坐吧！」

凱特林坐進一張扶椅，望著他的岳父，一臉無謂的嬉笑神態。

「很久沒見您了，先生。」他愉快地說著，「差不多兩年了。您見過魯絲了嗎？」

「昨天晚上見過了。」范奧丁答道。

「她看來還不錯，是嗎？」凱特林語帶輕鬆。

「我不知道你還挪得出時間觀察她。」范奧丁乾澀地說道。

德瑞克．凱特林揚起了眉頭。

「噢，我們有時候會在同一個夜總會裡碰到面。」

「我沒有興致跟你多費口舌。我勸魯絲訴請離婚。」

德瑞克．凱特林動也沒動一下。

「多殘酷啊！」他嘟囔道，「您介意我抽根菸嗎，岳父大人？」

德瑞克．凱特林點著一根香菸，吸了一大口菸，然後懶洋洋地說道：「魯絲怎麼說？」

「魯絲決定接受我的建議。」

「真的嗎？」

「你沒有別的話說嗎？」范奧丁嚴肅地問道。

凱特林彈掉菸灰，無動於衷地說：「我認為她犯了一個很大的錯誤。」

「站在你的立場當然是這樣。」范奧丁冷冷地說道。

「哦，別這樣說，我們不要意氣用事嘛。我現在真的不是為自己著想，我是考慮到魯絲。你知道我那可憐的老爸也活不了多久了，所有的醫生都這麼說。如果魯絲再等一兩年，那時我就會成為萊康柏瑞爵士，她就會成為萊康柏瑞宮的女主人。這也正是她和我結婚的主要原因。」

「我已經聽夠了你那些無恥的混話。」范奧丁咆哮道。

德瑞克．凱特林微笑一下，一動也不動。

「你說得對，這確實是個愚蠢的念頭。如今貴族頭銜算什麼呢？但是，我們畢竟是英國的古老家族。如果我們離婚後，有一天魯絲發現我又娶了另一位女人，萊康柏瑞爵士夫人也換別人做去了，她可是會氣得跳腳呢！」

「我很嚴肅地在跟你談，年輕人！」范奧丁提醒道。

「我也是呀，我也很嚴肅。在經濟方面，我可以說已經到了捉襟見肘的程度。如果魯絲離開我，那我就山窮水盡了。畢竟魯絲已經忍受了十年，為什麼不能再等一陣子呢？我實話實說，我老爸最多也只能活十八個月了。如果最後她沒有達到嫁給我的目的，就像我剛才說的，那可真是太遺憾了。」

「你認為我女兒是為了你的頭銜和社會地位才和你結婚的嗎？」

德瑞克．凱特林狂笑起來，笑聲極為刺耳。

「您不會以為我們是為愛而結合的吧？」

「我只知道，」范奧丁慢慢地說，「十年前你在巴黎說的可是另一套。」

「是嗎？或許吧。魯絲當時非常漂亮，就像個從教堂聖龕下凡的天使或聖徒。我當時真是異想天開，妄想改頭換面，安定下來，和一個深愛我的漂亮妻子遵循英國理想家庭的模式度過一生。」他又是猙獰地一笑。「但是，這一點您是不會相信的，對嗎？」他說。

「我很清楚你和魯絲結婚只是為了她的錢。」范奧丁平靜地說道。

「那她跟我結婚就是為了愛嗎？」對方嘲笑地說道。

「當然。」范奧丁回答。

德瑞克．凱特林凝視了對方一兩分鐘，然後若有所思地點點頭。

「我看你是真的相信，」凱特林說，「當時我也相信，可是我跟你老實說，親愛的岳父，我很快就清醒了。」

「我不知道你想說什麼，」范奧丁說，「不過我也沒興趣了解。我只知道你對魯絲太過分了。」

「這我承認。」凱特林滿不在乎地說道，「可是，她實在太強硬了。她是你的女兒，在她柔弱甜美的外表下，其實是一副鐵石心腸。人家早告訴過我，你一直是個無情的人，可是魯絲比你更無情，你除了自己之外至少還愛著另一個人，可是魯絲卻永遠不可能。」

「夠了，」范奧丁說，「我叫你來是為了開誠布公地說明我的意圖。我女兒有要求幸福的權利。還有，不要忘記，她有我撐腰。」

德瑞克．凱特林站起身，走到壁爐旁，把菸頭扔到火裡，然後聲調十分沉靜地說：「說明白點，你到底要怎樣？」

「我要說的是，」范奧丁回答說，「你最好不要對離婚提出反對意見。」

「啊，原來如此。」凱特林說，「這是威脅嗎？」

「隨便你怎麼解釋！」范奧丁說道。

凱特林把椅子搬到桌前，坐在百萬富翁的對面。

「要是……只是假設……我不同意離婚呢？」他輕聲說道。

范奧丁聳了一下肩膀。

「你根本沒那個條件，你這個笨蛋。問問你的律師吧，他們會告訴你事實。你在倫敦早已是惡名昭彰了。」

「魯絲一直在跟我吵米蕾兒的事。看她有多傻，我可沒過問她和她『朋友』的事。」

「你這是什麼意思？」范奧丁尖銳地問道。

德瑞克．凱特林大笑了一聲。

「看來，你什麼都不知道。」他說，「你啊，太先入為主了。也難怪啦！」

他拿起帽子和手杖走到門口。

「我向來不適合給人忠告，」他丟下最後一句話。「但是在這種情況下，我倒是願意勸勸你們，父女之間應該坦誠相告。」

話才說完，他就消失在門口，門隨後關上。范奧丁被激怒得跳了起來。

「他到底在講什麼鬼話？」范奧丁又坐回椅子上。

那種不安的感覺又湧上了心頭，而且十分強烈。一定有什麼事他還沒搞清楚。電話就在他的肘邊，他拿起話筒撥了女兒的電話號碼。

「喂喂，是梅費爾八一九〇七號嗎？凱特林夫人在家嗎？……噢，出去吃午飯了？她什麼時候回來？你不知道？好吧……不，沒有什麼可轉告的。」他惱怒地摔下話筒。

兩點鐘，范奧丁已在室內踱來踱去等待格比；兩點十分，格比先生來了。

「怎麼樣？」百萬富翁問道。

格比仍舊很從容。他不慌不忙地坐下，掏出一本破舊的筆記本，用一種單調的聲音唸著，百萬富翁聚精會神地聽著，愈聽愈滿意。格比終於唸完了他的內容，然後目光死死地停在字紙簍上。

「嗯，」范奧丁嘟囔著，「看來傳言是不假了，搞定這件事情簡直易如反掌。他們在旅館約會的證據不會出問題吧？」

「斬釘截鐵。」格比惡狠狠地看著嵌金的扶椅。

「他的財務已經陷入絕境。你剛才說他到處借錢，而且債務已經超過他父親死後留下的遺產。一旦這次離婚事件傳出去，毫無疑問，他到哪裡也別想借到半分錢，不僅如此，向他討債的人一定會蜂擁而來。他已經被我們捏在手心，格比，他已牢牢地被掌握住了。」

范奧丁的手掌「啪」的一下落在桌面上，臉孔現出一絲憤怒的冷笑。

「看來，」格比用低啞的聲音說，「對我的情報您還感到滿意。」

「我要立即到我女兒那裏去。」百萬富翁說，「很感謝你，格比，你幹得很好！」

格比滿意地露出了一絲慘然的笑容。

「謝謝，范奧丁先生。我只是盡力而為。」

范奧丁沒有直接到古爾松大街去。他先到城裡開了兩個成功的會議。然後搭地鐵到了下街。當他走上古爾松大街時，意外地看到從一六〇號房子裡走出了一個男人，那男人走上街道，朝他而來。一時間他以為那人可能是德瑞克．凱特林，因為身材和個頭都很像。但是，當那人迎面走來時，他才發現是個陌生人……不，不完全陌生，那人的神情讓他記起某種不愉快的感覺。他絞盡腦汁，就是想不起在哪裡見過這個人。他一面走一面生氣地搖頭。他痛恨被難倒的感覺。

魯絲．凱特林早就在等候范奧丁了。她跑到父親眼前，吻了他一下。

「怎麼，爸爸，事情進行得怎樣了？」

「很順利，孩子……但是我需要和你談談。」

范奧丁本能地感到她有些異樣，某種警覺、謹慎取代了先前的迎接之情。她坐在那把大扶椅上。

「談什麼，爸爸？」

「今天上午我跟你丈夫見過面了。」

「你見到德瑞克了？」

「是的。他說了很多事，大部分是些無聊的廢話。但臨走時，他講了幾句莫名其妙的話。說什麼父女之間應該坦誠相告。他這是什麼意思？」

魯絲在椅子上移動了一下。

「我……我不知道，我怎麼會知道呢，爸爸？」

「我相信你是知道的。他還說了什麼他是有朋友，但他並不干涉你和你朋友。這話又是什麼意思？」

「我不知道。」魯絲又答。

范奧丁坐了下來，嘴角拉了下來。

「聽著，魯絲。我不能搞不清楚狀況。我不能保證你這位丈夫不使壞心眼。現在他是無技可施，我很清楚，我也有辦法叫他永遠閉嘴。但是我必須知道，有沒有必要採取那些強硬的手段。所謂你有你自己的朋友，到底是什麼意思？」

魯絲的肩膀聳了一下。

「我有很多的朋友，」她講得很不確定。「我不知道他說的是誰，真的。」

「你知道。」范奧丁換上和對手做生意的口吻說，「我把問題簡化一點：這個人是誰？」

「哪個人？」

「那個人，就是德瑞克指的那個人，一個你很特別的朋友。不要擔心，寶貝，我知道沒有不可告人之事，但是我們必須掌握可能拿上法庭的證據，你知道他們最擅長扭曲事實。我想知道這個人到底是誰？你跟他的關係如何？」

魯絲沒作聲。她的兩隻手神經質地反覆擺弄著。

「說吧，親愛的！」范奧丁以溫柔的語氣說道，「別這麼怕你老爸，我還不算太嚴厲，不是嗎？即使是在巴黎那段日子……該死！」他突然想起了什麼。「就是他！」他喃喃地說，「我想起他是誰了。」

「你說什麼呀，爸爸，我不懂你在說什麼。」

百萬富翁站在女兒面前，雙手抓住她的手臂。

「看著我，魯絲。你又跟那個傢伙在一起了？」

「什麼人呀？」

「幾年前讓我們鬧得很不愉快的那個傢伙，你很清楚我指的是誰。」

「你是說……」魯絲猶豫不決地說，「你是說羅奇伯爵？」

「羅奇伯爵！」范奧丁咆哮道，「我跟你說過，那傢伙是個騙子。你當時陷得太深，幸好我及時把你從他的魔爪下解救出來。」

「是的，你成功了。」魯絲痛苦地說，「所以我跟德瑞克・凱特林結了婚。」

「是你自己要結的婚。」百萬富翁尖聲地回道。

魯絲聳了一下肩膀。

「可是現在，」范奧丁慢聲說，「你不聽我的話，又跟他在一起。他今天到過這裡，我在外面見到他了，只是當時沒認出來。」

魯絲．凱特林恢復了自制。

「我想告訴你一件事，爸爸。你錯看了阿曼德……我是說羅奇伯爵。我知道他年輕時是做了一些荒唐事，他都對我說過了。但是，他一直是愛我的。你在巴黎逼我們分手時，他的心幾乎破碎了。而現在……」

一聲怒吼中斷了她的話。

「所以你也做出那種事情了，是不是？你，我的親生女兒，天啊！」他揮舞著雙手。

「女人怎會如此愚蠢呀！」

06 米蕾兒

德瑞克．凱特林魯莽地退出范奧丁的房間之後，在走廊上撞到一位女士。他向那位女士道歉，對方微笑地接受了他的歉意後便走開，她一對美麗的灰眼珠及從容的態度讓他留下了深刻的印象。

他和岳父談完那席話之後，表面上雖看來很平靜，內心卻很震驚。自己一人吃過午飯，他來到一所豪宅，此宅的女主人名叫米蕾兒。一個衣著整潔的法國侍女笑瞇瞇地接待了他。

「您請進，先生！夫人正在休息。」

侍女把他引到一個深具東方情調的房間，這裡的一切他都很熟悉。米蕾兒躺在睡椅上，周圍堆滿了很多枕頭，都是深淺不一的琥珀色，和她的膚色十分相稱。米蕾兒長得嬌媚動人，儘管黃皮膚使她的臉孔顯得有些憔悴，卻自有一股奇特的迷人魅力。她塗上橘紅色唇膏的雙唇誘人地向德瑞克一笑。

凱特林吻了她一下，接著坐在椅子上。
「早上都做了些什麼？剛剛起床，我猜？」
她那橘紅色的嘴唇浮現一絲微笑。
「不，」舞伶回答說，「我一直在工作呢。」
她把長長的胳膊伸向一架鋼琴，鋼琴上雜亂無章地堆著很多樂譜。
「安布羅斯已經來了。他彈了一下新歌劇的曲子。」
凱特林點了一下頭，沒什麼表情。
他對克勞德．安布羅斯及其舞劇《貴族金特》毫無興趣。而米蕾兒也是，只當它是展現自己的一個機會。她在劇中的角色是安妮莎。
「舞蹈太美了。」她自言自語地說，「我會盡全力跳好這場舞，戴著珠寶跳這場舞。哦，對了，我昨天在龐德街看到一顆珍珠……一顆黑珍珠。」
她徵詢地看著他，停住了嘴。
「小寶貝，」凱特林說，「跟我談什麼黑珍珠完全沒意義。我目前已是火燒屁股了。」
她馬上坐了起來，黑色的大眼睛直盯著他。
「你說什麼，德瑞克？發生了什麼事？」
「我那敬愛的岳父大人準備做魯莽的事了！」
「啊？」

「也就是說，他要魯絲和我離婚。」
「真笨哪，」米蕾兒說，「她為什麼要和你離婚？」
德瑞克譏笑地說道：「主要是因為你，寶貝。」
米蕾兒聳了一下肩膀。
「她真是太蠢了！」
「非常愚蠢。」德瑞克同意道。
「你打算怎麼辦呢？」
「我能說什麼呢，親愛的。一邊是家財萬貫的范奧丁，另一邊是債台高築的我，不用想也知道誰是強勢的一方了。」
「真搞不懂這些美國人。」米蕾兒說，「看來你的老婆不怎麼愛你。」
「嗯，」德瑞克說，「我們要採取什麼手段好呢？」
她滿腹疑團地看著他。他湊近她，抓住她的雙手。
「你會跟著我吧？」
「什麼意思？將來……」
「是的，」凱特林說，「將來如果那些債主像惡狼一樣向我撲來，你會離開我嗎？我愛你愛得要命，你不會讓我失望吧？」
她把手從他的手中抽出。

「你知道，我很喜歡你，德瑞克。」

從說話的聲音可以聽出她在迴避。

「事情就是這樣，」德瑞克緩慢地說，「老鼠就要離開沉沒的船了。」

「噢，德瑞克！」

「少來這一套！」他憤怒地說，「你要拋棄我了，對吧？」

她聳了一下肩。

「我很喜歡你，我的朋友……我是真的喜歡你！你很迷人，可愛的小夥子，但不切實際。」

「你只愛當有錢人的奢侈品，對嗎？是不是？」

「如果你高興這樣說的話！」她又靠在枕頭上，把頭向後一仰。「還是那句話，我是喜歡你的，德瑞克。」

他走到窗前望著外邊，背朝著米蕾兒。她用手肘撐起身子來，好奇地看著他。

「你在想什麼，朋友？」

他轉過頭對她露齒而笑，詭異的笑，讓她覺得很不舒服。

「事實上，我正在想一個女人，親愛的。」

「一個女人，嗯？」米蕾兒乍時領會。「你在想另外一個女人？」

「噢，你不用擔心；那只是一個幻影，一個灰眼女子的影像。」

米蕾兒嚴厲地問道：「你是什麼時候遇到她的？」

德瑞克．凱特林笑了起來，聲音裡充滿了嘲弄的意味。

「我在薩伏旅館的走廊上和她打了個照面。」

「哦？那她說了什麼？」

「根據我的記憶，我說『對不起』，她說『沒關係』或類似的意思。」

「然後呢？」舞伶逼問道。

他聳聳肩。

「然後就什麼也沒有了，巧遇結束了。」

「莫名其妙。」米蕾兒說道。

「一個灰眼女子的影像，」德瑞克喃喃說著，「但願今後不要再和她相遇。」

「為什麼？」

「她可能會給我帶來不幸。女人總是給我帶來不幸。」

米蕾兒從沙發上跳起來，用長長的手臂摟住他的脖子。

「你真是個小傻瓜，德瑞克！」她喃喃地說，「傻透了。你是個漂亮的小夥子，我好喜歡你。但是，我不想讓自己一無所有，絕不。現在你聽我說：事情很簡單，你應該跟你老婆和好。」

「恐怕不能玩政治手段。」德瑞克無可奈何地說道。

「為什麼？我不懂！」

「因為范奧丁不吃這套，一旦他拿定主意，你就別想阻止他。」

「我聽說過了，」舞伶點頭說道，「他很有錢，是不是？幾乎可算是美國最有錢的人了，對嗎？前幾天他還在巴黎買了一顆世界上最好的寶石——『火心寶石』。」

凱特林沒有回答。舞伶繼續說道：「它是個無與倫比的寶石，它應該屬於像我這樣的女人，我最愛珠寶，德瑞克，我能和它們溝通。噢，我好想戴戴看火心寶石那種珠寶。」

她嘆了一口氣，又老成起來了。

「你不懂這些事，德瑞克，你是個男人。范奧丁很可能把這些寶石給了他女兒。他就這麼一個寶貝女兒嗎？」

「是呀。」

「如果范奧丁死了，她就會繼承他所有的財產，成為富有的女人。」

「她現在已經很有錢了。結婚的時候，她爸爸給了她幾百萬美元。」

「幾百萬！數目真是可觀。如果她突然死去呢，啊？你不就能繼承這筆財產了嗎？」

「依目前的情況而言，是的。」凱特林緩慢說道，「據我所知，她還沒有立下遺囑。」

「我的天！」舞伶叫道，「如果她死了，那會怎麼樣啊？」

兩人之間一陣沉寂，接著凱特林大笑起來。

「我喜歡你的單純和實際，米蕾兒。但是恐怕你的心願難以實現。我老婆身體很好，非常健康。」

「那好啊，」米蕾兒說，「可是人有旦夕禍福嘛。」

他銳利地盯著她，一句話也不說。她繼續說道：「不過你是對的，人不應該只寄望好運降臨。所以囉，親愛的，你不能離婚。你老婆必須放棄這個想法。」

「要是她不放棄呢？」

舞伶瞇起了眼睛。

「她會的。那種女人不喜歡自己的私事鬧得滿城風雨。她總有一兩件不想讓朋友在報紙上看到的事吧。」

「你指的是什麼？」凱特林迅速問道。

米蕾兒仰面大笑起來。

「親愛的！我說的是那位自稱是羅奇伯爵的人。我很了解這個人。你別忘了，我是個巴黎人。在跟你結婚之前，他可是她的情人。」

「這完全是無恥的謊言！請你記住，你在說的是我的妻子！」

米蕾兒有點吃驚。

「你們英國人真奇怪。」她抱怨說，「也可能你是對的。人家都說美國人天性冷淡，不是嗎？儘管如此，我還是要說，她在和你結婚之前就愛上他，但是被她父親阻止，把他趕走。這位可憐的小姐不知流了多少眼淚，最終還是屈從了父親的決定。現在，你和我一樣清楚，事情有了新發展。他們幾乎每天都見面，這個月十四日她還要去巴黎和他會合。」

「你怎麼會知道這些事？」凱特林問道。

「我在巴黎有些朋友，親愛的德瑞克，他們認識這位伯爵。一切早已安排妥當。她藉口說要去里維拉，但實際上是去巴黎和伯爵會合，然後……天知道！相信我吧，他們都安排好了！」

德瑞克．凱特林呆若木雞地站在那裡。

「懂了嗎？」米蕾兒多情地說，「如果你夠聰明的話，她根本就逃不出你的手掌心。你可以讓她很難看的。」

「噢，看在上帝的份上，別說了！」凱特林叫道，「閉上你那該死的嘴！」

米蕾兒大笑著坐到了睡椅上。凱特林拿起帽子和大衣，砰的一聲關上了門。舞伶還坐在睡椅上舒暢地大笑，對自己感到十分滿意。

07 兩封來信

「山繆．哈菲德太太問候凱瑟琳．格雷小姐，並提醒格雷小姐，她可能還不知道——」

哈菲德太太振筆疾書，卻突然停了下來，因為她遇到很多人都難以下筆的困難，也就是第三人稱表達法。哈菲德太太猶豫了一兩分鐘，撕掉了寫了一半的信，重新再來。

「親愛的格雷小姐，非常感謝你對我堂姊艾瑪多年的照顧（她的死對我們所有人來說，都是一項沉重的打擊），我知道——」

哈菲德太太又停下來了。接著把信紙又扔進了字紙簍，一直改到第四次，才終於有了得意之作。她封了信，貼上郵票，寄給了肯特郡聖瑪莉米德村小坎皮頓的凱瑟琳．格雷小姐。隔天早晨，這封信便已放在格雷小姐的早餐桌上了，它和一封看似十分重要的藍色信封擺在一塊兒。

凱瑟琳．格雷先拆了哈菲德太太的來信，信裡寫道：

親愛的格雷小姐：

請容我丈夫和我對您為我們堂姊艾瑪所付出的心力表示衷心感謝，她的死對我們來說是一個沉重的打擊，雖然我們早就知道，她不省人事已經很久了。我們聽說，她立了一個很奇怪的遺囑。當然世界上絕不會有任何法庭會承認那樣的遺囑，我們相信您的聰明智慧會立即領會這個事實。我丈夫說，我們私下了結此事是最好不過了。您如能接受我們熱忱向你推薦的一個類似職務，對我們來說將是莫大的欣慰，並且希望您不會拒絕接受我們的這份薄禮。

您忠實的瑪麗．安妮．哈菲德

凱瑟琳看完這封信以後，微微一笑，然後又讀了一遍，這回笑得更是高興。她又拿起了第二封信。大略過目之後，就把信放在桌子上，凝視著前方，臉上沒有笑容。若這時有人看著她，也很難猜透她的心思。

凱瑟琳．格雷小姐今年三十三歲，她本是名門閨秀，但由於父親失去了全部產業，因此她從小就不得不自立更生。她在二十三歲的時候便到老哈菲德夫人家裡當伴護。

老哈菲德女士的挑剔人盡皆知。她的伴護換來換去已不只一人。她們滿懷希望而來，飽含淚水而去。但從十年前凱瑟琳來到小坎皮頓的那天起，祥平之日便已然來到。沒人知道那是怎麼一回事。她們說，她是個天生的降魔師。凱瑟琳有一套本領，她能不著痕跡地使老太婆、狗和孩子都乖乖地聽話。

她二十三歲的時候，是一個沉默寡言的女孩，有一雙水汪汪的眼睛。到了三十三歲，她仍是一位安靜的女人，一雙灰眼還是那麼楚楚動人，恆久閃耀著恬靜但十足堅定的目光觀察著世界。更有甚者，她還具備一種天生的幽默感。至今未曾稍減。

她坐在早餐桌旁，直視前方，此時，門鈴響了，伴隨活力充沛的門環敲擊。幾分鐘後，女傭說哈里森先生來了。

這位身材高大的中年醫生，哼哼嚷嚷地闊步走進，風格一如擊敲門環的遒勁。他緊緊地握了握凱瑟琳的手。

「早安，格雷小姐！」

「早安，哈里森醫生！」

「我一早就來打擾，」醫生說，「是猜想哈菲德某位可惡的堂妹會找上門來。就是那位自稱為山繆夫人的人。她心腸惡毒得很。」

凱瑟琳一聲不響地把哈菲德太太的來信遞給醫生，並興味盎然地看著他讀信，只見哈里森醫生濃眉糾在一塊兒，隨即嗤之以鼻地破口大罵，然後把信丟回餐桌。

「簡直荒唐！」他氣急敗壞。「你不用怕她，孩子！完全是無稽之談。老夫人的神智跟你我一樣清醒，你別管人家說什麼，他們的理由根本就站不住腳。什麼上法庭的話完全是嚇唬人的，只是想逼你就範，當然，親愛的，你也別讓他的吹捧給騙了，別傻傻的以為該把錢奉還給他們，或感到良心不安。」

「恐怕我是不會感到良心不安，」凱瑟琳說，「這些人只能算是哈菲德先生的遠房親戚，哈菲德女士活著的時候，他們誰也沒有關心過她。」

「你是個有理智的人。」醫生說，「我比誰都了解，這十年來，你有多辛苦。你跟他們一樣有權利享用老夫人的遺產。」

凱瑟琳若有所思地微笑了一下。

「像他們一樣？」她說，「醫生，您知道這筆錢的數目嗎？」

「嗯，我想起碼是一年五百英鎊左右。」

凱瑟琳點了一下頭。

「我也是這樣估計的，」她說道，「現在請您讀一讀這封信。」

她遞給他另一封信。

醫生看了一遍，驚奇地喊了一聲：「不可能，簡直不可能！」

「她是莫托爾德人造絲公司的創業股東，四十年來，她的年收入應該在八千到一萬英鎊之間。而據我所知，她一年也花費不到四千英鎊。她對錢的事是相當小心的。我猜她花每個銅板都精打細算。」

「而且，這些年來她的財產一直有增無減。親愛的孩子，你就要成為一位富婆了。」

「是的。」

凱瑟琳點點頭道。她說得事不關己一般，好像只是個全然的旁觀者。

「好吧，」醫生起身準備告辭，「我衷心地恭喜你！」醫生用拇指彈了彈哈菲德太太的信說，「別擔心那個女人和那封可惡的信。」

「那封信並不可惡，」格雷小姐很包容地說，「在這種情況下，有這樣的反應是非常自然的。」

「有時我對你真是不太了解。」醫生說道。

「哪部分？」

「你所謂『很自然』的事。」

凱瑟琳．格雷只是笑著。

吃午飯時，哈里森醫生把這件事告訴了他的太太，她極為激動。

「想不到哈菲德女士這麼有錢。我很高興她把這筆財產留給格雷小姐。那女孩是個聖人。」

醫生做了一個鬼臉。

「聖人通常都很難相處，要做聖人的話，凱瑟琳顯得太有人性了。」

「她還是個有幽默感的聖人，」哈里森太太眨眼說，「還有，你大概沒注意過，她其實長得很好看。」

「凱瑟琳．格雷？」醫生似乎甚感訝異，他說道：「是的，她的眼睛很美。」

「噢，你們這些男人，」哈里森太太叫道，「都瞎了眼了。凱瑟琳本來就天生麗質，她只是欠打扮！」

「打扮？欠什麼打扮？她看起來很好啊！」

哈里森太太受不了地嘆了口氣，醫生起身準備開始工作。

「你還是去探望她一下吧，波莉。」醫生建議道。

「我會去的。」哈里森太太迅速答道。

下午三點，哈里森太太去看望凱瑟琳小姐。

「我真為你高興啊，親愛的！」她熱切地抓著凱瑟琳的手說道，「整個村子的人也會為你高興的。」

「謝謝你來看我，告訴我這些，」凱瑟琳道，「我正希望您來，因為我想問您有關強尼的事。」

「噢！強尼，這個嘛——」

強尼是哈里森太太最小的兒子。幾分鐘後，她開始講起強尼扁桃腺腫大的冗長歷史。凱瑟琳十分同情地傾聽著。習慣成自然，「傾聽」已經成了她十年來生活的一部分。「親愛的，我有沒有告訴過你普茨茅斯的那個海軍舞會？當時查爾斯勳爵還稱讚了我的上衣？」凱瑟琳總會體貼地回道：「我想您一定說過，但是我已經忘了，您可以再跟我說一遍嗎？」

接著這位老女士又滔滔不絕、鉅細靡遺地說起陳年往事。凱瑟琳心不在焉地聽著，在老女士說累暫停時，機械式地點頭稱是……現在，基於習慣和好奇使然，她又開始聆聽起哈里森太太回憶往事。

過了整整半小時，哈里森太太突然想起自己來此地的目的。

「我怎麼淨說些自己的事，」她自責道，「我是來跟你談談你接下來的計畫的。」

「我還沒有具體的想法。」

「親愛的，你總不能一直待在『這裡』吧。」

聽到哈里森太太那副嫌惡的口氣，凱瑟琳笑了。

「不會的，我想我會去旅行，你知道，我沒見過什麼世面。」

「我想也是。你幾乎被綁在這地方動彈不得，那滋味一定不好受。」

「我不知道，」凱瑟琳說，「這樣的生活其實給了我很大的自由。」她趁哈里森太太說話的空檔，微微臉紅地蹦出這樣一句話。「這聽起來很蠢。當然，我的身體是不自由——」

「我想也是。」哈里森太太想起以前凱瑟琳很少休假。

「不過，身體上的不自由卻給了我精神上極大的自由，我可以天馬行空愛想什麼就想什麼。我許多愉快的感覺都是源自精神上的自由呢！」

哈里森太太搖搖頭。

「我聽不懂你在說什麼！」

「噢，如果你在我這個位置的話，你就會懂了。但我還是一直渴望生活出現轉變，我希望有什麼事發生。哦，不是發生在我身上——我不是那個意思。我指的是引起眾人注意的事，刺激的事，即使我只是個旁觀者也無妨。你知道的，聖瑪莉米德村不可能發生什麼嚴重的事。」

「那倒是。」哈里森太太熱衷地說。

「我想先去倫敦一趟，」凱瑟琳說，「我必須去見一見那些律師。然後，我想我會出國去。」

「太好了。」

「不過，當然了，眼前……」

「什麼？」

「我得去添購一些行頭。」

「這正是早上我和亞瑟提到的事，你知道嗎？凱瑟琳，若是你在穿著上多費點神，保證你一定美若天仙。」

「我和『美人』二字無緣。」凱瑟琳真誠地說，「不過，如果能有幾件好衣服穿穿，我也會很高興的——我好像一直在談自己的事。」

「你一定覺得這好像是發生在小說中的事！」哈里森醫生太太說道。

離開村子之前，凱瑟琳到薇娜小姐那裡告別。這是一位比老哈菲德夫人大兩歲的老小姐。她總以為哈菲德夫人比她先死是她的一個勝利。

「你想不到我會比珍．哈菲德長命吧？」她向凱瑟琳炫耀著勝利。「我們唸同一所學校。如今她走了，我卻活下來了，誰想得到呢？」

「您晚餐總是吃黑麵包吧？」凱瑟琳喃喃唸道。

「想不到你還記得，親愛的。如果珍．哈菲德每天晚上也來一片黑麵包，每餐喝點小酒，也許她今天還活得好好的呢！」

老小姐微笑著，流露出滿足和得意的神情。她突然想起了一件事。

「噢，我聽說你將得到一大筆財產，親愛的？很好，很好。可是你得留心點。你還要上倫敦好好玩一趟？別以為你會結婚，親愛的，你不會的。你不是男人喜歡的那一型，而且，你就要熬出頭。你到底多大年紀了？」

「三十三歲。」凱瑟琳據實以告。

「哦，」薇娜遲疑地說，「那還不算糟。當然你已經不再有含苞待放的嬌美了。」

「恐怕是吧。」凱瑟琳風趣地說道。

「但你是個很好的女孩，」老小姐好心地說，「我相信有些男人寧願和你結婚，也不願和那些愛到處亮大腿的騷貨湊和。再見，我的孩子，好好享受人生，只是人生不如意十之八九啊！」

凱瑟琳感動地帶著老小姐的預言離開。離去那天，在火車站上，幾乎全村村民都來和凱瑟琳告別。包括那個小女傭艾麗絲，她哭得格外傷心。

「這樣的人現在不多了。」她嗚咽地說，這時火車已經緩慢地移動了。「當時查理為了牛奶廠那個女孩背叛我時，她對我的照顧簡直無話可說。如果你今天特別用心擦拭、打掃，她一定會注意到，尤其是銅具和灰塵那部分。任何時候叫我為她赴湯蹈火，我都願意！她是個真正的好人，我說。」

這就是凱瑟琳離開聖瑪莉米德村時的情景。

08
坦普林女士的信

「很好，」坦普林女士說道，「很好。」

她把歐陸版的《每日郵報》放下，凝神望著地中海的波濤。合歡樹的金黃色枝椏在她的頭上搖曳著，構成一幅美麗動人的畫面。她是一位金髮碧眼的女郎，身穿一件顏色相稱的睡衣。金髮可能是染成的，粉白膚色也許是上妝的效果，但眼睛確實是天生的藍色。四十四歲的坦普林仍可列入美女之林。

雖然表面看來風情萬種，但是，坦普林女士此刻卻不是在想著自己的事，也就是說，她不是在想著自己的外貌，而是在專心思考著一個棘手的問題。

坦普林女士在里維拉是個有名的人物，在侯爵鎮上交遊廣闊。她是個生活經驗豐富的女人，有過四任丈夫。和第一任丈夫結合只是個錯誤，所以她很少提起他。那男人聰明、機敏，但也很快就死去了，於是這位寡婦就和一個鈕釦廠的老闆結了婚。但是這位男士三年後也過世了——那是發生在一個與酒友共聚的夜晚。第三任丈夫則是坦普林子爵，他把妻子羅莎琳帶到上流社會，這正是她的宿願。所以當她第四次結婚時，她仍保留了這個男人的姓氏。第四次賭注讓她第一次享受到婚姻生活的幸福。查理．埃文斯先生是個很漂亮的小夥子，二十七歲，具有一切吸引人的氣質，愛好多種體育運動，欣賞美食雅物；另外他還有一個特點：一貧如洗。

坦普林女士對現狀還算滿意，不過看待金錢仍稍嫌貪戀。鈕釦廠的老闆留給她相當可觀的財產，但就像她常常說的，「因為這個那個原因」（「這個」指的是戰爭時期股價大跌，「那個」指的是坦普林子爵揮霍無度），眼前她的生活過得還算舒適，但僅僅是舒適，仍滿足不了坦普林女士。

所以，值此正月的一個早晨，她從報上讀到一則消息，不禁睜大了眼睛連續發出幾句「很好」。她身邊坐著她的女兒蘭諾絲．坦普林，有這位小姐在身邊，她母親彷如芒背在刺。這女孩毫無靈巧可言，看起來比實際年齡還老，而她冷笑式的幽默感，常常弄得別人不太舒服。

「親愛的，」坦普林女士說，「你看……」

「什麼呀？」

坦普林女士拿起報紙遞給女兒，一邊指著報上那則她非常感興趣的新聞。

蘭諾絲看了一眼報上的新聞，完全沒有母親的激動之情，她將報紙遞回去。

「有什麼大不了？這種事多得很。很多小氣的老太婆會留幾百萬英鎊給她們的忠誠伴護。」

「親愛的，我知道。」坦普林女士道，「但數目可能沒有報上說的那麼大，報紙上登的不一定可靠。不過，就算是一半數目也夠多的了——」

「反正錢也不是留給我們的。」蘭諾絲說道。

「那也未必呢，親愛的，」坦普林女士說，「這個叫凱瑟琳·格雷的小姐正好是我的一個堂妹。沃布斯特郡格雷家，艾之渥莊——正是我的堂妹，太妙了。」

「哈……哈。」蘭諾絲道。

「所以我在想……」

「我們可以撈點什麼……」蘭諾絲把母親的話接下去說完，接著露出母親不解的冷笑。

「噢！小鬼頭。」坦普林女士說道，略帶責備。

她只是略帶責備，因為她早已習慣女兒的快言快語及令人不悅的表達方式。蘭諾絲有一個壞習慣，總喜歡一語道破事情的真相。

「我想，」母親耐心地說道，緊皺著畫過的眉毛。「或許——哦，早安，親愛的查比，你要去打網球嗎？」

這位被叫作查比的人微笑看向她，深情地說道：「你穿那件桃紅色衣服簡直美透了。」然後他走過她們身邊，步下台階。

「可愛的小東西。」坦普林女士迷戀地目送著自己的丈夫。「我剛剛說什麼來著？對，對……」她又想起了自己的計畫。「我是想……」

「你倒是快說啊，你已經提了三次了！」

「是的，孩子。我是想，如果我寫信給那個親愛的凱瑟琳堂妹，建議她到我們家來做客，那不是很美妙嗎？她一定很少和上流社會打交道，如果有了自己的人陪伴，對她比較好；邀請她來，對她、對我們都有益處。」

「你認為從她身上可以榨出多少油水來？」蘭諾絲問道。

母親嚴厲地看著女兒，喃喃說道：「我們總要為將來的生活做打算，因為某些原因，你知道，戰爭，還有你死去的父親……」

「現在可是查比了，他是一個昂貴的寵物。」

「我記得，她是個很善良的女孩。」坦普林女士喃喃說，想著心事。「她恬靜、純樸，不算漂亮，不是個調情高手。」

「所以，她不會去招惹查比，是嗎？」蘭諾絲說。

坦普林不高興地瞪著她。

「查比可從來不……」

「是啊，」蘭諾絲說，「我才不相信他敢。他很清楚哪裡有奶可以吃。」

「親愛的，你怎麼老把話說得那麼難聽？」

「那抱歉了！」蘭諾絲說道。

坦普林女士把《每日郵報》、便服、小梳妝盒跟其他東西都收拾好。

「我要立刻給可愛的凱瑟琳寫信，讓她想起在艾之渥莊的往日時光。」

她回到房間，眼神流露出堅定的決心。

不像山繆．哈菲德太太那樣寫寫改改，坦普林女士不費什麼力氣就寫了四頁信紙，而且再瀏覽一遍時，也不需改動隻字片語。

凱瑟琳到達倫敦的第二天就收到她的信了。不管她看了信沒有，總之，她把信塞進手提包後，就去找哈菲德女士的律師了。律師事務所位在一棟古老的建築裡，幾分鐘之後，凱瑟琳見到了律師，他是一個親切的老律師，一雙藍眼充滿智慧，態度如慈父般和藹。他們花了二十幾分鐘討論哈菲德夫人的遺囑及法律上的問題。然後她給了他山繆女士寫來的那封信。

律師讀了信之後微微一笑。

「簡直是無恥的覬覦，格雷小姐。我可以對你直說，按照法律，這些人完全沒有理由對遺囑提出任何要求。如果執意要爭奪遺產，沒有法官會支持他們。」

「我也是這麼想。」

「人們有時是非常愚蠢的。我要是山繆．哈菲德太太，我必定會懇求您慷慨饋贈。」

「我正想和您談談這件事。我想留給死者的親屬一筆錢。」

「您沒有這樣的義務。」

「我知道。」

「但他們不會體諒你這番心意，他們會以為你要收買他們，而且絕不會退回這些錢。」

「我知道，但這沒有關係。」

「我勸你還是打消這個念頭。」

凱瑟琳搖搖頭。

「我知道您說的話是對的，但我還是想這麼做。」

「他們拿了錢以後，會罵你罵得更厲害。」

「要罵就讓他們去罵好了。每個人都有他自娛的方式。他們畢竟是哈菲德女士唯一的親屬。儘管哈菲德女士在世時，這些人看不起她，也從未過問她的生活，但我還是不想讓他們一無所得。」

雖然律師百般不願，但她還是達成目的了。當她走到倫敦街頭時，內心感到很寬慰，這樣她就可以自由運用金錢並籌畫未來。她要做的第一件事就是去一家有名的裁縫店。

接待她的是一個身材瘦長的法國老婦，看起來很像個夢幻中的公爵夫人。凱瑟琳很天真地說道：「我完全聽從您的安排，我打出生以來一直很窮困，不懂打扮。現在我有了點錢，我想穿戴得好一點。」

法國女裁縫興致勃勃。她有副藝術家的好脾氣，只是一大早就被一個阿根廷的胖女人給消磨殆盡。因為那女人堅稱那些設計式樣完全不符合她華貴雍容的特質，惹得她很不愉快。

她用行家的眼光打量著凱瑟琳。

「好，好，我一定能勝任愉快，小姐，你的身材很好，最適合簡單的衣服了。小姐，您是位典型的英國人。有些人認為這麼說冒犯了他們，但小姐卻不會。一個優雅的英國人，沒有比這更討喜的了。」

然後這位夢幻般的公爵夫人突然變了一個人，她來回忙碌於模特兒之間，向凱瑟琳介紹著形形色色的服裝。

「克洛蒂，維吉妮亞，快，我的小天使們，穿上淺灰色連衣裙，還有晚秋服；瑪賽，乖孩子，就穿含羞草色的薄莎。」

這是一個愉快的上午。瑪賽、克洛蒂、維吉妮亞狀甚無聊且不屑地慢步繞轉，侷促難安地穿梭在那些恆久不變的人型模特兒中。公爵夫人站在凱瑟琳身邊拿著小筆記本記著。

「小姐，你挑選的這些衣裳太好了。你真有眼光。今年到里維拉過冬，這些衣服是最合適不過的了。」

「請再讓我看一次那件淡紫色的晚裝。」凱瑟琳說道。

維吉妮亞出現了，輕輕地旋轉著。

「這是最美的一件了。」凱瑟琳檢查著那些淡紫、灰、藍等精美布料說，「您說這件衣服叫什麼？」

「『晚秋』。是的，這件衣服正適合小姐您穿。」

當凱瑟琳離開裁縫店之後，「晚秋」這個詞語又浮現在她的腦海裡。為什麼她升起了某種憂鬱的感覺？

「晚秋。這件衣服正適合小姐您穿。」

是的，她一生中的秋天已經到來。她從來沒有體驗過春天和夏天，也永遠沒有機會體驗了。她失去的東西再也回不來。十年來，在聖瑪莉米德村裡，她一直過著奴役般的生活，而人世間的光陰卻荏苒而逝。

「我真是個傻瓜。」凱瑟琳說，「我到底在幹什麼呢？再怎麼說，一個月之前我過得要比現在好多了。」

她從手提包裡拿出早上接到的信，這是坦普林女士寫給她的。凱瑟琳並不笨，她很明白信中的含義，對坦普林女士為何突然向一個早已遺忘的堂妹表示好意也瞭若指掌。她的堂姐並不是邀她去享福，而是對她有所冀求。為什麼不去呢？也許能互相提攜呢。「我接受邀請。」她說道。

她沿著皮卡地里大道走下去，來到庫克旅行社辦些手續。她得等個幾分鐘，服務人員正忙著幫一個男人辦理前往里維拉的車票。她以前常覺得每個人總是正要遠行，而她生平第一次也可以跟「每個人」做一樣的事了。

在她前面的那個男人突然轉身過來。她向前走近櫃檯，向服務人員提出她的需求，但同時她腦子還想著另一件事。那個男人的臉，看起來有點面熟。在哪裡見過他？突然間她想起來了，是早上在薩伏旅館她房間外見過的那個人。那時她在走廊上和他打了個照面。真巧，一天碰上兩次。她回頭看了一眼，感到很不安，不知道是為什麼。那個男人也站在門旁回頭看著她。一陣恐懼向她襲來，她預感到會有一場悲劇發生，好像死亡就迫在眉睫……

她重拾平時的樂觀心情，甩掉了這種預感，全神貫注地和旅行社職員辦理手續。

09 拒絕賄賂

德瑞克．凱特林很少情緒失控。在很多場合裡，他那神閒氣定、凡事滿不在乎的性格幫助他解決不少困境。即使是現在，在離開米蕾兒的公寓後，他很快就冷靜下來。他需要冷靜思索。這是他有生以來最困難的時刻，一些始料未及的事情發生了，他卻不知該如何處理。

他沉思默想，在街上踱步。他眉頭緊鎖，神情已難再瀟灑起來。他腦海裡浮現出許多解決辦法。大家都說，德瑞克．凱特林並不像表面看來那麼笨。他知道有很多辦法能使他擺脫困境，但走得通的只有一條路。他畏縮一下——但也只是一下。重病就得下猛藥。他非常了解自己的岳父，要結束德瑞克．凱特林和魯絲．范奧丁之間的戰爭只有一個方法。德瑞克不禁詛咒起金錢以及自己竟受金錢所操縱。他走在聖詹姆斯街，經過皮卡地里街，朝著圓環的方向閒逛過去。當走過庫克旅行社的時候，他放慢了腳步，但是沒有進去。他還在思忖著。突然間他點了一下頭，猛一轉身——轉勢之猛，害他撞上一對在他後面散步的情侶——又回頭走進了旅行社。旅行社裡人很少，很快就有人來接待他。

「下週我要去尼斯。」

「哪一天？」

「十四日。哪班車最好？」

「當然是『藍色列車』。坐這班車在加來可以免去海關檢查。」

德瑞克點了一下頭。他對這些當然都很了解。

「十四日，」職員說，「很快就要到了。『藍色列車』的票經常在幾天前就賣完了。」

「請您再看一下，是否還有臥鋪。」德瑞克說，「如果沒有……」他沒把話說完，古怪地笑了一下。

職員走進辦公室，幾分鐘之後又回來了。

「是的，有三個位置還空著，我可以給您訂一個，您貴姓？」

「帕維特。」德瑞克說道，並把自己在傑米街的地址寫給了他。

職員點點頭，辦好訂票手續，客氣地道再見後，便又去招呼旁邊的一位女士。

「我想在十四日那天去尼斯，聽說有一班『藍色列車』？」

德瑞克回過頭來，巧合，真是少有的巧合！他與米蕾兒開玩笑時說的話又湧現腦海。

「灰眼女子的影像。」「但願今後不要再和她相遇。」但現在又再次見到她了，不僅如此，還將和她一起到里維拉。

他感到一陣戰慄。他其實有點迷信。那時他笑著說，這個女人可能給他帶來不幸。真會是這樣嗎？來到門口他又回頭看了她一眼，她正在和職員談話。他沒有記錯。這是一位淑女，真正的淑女。不算年輕，也談不上漂亮，卻有著一雙灰色的眼睛，彷彿能夠看透周圍的一切。在這位女士的面前，他彷彿產生了恐懼的心理，隱約有種神祕的宿命感。

他回到住處後對僕人道：「請把這張支票兌現，帕維特，然後到皮卡地里的庫克旅行社去取一張火車票，我是以你的名字訂票的。」

「是的，先生。」

帕維特走了。

德瑞克走到側桌旁，拿起滿手的郵件。不用看就知道，除了帳單還是帳單。但催帳的口氣還是很有禮貌。他很了解，一旦離婚消息傳出去，這種有禮貌的口吻立刻會發生變化。

帕維特壓抑地咳了一聲，又出現了。

「有位奈頓先生想見您。」

「奈頓？」德瑞克猛地站起，皺了一下眉頭，警覺了起來，幾乎是輕聲地自言自語道：「奈頓？他來找我做什麼？」

「要帶他來見您嗎，先生？」

德瑞克點了一下頭。奈頓進來了，他發現德瑞克很可親，情緒看來也平穩。

「很高興你來看我。」他說道。

奈頓顯然有點緊張。德瑞克敏銳的眼光立即就發現了這一點。這位祕書要完成的任務顯然是十分棘手。他只是木然地應付著德瑞克漫無邊際的閒談。一口酒也不喝，舉止拘泥又生硬。德瑞克最後只好單刀直入了。

「好吧，」他痛快地說，「我那可敬的岳父大人又要對我說些什麼了？是他派你來的吧？」

「是的，」奈頓小心地說，「我……我希望范奧丁先生派的是別人。」

「沒那麼可怕吧？我向你保證，我的臉皮很厚。」德瑞克嘲弄地挑高了眉毛。

「不，」奈頓道，「但是這——」他停了下來。

德瑞克尖銳地瞪著他。

「繼續說，」他親切地說道，「我可以想像，我那親愛的岳父交代的事辦起來都不會太愉快。」

奈頓清了一下嗓子。以正式的口吻消除自己的尷尬。

「我受委託向您說明范奧丁先生給您的一筆費用。」

「一筆費用？」

德瑞克感到有點意外。奈頓的開場白不在他的預想之中。他遞給了奈頓一支菸，自己也點燃一支，然後用他那特有的嘲弄口吻說道：「一筆費用？太有意思了。」

「我可以繼續往下講了嗎？」

「請便。抱歉，我略微失態，那是因為我那可愛岳父的立場，跟今天早上比起來好像稍微讓步了點，讓步應該不是強人或金融鉅子的作風。看來他已意識到，他的處境並不像他自己認為的那麼有利。」

奈頓客氣地聽著德瑞克嘲弄的發言，臉上的木然表情依舊，直到德瑞克說完，他才沉言道：「我長話短說。」

「請繼續。」

奈頓沒看他，聲音生硬卻又實際。

「事情非常簡單：正如您所知，凱特林夫人將要訴請離婚。如果您不提出反對，那麼在手續完成的那一天，您將得到十萬元的費用。」

德瑞克突然把菸熄了。

「十萬？美元嗎？」

「英鎊。」

屋內至少有兩分鐘的死寂。德瑞克皺起眉頭沉思。十萬英鎊！這將使他和米蕾兒無憂無慮的生活下去。另外，這也說明了范奧丁已經知道點什麼內情。否則他不會平白無故地拿出這麼多錢。

德瑞克站起來，倚靠在壁爐旁。

「可是，如果我不接受這筆慷慨的款項呢？」他用一種冷淡而嘲弄的口氣問道。

「凱特林先生，我跟您坦白說。」奈頓認真地說，「范奧丁先生派我當這個差使，讓我的處境很尷尬。」

「好吧，」德瑞克說，「別擔心，這不是你的錯。現在我問一個問題，你能回答我嗎？」

奈頓也站了起來，吃力地說道：「范奧丁先生明確地對我說，如果您拒絕這個提議，那麼他就要弄垮您。」

凱特林挑了挑眉，仍一派輕鬆愉快地說道：

「噢，噢，我相信他說到做到。照理說我不該和一個美國百萬富翁對抗。再也沒有比這更好的賄賂方式了，十萬英鎊！如果我要求二十萬英鎊呢？那會怎麼樣？」

「那我將向我的主人稟報。這是您的回答嗎？」奈頓平靜地說。

「不！」德瑞克說，「好笑的是你錯了。你可以告訴我的岳父，叫他拿著他的賄賂金下地獄去吧！夠清楚了吧？」

「很清楚。」奈頓說，他站起來猶豫了一下，脹紅臉補充說：「我……如果您允許我表示一下意見的話，我會說：凱特林先生，我非常高興您這樣回答。」

德瑞克沒作聲。奈頓離開屋子後，德瑞克還陷在沉思中，嘴邊掛著一絲詭異的微笑。

「事情就是這樣了。」他輕聲地說道。

10 藍色列車

「爸爸！」

凱特林夫人嚇了一跳。今早她的精神狀態有點失控。她穿著一件昂貴的貂皮大衣，頭戴一頂貴重的中國紅漆帽，正在維多利亞車站擠滿旅客的月台上踱來踱去想事情。她怎麼也想不到父親會突然出現在她面前。

「怎麼搞的，看你跳得這麼高，魯絲。」

「我沒有想到你會來，爸爸。你昨天晚上就跟我告別了，還說你今天早上要參加一個會議。」

「是呀。」范奧丁說，「但是你比世界上任何的會議都重要。我來看你最後一眼，因為我會有好一陣子見不到你了。」

「爸爸，你真好。我真希望你能跟我一道走。」

「如果我真跟你一起走，你會怎麼說呢？」

這當然只是個玩笑，范奧丁卻驚訝地發現魯絲脹紅了臉。有一瞬間他幾乎以為自己看到女兒眼中閃過一絲驚恐。她緊張地笑著。

「我還以為你是說真的呢。」她說道。

「你高興我去嗎？」

「當然。」她特意強調。

「哦？」范奧丁說，「那好。」

「其實並不是很久，爸。」魯絲道，「何況你下個月就要來了！」

「噢，」范奧丁說，「有時我會想衝到哈利大街的醫生那裡，要他們告訴我，我現在需要陽光、需要換換空氣。」

「別偷懶了！」魯絲說，「下個月去比這個月好，現在你手上有太多工作了，根本就走不開。」

「是呀，沒錯。」范奧丁嘆了一口氣。「現在你最好上車去了，魯絲，你的座位在哪裡呢？」

魯絲·凱特林向周圍瞄了一眼，臥車車廂門口站著一個穿黑衣服的高個頭女人，那是魯絲的女僕。她的女主人走向她時，她閃向一旁。

「我已經把您的化妝盒放在您的座位上了，以便你隨時需要，夫人。我要不要把圍毯拿走？還是您需要用到它？」

「不！我應該用不著。梅森，現在你最好去看看你的座位在哪裡。」

「是，夫人。」

女僕走了，范奧丁陪著魯絲到了車上。找到座位後，他把一大堆報紙和雜誌放在她前面的桌子上。對面的座位已經有一位女士坐在那裡。范奧丁匆匆地看了那位女士一眼。她那雙漂亮的灰眼睛和一身整齊的旅行裝，給他留下了瞬間的印象。他又和女兒談了幾句送行者常說的話。沒多久火車的汽笛聲響起，他看了看手錶。

「看來我應該下車了。再見，孩子，放心吧，一切我都會安排好的。」

「噢，爸爸！」

范奧丁突然回過頭來。魯絲的這一聲喊叫是過去很少聽到過的，使人不寒而慄。這種聲音像是絕望的呼喊。她有股撲向范奧丁的衝動，可是她又立刻壓抑住了自己。

「下個月再見。」她小心翼翼地說道。

兩分鐘之後火車開動了。

魯絲一動也不動地坐在那裡，咬住下唇，竭力控制不輕易流下的眼淚。她突然感覺到自己是那樣的孤獨。在火車開動的那一瞬間，她真想跳下車跑回去。她平常是那麼的自信和平靜，這是生平頭一次她覺得自己宛如一片隨著秋風飄蕩的落葉。若是她父親知道，他會怎麼說呢？

胡鬧、完全是胡鬧！她有生以來第一次在衝動中做下一件明知是愚蠢的事。作為范奧丁的女兒，她十分明白此舉完全是一件荒唐的行為，該受譴責。但作為他的女兒，她還具有和他相同的性格，只要有目標絕不猶疑，一旦做了決定絕不罷手。從小她就是這種個性，成長環境更助長了它的發展。

事情已成定局，她無法挽回了。

她環顧四周，看到了對面的同伴。她彷彿覺得，對面這位女士完全猜透了她的心思。從對方的眼神裡，她看到了理解和同情。但這只是一個短暫的印象。正因為如此，兩位女士的表情又都流露出若無其事的樣子，凱特林女士拿起一本雜誌。凱瑟琳．格雷面向窗外，看著彷彿永無止盡的街景和郊區房舍。

但是，魯絲無法把心思集中在讀物上。不祥的念頭折磨著她。她多麼傻啊！已經太晚了……真的太晚了嗎？如果現在有人和她談一談，勸一勸她呢？她從來沒有像現在這樣渴望有人跟她說點什麼，因為她心中的恐懼愈來愈深；可是她以後一定會鄙視自己曾有依賴別人的想法。但現在……她是怎麼了？恐懼！對，就是這個字眼，恐懼。她，魯絲，凱特林完全被恐懼所侵襲。

她偷偷瞄了一眼對面的女士。是的，這個女人看來很和善，冷靜，貼心，可以談心。但是這樣做未免有欠考慮，怎麼可以隨便向一個陌生人傾吐自己內心的祕密呢？這種想法實在很可笑。她又拿起了雜誌，她必須控制自己的情緒，把所有的想法趕出腦中，讓自己的自由意志來決定，有生以來誰帶給她快樂過？她不斷地問自己：「為什麼我不能追求快樂？誰也不會知道這件事的。」

沒多久火車就到了多佛。魯絲是一個不怕坐船的船客。但她很怕感冒，所以很高興能馬上躲進她事先用電報預訂的一個私人客艙。雖然魯絲不肯承認，但某方面來說她也是挺迷信的。在加來登陸後，她和女僕一起走進了藍色列車的雙人臥鋪，然後獨自到餐車廂去用餐。當她看到對面坐著的女士正是剛才在火車上遇到的那位時，她感到有些意外。兩位女士都會心地微笑起來。

「多麼巧呀！」凱特林小姐說道。

「是啊，」凱瑟琳說道，「竟有這樣的巧事。」

侍者忙著端菜送飯。吃完第一道菜的時候，兩位女士已經像老朋友一樣攀談起來了。

「沐浴在陽光下必定宛若置身天堂。」魯絲嘆道。

「我相信那是種很棒的感覺。」

「您對里維拉很熟吧？」

「不，我是第一次去。」

「這怎麼可能！」

「你每年都去吧？」

「幾乎是，一、二月份的倫敦真教人討厭。」

「我一直住在鄉下。天氣好的月份也不多，大都很悶。」

「你怎麼突然決定來旅行了呢？」

「有了一筆錢，」凱瑟琳說，「我當了十年的伴護，掙得的錢只夠買一雙硬鞋。現在我突然得到了一大筆遺產——當然，在你來說或許不算什麼。」

「你為什麼這樣認為呢？」

凱瑟琳笑了。

「我自己也不知道！只感覺你一定是全世界排得上名的富豪。只是一種印象，大概猜錯了吧。」

「不，」魯絲說，「你沒有猜錯。」她突然嚴肅起來。「如果可以的話，告訴我，您對我其他的印象如何？」

「我……」

魯絲無視對方的尷尬追問道：「噢，請別客氣，我很想知道。當我們從維多利亞車站出發第一次看到你的時候，我就覺得你好像看透了我的內心世界。」

「我可以跟你保證我不是個算命師。」凱瑟琳微笑著說道。

「儘管如此，我還是衷心地請求你，把你對我的印象告訴我。」

魯絲說得那樣真摯誠懇，使得凱瑟琳不得不回答她的問題。

「希望您不要覺得我太冒昧。我認為你心裡有很大的煩惱，我滿替你難過的。」

「你說得對，完全正確，我遇上難題了。我想和你談談。可以嗎？」

「老天！」凱瑟琳心想，「怎麼走到哪裡都一樣！在聖瑪莉米德村，人人都要跟我傾吐心事，現在又來了！我才不想聽任何人的心事呢！」

「當然可以。」她客氣地說。

他們才剛吃完午餐，魯絲把咖啡喝完，站了起來，也不管凱瑟琳的咖啡還沒有喝，就說：「走，到我的包廂去。」

她的包廂有兩個廂房，中間有一道相通的隔門，第二個廂房裡有個女僕坐得直挺挺的，手裡緊握著一個深紅色摩洛哥皮盒，上面有RVK的字樣。凱特林夫人關上了隔門，坐在一個椅子上。凱瑟琳坐在她的身旁。

「我現在猶豫得很，不知該如何是好。我愛上了一個人，非常愛他。我們從年輕時就相愛了，但是被人殘酷地分開來。但現在我們又重聚了。」

「哦？」

「我現在正要去會他。我敢說你一定認為這是不對的，但是你不了解內情。我的丈夫很不像話，很不尊重我。」

「哦。」

「只是有一件事使我傷心：我騙了我父親。就是今天在火車站和我告別的那位男士。他希望我和我丈夫離婚，可是他哪裡知道，我此行是要和另外一個男人去會面。他一定會認為我是個大傻瓜。」

「可是，這難道不是件傻事嗎？」

「是的，是件傻事。」魯絲・凱特林瞅著自己的雙手，它們抖得很厲害。「但我不能抽身了。」

「為什麼？」

「一切都安排好了，否則他會心碎的。」

「不見得吧。」凱瑟琳平靜地說，「一個人的心不會那麼容易就碎的。」

「他會認為我是個意志薄弱又沒有勇氣的人。」

「您的所作所為，我認為既欠缺考慮，也不明智。」凱瑟琳說，「我想你自己也許知道。」

魯絲把臉埋在手掌中。

「我不知道！我不知道！從離開維多利亞車站開始，我就覺得會發生什麼不好的事，我逃不掉了！」

她用力握住了凱瑟琳的手。

「你一定認為我這麼說簡直是瘋了。可是我要告訴你，我知道可怕的事就要發生了！」

「你別這樣想，」凱瑟琳說，「設法控制一下自己。你可以在巴黎打個電報給你父親，他會馬上趕到這裡來。」

魯絲・凱特林臉上的氣色亮了起來。

「是的，我可以打電報，我心愛的爸爸，說來奇怪，直到今天我才發現，我是多麼愛他。」她用手帕擦乾眼淚。「我真是太傻了。非常感謝你能和我聊聊，我不知道自己為什麼會這麼歇斯底里。」她站了起來。「我現在感覺好多了。所以我只是需要找個人談談罷了，搞不懂我怎麼會那麼蠢。」

凱瑟琳也站了起來。

「真高興你的心情好了起來。」她盡量用最平常的語調說著。她知道，一個人做過這樣一種懺悔之後，會升起某種羞愧感。「我該回到自己的包廂去了。」她圓熟地說。

這時，凱特林的女僕也從另一道廂門離開包廂。她大吃一驚地看著凱瑟琳後面的方向，使凱瑟琳也情不自禁回頭望了一眼。不管讓女傭吃驚的是誰，此時她或他都已進入某個包廂之中，因為整個走廊空無一人。凱瑟琳繼續走向她在另一節車廂裡的包廂。當她走到那節車廂最後一個包廂時，它的門打開了，露出了一張女人的面孔，這女人四下望了一下，隨後猛地關上包廂的門。這是一張讓人難忘、微黑而漂亮的面孔，她很動人，但打扮得有些古怪。凱瑟琳覺得似乎在哪兒見過她。

她回到自己的包廂，回想剛剛那番私密的談話。她猜測著這個穿貂皮大衣的女人是誰，而且很好奇她的故事將如何結束。

「如果我能阻止她去做傻事，那就算做了一件好事。」凱瑟琳坐在自己包廂裡思索著。

「可是誰知道呢？這個女人給我的印象是，從小到大一直是個冷冰冰的自私鬼。對她來說，有點改變或許也不錯。我應該不會再見到她了。她一定也不願再見到我。這就是傾聽別人吐露心事的壞處。」

她幽默地想道，希望晚上吃飯時別又被安排在同一個位置了，否則可就尷尬了。

她躺在枕頭上，突然感到疲憊、鬱悶。火車快到巴黎了，正緩慢地在城郊繞行，其間停停又走走，極端無聊。值得高興的是，火車在巴黎的里昂車站停了幾分鐘，可以到外面去散散步，外面的冷空氣非常新鮮。她笑了，發現她那位穿貂皮大衣的朋友已自行解決了可能同桌吃飯的尷尬——那個女傭從窗戶伸出手接下一個餐籃。

列車又開動了。晚餐鈴震天價響。凱瑟琳放心地到了餐車廂。這次，坐在她對面的是個身材矮小的男人，看起來像是外國人，頭型像顆雞蛋，還傾向一側，外加一撮上蠟的八字鬍。凱瑟琳從包廂裡帶來了一本書。她發現他好奇地注視著那本書的書名。

「看來，這位小姐是在看一本偵探小說。您喜歡看這一類讀物嗎？」

「是的，這種書很有趣。」凱瑟琳回答道。

他點了一下頭，彷彿他完全理解這種愛好。

「我聽說，這種書賣得非常好，小姐，請問，這是為什麼呢？我像學生一般誠心地請問，為什麼會這樣呢？」

凱瑟琳愈聽愈覺得有趣。

「可能是因為這種書製造了一種幻想，讓人自以為生活在一個刺激的世界裡。」凱瑟琳說道。

他很鄭重地點了一下頭。

「其實，有些事可能是真實的。」

「我們都知道，這種事不會真的發生——」

「有可能的，小姐，有可能的。我可以告訴您，這種事經常發生在我身上。」

凱瑟琳向他投以興味盎然的一瞥。

「誰能預料未來的事呢？也許突然有一天，您會被捲入這種事裡去。」他繼續說，「人生充滿了意外。」

「我不相信。」凱瑟琳說，「這種事不會發生在我身上的。」

他向她鞠了一躬。

「你想體驗一下嗎？」

這一問卻把凱瑟琳嚇了一跳，她深吸一口氣。

「這可能只是我的想像。」男人敏捷地擦了擦手中的叉子說，「但我覺得您心裡渴望發生一些刺激的事。小姐，我這一生觀察到一件事——心想事成！誰知道呢？」他滑稽地歪了一下頭，「你所得到的，很可能比你設想的多。」

「這是預言嗎？」凱瑟琳詢問著，站起身來，面帶笑容。

男人搖了搖頭。

「我從來不做任何預言。」他嚴肅地說道，「雖然我的預測鮮少失誤，但我從不吹噓。晚安，小姐，祝您有個美好的夜晚！」

凱瑟琳回到了自己的包廂，與那矮個子友伴的一席談話令她心情愉快。當她走過那位女友的包廂時，看到車上的臥車管理員正在鋪床。那位穿貂皮大衣的小姐面朝窗子向外張望，凱瑟琳朝裡面的隔門望過去，發現隔壁的包廂空無一人，毛毯、旅行箱都堆放在座位上。女僕不在裡面。

凱瑟琳回到自己的包廂，看到床鋪已經鋪好。因為她著實感到疲累，所以九點半就熄了燈上床。

她突然醒來時，一點也不知道列車行駛了多久。她看了一下錶，發現錶停了。她心中浮起一陣不安的情緒，而且愈來愈沉重。最後她披上便服走出包廂。整列火車彷彿都沉浸在夢鄉中。她把窗子打開，酣吸著冷夜的新鮮空氣。但她始終無法排除那種恐懼的心理。最後她決定到車廂尾部找臥車管理員，打聽一下準確的時間，再把錶調好。但是，那裡沒有人。她猶豫了一會兒，又決定到下一節車廂去。她看到整個車廂走道都閃著半明半暗的燈光，讓她感到意外的是，在貂皮大衣女士的包廂前——站著一個男人，手扶著門把。她是否搞錯了？那是另一個包廂吧？他在那裡站了好一會兒，背朝著凱瑟琳。好像有點猶豫不定，最後他側過身來。凱瑟琳不禁有種命中注定的感覺——他正是那個她兩次巧遇的男人；一次在薩伏旅館，一次在庫克旅行社。最後他開門走進了包廂，並隨手把門關上。

凱瑟琳閃過一個念頭：他是否就是貂皮大衣女士要去私會的那個男人呢？

但是她告訴自己這純屬幻想，很有可能是她看錯了包廂。她回到了自己的車廂。五分鐘之後，火車放慢了速度。人們清楚地聽到火車響亮的煞車長鳴。過了幾分鐘，火車便停靠在里昂市。

11 謀殺

當凱瑟琳第二天早晨醒來的時候，陽光已灑遍包廂的窗口。她提早去吃早餐，但沒遇上任何昨天認識的人。當她回到自己包廂的時候，臥車管理員才剛將內部整理好，恢復白天的樣貌。這人皮膚黝黑，留著一把刷子似的鬍鬚，愁容滿面。

「小姐您真幸運！」他說，「出現明媚的陽光。如果火車到達時是一個昏暗的早晨，旅客一定覺得很掃興。」

「是的，如果是那樣，的確很掃興。」

「小姐，我們這次列車誤點不少。」臥車管理員繼續說道，「到了尼斯我會通知您。」

凱瑟琳點了一下頭，坐在窗口邊，欣賞著迷人的大自然風光。棕櫚樹、深藍色的海洋、金色的合歡樹，在在新奇耀目，有十四年的時間，她只知道英國霧茫茫的冬天。

火車到達坎城時，凱瑟琳到月台上散步了一會兒。她非常好奇貂皮大衣女士在幹什麼。

遂朝她的包廂看去。她包廂的窗簾還沒有拉開，是整列車唯一還掛著窗簾的包廂。凱瑟琳有點納悶。當凱瑟琳回到車上，走在走廊上時，她發現那位女士兩個包廂的窗子也都掛著窗簾。她想貂皮大衣女士一定是個晚起的人。

此時，臥車管理員來通知凱瑟琳說，幾分鐘後就要到達尼斯了。凱瑟琳給了他小費，他道了謝，可是沒有離去，臉色有點奇怪。凱瑟琳以為是小費給得太少了，他可能不滿意。可是旋即又發現好像是哪裡出了嚴重差錯。他臉色發白，而且全身都在顫抖，似是被嚇壞了。

他怪異地看了她一下，突然說道：「請問，小姐，到尼斯後會有朋友到車站接你嗎？」

「也許吧，」凱瑟琳說，「怎麼了？」

這個人搖了一下頭，吞吞吐吐地說了幾句。凱瑟琳一句也沒聽清楚，然後他就離開了，一直要到火車停站，他才再度出現，從窗口接出凱瑟琳的箱子。

凱瑟琳茫然地在月台上站了一會兒，此時走過來一個俊俏的年輕男子，猶豫地向她問道：「您是格雷女士嗎？」

凱瑟琳說是。年輕人露出純潔的笑容，低聲說道：「我叫查比，就是坦普林女士的丈夫。她也許在信中提起過我，也可能忘了吧。您有行李牌嗎？我今年到這裡來的時候把行李弄丟了。您簡直無法想像他們有多小題大作！標準的法式官僚作風。」

凱瑟琳把行李牌交給了他，正想走，突然聽到了一個很客氣的聲音。

「請等一會兒，這位女士！」

凱瑟琳回頭一看，見到一個著黃帶警裝、身形威武的人，這人說道：「還要請你辦理一些手續。如果女士能跟我這位同事去一趟，我將非常感激。這是警察局的規定……」這個人禮貌地道歉。「當然，是很麻煩，但還是得照章行事。」

查比．埃文斯先生聽得似懂非懂，他的法文造詣有限。

「這就是法國佬的作風。」他嘟囔著。

他屬於那種愛國的英國人，他們在外國人的土地上置產，卻又極看不起當地的人。

「總會想些花招來折騰人！他們以前從不在車站攔截乘客。大概是新的規定。我想你最好跟他們走。」

凱瑟琳被人領走。讓她驚訝的是，她被帶到一節導入側線的隔離車廂旁邊。她被請到車廂裡，踏進走廊，在一間包廂前停了下來。包廂裡有一名官員，他的裝束十分華麗。旁邊站著一個不起眼的記錄員。

官員彬彬有禮地站起來，向凱瑟琳鞠了躬，然後說道：「請您原諒，女士，有一些手續還待完成。女士，您會講法語嗎？」

「還算懂，先生。」凱瑟琳用法語回答道。

「太好了！請坐。我叫寇克斯，高級警官。」

他抬頭挺胸，凱瑟琳試著表現折服。

「您可能想看看我的護照，這就是。」

他眼光銳利地掃向她，嘀咕了一聲。

「謝謝。」警官說著接過護照，清清喉嚨說，「不過，其實我是想要向您打聽一點事情。」

「打聽事情？」

警官點了一下頭。

「是關於您一位同伴的事，您昨天和她同桌吃過午飯。」

「我可能無法提供這位女士的任何資料。我們只在午餐時聊過一下。她對我來說，完全是個陌生人。在這之前我們從未見過面。」

「可是，」警官說，「用過飯之後，您陪她回到了她的包廂裡，又談了一會兒。」

「是的，」凱瑟琳回答說，「沒錯。」

警官似乎等著她再說點什麼。他以鼓勵的眼光看著凱瑟琳。

「然後呢？」

「什麼然後？」凱瑟琳反問道。

「您可以把你們談話的內容告訴我嗎？」

「是可以。」凱瑟琳說，「但目前我認為沒有必要。」

她的英國脾氣倔起來了，感到這位警官有些得寸進尺。

「沒有必要？」警官叫道，「哦，有的，小姐。我可以向您保證有此必要。」

「那也許您可以告訴我。」

那高階警官摸著自己的下巴，思索了一會兒。

「女士，」他終於開口，「理由十分簡單。那位女士今早被人發現死在她的包廂裡。」

「死了！」凱瑟琳尖叫了一聲。「什麼原因？是心臟病嗎？」

「不，」警官用沉著而悲傷的語調回答說，「不是……她被謀殺了。」

「謀殺？」凱瑟琳又是一聲叫喊。

「所以，我們才急著打探線索。」

「可是她的女僕在……」

「女僕已經失蹤了。」

「天哪！」凱瑟琳腦裡一片空白。

「臥車管理員看過您在她的包廂裡和她談話，所以把這件事向警官報告了。所以，我們才把您留下，希望從您這裡了解一些情況。」

「遺憾的是，」凱瑟琳說話。「我連她的姓名都不知道。」

「她姓凱特林。這是我們從她的護照和皮箱上的地址知道的。如果我們……」

有人敲門。寇克斯皺了一下額頭，把門打開了約六英寸的縫隙。

「什麼事？請不要打擾我的工作！」

凱瑟琳在餐車上遇見的那位蛋形腦袋的男人，笑容滿面地站在門口。

「我叫赫丘勒．白羅。」他說道。

「不會吧？」警官結結巴巴地問道，「不會是那個『赫丘勒．白羅』吧？」

「我就是。」赫丘勒．白羅說，「寇克斯先生，我記得我們在巴黎保安局見過面。顯然您已經把我忘了。」

「沒有，完全沒忘，先生。」警官非常高興地說，「請進，您可能已經知道這……」

「對，我知道。」白羅回答道，「我只是來看看我是否幫得上忙。」

「那是我的榮幸。」警官立即回答說，「白羅先生，請容我向您介紹……」他向手裡的護照看了一眼。「格雷夫人，請原諒，是格雷小姐。」

白羅向凱瑟琳微微一笑。

「很奇妙，不是嗎？」他說道，「我的話這麼快就應驗了。」

「可惜這位小姐所知有限。」警官說道。

「我已經解釋過了。」凱瑟琳說道，「我先前完全不認識這位女士。」

白羅點點頭。

「但她和你談過話，不是嗎？」他溫和地問道，「所以您會有一定的印象，是不是？」

「是的。」凱瑟琳沉思地說道，「我想是的。」

「那麼您有什麼印象？」

「沒錯，小姐！」警官突然傾身向前。「請盡量回想。」

凱瑟琳開始回憶。她本來不想違背承諾而透露全部實情，但是「謀殺」這個可怕的字眼在耳邊嗡嗡作響，她實在不敢隱瞞任何細節，因為她所說的一切或許事關重大。因此她把談話的詳細經過描述了一遍。

「有意思。」警官說，看向白羅。「白羅先生，是不是非常有意思？至於是否與罪行有關……」他沒有把話說完。

「不會是自殺嗎？」凱瑟琳懷疑問道。

「不會。」警官說，「不可能是自殺。她是被人用一條黑繩子勒死的。」

「太可怕了，太狠毒了！」凱瑟琳戰慄著說道。

寇克斯先生遺憾地攤開雙手說：「當然，這很不幸。我相信我們的火車劫匪比起貴國的遠為殘忍。」

「太可怕了！」

「是的，是的。」他尷尬地安撫著。「但您很有膽識，小姐。我一見到您，就對自己說：這位小姐很有膽識。因此接下來我想向您詢問一些問題。當然，是很使人很不愉快、甚至痛苦的問題，遺憾的是，我們不得不問。」

凱瑟琳理解地望著他。他抱歉地攤開雙手。

「小姐，麻煩您跟我到隔壁包廂去一趟。」

「我一定要去嗎？」凱瑟琳低聲問道。

「必須有人證實她的身分。」警官說，「但那位女士的女僕失蹤了。」他意味深長地咳嗽一下。「而在這趟旅程中，只有您和她接觸的時間最多。」

「好吧！」凱瑟琳平靜地說，「如果有需要的話——」

她站起身來。白羅讚賞地向她點了一下頭。

「小姐很通情達理。」白羅說，「允許我也跟著去嗎，寇克斯先生？」

「這是我的榮幸，白羅先生。」

他們走進走廊，寇克斯打開死者包廂的門，包廂裡面的窗簾已拉開了半邊，以便透進亮光。死者躺在他們左邊的床上，姿態十分自然，像是睡著了似的。她身上蓋著床單，頭部朝牆，所以一時只看到她的金棕頭髮。寇克斯輕柔地把手伸向死者肩膀，讓頭部翻了過來，以便讓人看到她的臉部。凱瑟琳情不自禁地退了一步，指甲掐入手掌心中。死者臉部受到了嚴重的一擊，因而變得難以辨認。

「這一擊是在死亡之後還是之前發生的？」白羅問道。

「醫生說是死亡之後。」寇克斯先生說道。

「奇怪。」白羅皺眉道。他轉向了凱瑟琳。「勇敢點，小姐，仔細看一看。您確定這位女士就是昨天在火車上和您談話的那位嗎？」

凱瑟琳的精神很鎮定。她鼓起勇氣仔細看了屍體很久，然後彎下腰拉起死者的手。

「我可以十分確定。」她終於說道，「她的臉雖然已遭毀容難以辨認，但從身材、體態和頭髮看來，我可以肯定就是她。另外，我還注意到這個，」她指出死者手腕上的一個黑痣。「是在跟她談話時注意到的。」

「很好！」白羅讚賞地說，「你是一位極佳的證人，小姐。這樣就毫無疑問了。雖然如此，這事還是有點奇怪。」他皺著眉頭，不解地看著屍體。

寇克斯先生聳了一下肩膀。

「很明顯，凶手是在非常激動和氣憤的情況下犯案的。」他說道。

「如果她是被擊倒的話，這就說得通。」白羅自言自語地說，「但這個凶手是在她無意識的情況下，偷偷從後面把她勒死的，可能當時她喊叫了一聲，短促的一聲；然後凶手又用力毀了她的臉。這是為什麼？凶手不想讓別人辨認出她是誰嗎？或者是出於極度的仇恨，以致不能控制自己的情緒，所以儘管她已經死去，還要把她打成這樣？」

凱瑟琳戰慄著，白羅很和善地轉向她說道：「別讓我嚇著你了，小姐，這一切對你來說是個可怕的意外，但對我，哈，這早已司空見慣了。請兩位稍等一下。」

大家站在包廂門口看著白羅在裡頭迅速走來走去，他注意到死者的衣服還疊放在床尾，貂皮大衣也還掛在吊勾上，紅色小漆帽丟在架子上。

接著，白羅走到隔壁的包廂裡，凱瑟琳曾看到死者的女僕坐在裡面。床鋪沒有人睡過，原封未動。三、四個毛毯零亂地放在椅子上。還有幾個小旅行箱，一個帽盒。他突然對凱瑟琳說道：「你昨天在這兒待過一下，你是否察覺到有什麼改變？缺少了什麼東西？」

凱瑟琳仔細看了兩個包廂。

「是的，」她回答說，「有個東西不見了——一個紅色的摩洛哥皮盒。上面有RVK幾個字。那可能是一個化妝盒，也可能是一個珠寶盒。女僕那時正把它捧在手裡。」

「哈！」白羅說道。

「我……我當然不懂這些事，但是很明顯，女僕和珠寶盒都不見了，是不是？」

「您認為女僕是個小偷？不，小姐，有證據可以反駁這一點。」

「什麼證據？」

「女僕在巴黎時就被留下來了。」他轉向白羅。「我想您可以親自聽聽臥車管理員的描述，白羅先生。」寇克斯小聲喃喃道，「應該頗有幫助。」

「這位小姐應該也想聽聽。」白羅說，「警官先生，您不反對吧？」

「不會。」但他其實很想反對。「當然不會，白羅先生，如果您認為有必要的話。這裡，您都看完了嗎？」

「我想是的——再等一下！」他彎下腰拿了一條毛毯走到窗口，仔細看了一會兒，並用手指拿起一點什麼東西。

「您找到了什麼？」寇克斯好奇地問道。

「四根金棕色頭髮。」他低下頭看了一下死者。「對，這是這位女士的頭髮。」

「這有什麼特別的嗎？它們是重要的線索嗎？」

白羅把圍毯放回座椅上。

「以目前情況來說，誰也不能斷定什麼重要、什麼不重要，但每個細節都要注意。」

他們又回到詢問凱瑟琳的那個包廂裡，幾分鐘後，警官把臥車管理員找來了。

「你叫皮爾．米榭？」寇克斯問道。

「是的，警官先生。」

「我想請你跟這位先生複述一次在巴黎發生的事情。」

「好的，警官先生！火車剛離開巴黎里昂車站後，我進來鋪床，我當時以為，那位女士可能在用晚餐。可是她訂了餐籃。她對我說，只要鋪一個床就可以了，因為她已經把女僕留在巴黎了。在我鋪床時，她便拿著餐籃到隔壁的包廂，坐下來。她還對我說，早上不要太早叫醒她，她要多睡一會兒。我告訴她我知道了，然後她跟我道了聲『晚安』。」

「你沒有去過隔壁的包廂嗎？」

「沒有，先生。」

「所以你也沒有看到她的行李當中的一只紅摩洛哥皮盒？」

「沒有，先生，沒看到。」

「你看隔壁的包廂可能藏著一個男人嗎？」

臥車管理員想了一會兒。

「門是半開著的。」他說，「如果一個男人在門後站著，那我是看不見的。但是，那位女士走進包廂時，她一定會發現的。」

「應該是。」白羅說，「你還有什麼要告訴我們的嗎？」

「我想就這樣了。其他的我就不記得了。」

「今天早上呢？」白羅問道。

「我遵照她的吩咐沒有叫醒她。一直到火車到達坎城的時候，我才試著去敲她的門。因為沒有聽到應答聲，所以我就走進去了。當時那位女士似乎還沒睡醒。我去搖她的肩膀想叫醒她，然後……」

「然後你就看到這一切了。」白羅補充說，「可以了，我不需要進一步的說明了。」

「我希望，警官先生，不是由於我的疏忽才產生這件悲劇。」臥車管理員很真誠地說，「這種事竟然發生在『藍色列車』上，真是太可怕了！」

「請放心，」警官說，「除非審判需要，否則我們會盡量避免引起騷動。另外，據我觀察，你十分盡職，並沒有疏忽之處。」

「那麼，警官先生，您也會這樣向我的公司報告吧？」

「當然，當然。」警官有些不耐煩地說，「你可以走了。」

臥車管理員離去了。

「法醫的說法是，」寇克斯說，「火車到達里昂之前，可能這位女士就已經死了。那誰是兇手呢？按這位小姐的說法，很明顯的，死者想在旅程中的某個地點和她提到的那位男士會合。於是把她的女傭留在巴黎，這一點很特別。那位男士是否在巴黎上了車，並藏在隔壁的包廂裡？我們並不排除這個可能。然後可能兩人吵了起來，男的在盛怒之下失手打死了她。這是一種可能性。第二種可能是——我比較傾向這個假設：某個火車劫匪也上了火車，並且躲過臥車管理員偷偷溜到走廊上，進去殺死了她，偷走了化妝盒，當然，化妝盒裡一定有許多貴重的首飾。非常有可能，這個人在里昂下了車。我們已經發電報給里昂火車站了，看他們有沒有發現什麼可疑的下車乘客。」

「或者他和大家一起到了尼斯。」白羅插話說道。

「這也可能。」警官同意。「但這對他來說是非常危險的。」

白羅思忖了一下問道：「你認為這是火車劫匪做的案子？」

警官聳聳肩。

「很難說。我們應該先找到那個女僕。那個紅色皮盒很可能就在她那裡。如果真是如此，死者提到的那個男人可能跟本案有關，或許是情殺案。我個人認為火車劫匪比較說得通，最近他們愈來愈肆無忌憚了。」

白羅突然看了凱瑟琳一眼。

「那麼小姐，你在夜裡有沒有看到或聽到什麼可疑的情況？」

「沒有。」凱瑟琳回答說。

「我認為，我們沒有理由再打擾這位小姐了。」白羅向警官說道。

警官點頭表示同意。

「您是否願意留下您的地址？」

凱瑟琳把坦普林女士的別墅地址留下。白羅微微地鞠了一下躬。

「我們能再見個面嗎？」他探詢地說，「或者您的朋友很多，行程已經排滿了？」

「那倒沒有。」凱瑟琳說，「我的時間很空閒，也很高興能再與您見面。」

「太好了！」白羅友善地點了一下頭。「這就可以寫部偵探小說了。我們將共同來調查這個案子。」

12 雛菊別墅

「你剛剛捲進一樁謀殺案裡？」坦普林女士很惋惜地說道，「親愛的，多可怕呀！」她睜大了藍色的大眼睛，輕輕地嘆了一口氣。

「如假包換的謀殺！」埃文斯先生沾沾自喜道。

「查比壓根就沒想到會有這種事。」坦普林女士接著說，「他只是無法想像警察為什麼把你找去。親愛的，這是個機會，我想，你知道……是的，我們應該利用這個事件。」

她處心積慮的表情使得她藍眸中的無辜相形失色。

凱瑟琳感到有些不快。大家剛吃過午飯，凱瑟琳開始端詳飯桌上的人。坦普林女士正在思考自己的新計畫。埃文斯先生天真地微笑著，蘭諾絲黝黑的臉上帶著詭異的笑。

「真好運，」查比喃喃道，「我真希望當時我也跟你在現場，目睹那一切。」他的語氣充滿了渴望與稚氣。

凱瑟琳沒說什麼。警方並沒有要求凱瑟琳保守祕密，因此她也就沒有必要隱瞞事件的真相。但她並不希望大肆張揚。

「對！」坦普林女士突然從幻想中醒過來。「我想應該做一點事了，可以在報上發表一小篇說明，一個證人、一段女人與女人間的談話：『與死者交談過，但不知內情。』你知道，類似這樣的題目。」

「胡說八道。」蘭諾絲說道。

「你不懂，」坦普林女士熱切地說道，「你知道報社會付多少錢買一篇小小的報導嗎？當然，文章必須由一位出身高貴的人來寫。你當然不能承擔這個任務，凱瑟琳，把這事交給我，我什麼都替你想好了。哈維南先生是我一個特別的朋友，我們滿熟的，這個人很有趣，完全不像個記者，你覺得這個主意怎麼樣，凱瑟琳？」

「我比較希望什麼都別做。」凱瑟琳直爽地說道。

這麼直接的拒絕讓坦普林女士大吃一驚。她嘆了一口氣，仍試著想多打聽一點細節。

「你說這位被害女士長得不錯，是嗎？我很懷疑那會是誰？你聽過她的名字嗎？」

「有人提起過，」凱瑟琳說，「但是我記不得了。你知道，我當時實在心煩意亂。」

「我想也是，」查比說，「這實在太令人震驚了。」

即使凱瑟琳想起了死者的名字，她也不會說的。

蘭諾絲和她母親一樣敏感，她察覺到母親的企圖，因此邀請凱瑟琳到自己的房間去。他們在房裡待了一會兒。然後她把凱瑟琳留在那裡。離開房間之前，蘭諾絲很坦率地說道：「你別怪我媽，為了拿到一兩個銅板，她可以去挖自己的祖墳。」

蘭諾絲回到母親房間的時候，正遇上母親和繼父在議論新來的客人。

「漂亮！」坦普林女士說，「相當漂亮，她的衣服很不錯，灰色的那件就像葛蕾迪絲．庫柏在『埃及的棕櫚樹』裡的造型。」

「你注意到她的眼睛了嗎？」查比插話道。

「別管她的眼睛了。查比，」坦普林女士尖銳地說，「現在我們談談要緊事。」

「噢，是的。」埃文斯先生說，他又縮回殼裡去了。

「她似乎不太……聽我的話。」坦普林女士說，一邊謹慎挑選著適當的字眼。

「就像書上說的，她有女人的直覺。」蘭諾絲露齒而笑。

「小家子氣，」坦普林女士喃喃道，「不過，在那種環境下也難怪了。」

「我想你會盡全力開拓她的視野，」蘭諾絲笑道，「但你勢必要放棄了。你也看到了，她意志十分堅定，不容易動搖。」

「總之，」坦普林女士滿懷希望。「她看起來還算大方。不像有些人一旦有了錢，就好像多了不起似的！」

「哦，那你不就很容易接近她，攫取你想要的，」蘭諾絲說；「這就是你找人家來的目的，不是嗎？」

「她是我堂妹。」坦普林女士嚴肅地說道。

「對，是你的堂妹。」正在打盹的埃文斯先生再度醒來。他說道：「我想我直接叫她凱瑟琳，可以嗎？」

「你願意叫她什麼就叫什麼，查比。」坦普林女士說道。

「好，」埃文斯先生道，「我就叫她凱瑟琳，你看她會打網球嗎？」

「當然不會。」坦普林女士說，「她不過是個伴護。告訴你，伴護是不會打網球……或高爾夫球。她們可能會打槌球，但據我所知，她們最多也不過是打打毛線、給小狗洗澡。」

「我的天！」埃文斯叫了起來。「她真的只會幹這些事？」

蘭諾絲又上樓回到凱瑟琳所在的房間裡。

「我能為你做點什麼嗎？」她問得相當敷衍。

凱瑟琳婉拒了。蘭諾絲坐在床沿上仔細端詳著凱瑟琳。

「你為什麼到這裡來？」她終於問道，「我是說，我們和你不是同一類的人。」

「我很想進入上流社會。」

「別鬧了，」蘭諾絲迅速說道，臉上閃過一絲微笑。「你知道我的意思。你和我想的不太一樣。你有些不錯的衣服。」她嘆了一口氣。「我穿衣服實在不好看，我生來就粗手粗腳。遺憾的是，我喜歡那些漂亮的衣服。」

「我也是，」凱瑟琳道，「但至今我很少有機會穿好看的衣服。你覺得這件好看嗎？」

凱瑟琳問道。

她和蘭諾絲討論了幾款喜歡的樣式。

「我喜歡你。」蘭諾絲突然說，「我一直想找機會告訴你，要留神我媽。但看來是沒必要了。你是個坦然有禮貌的人，但你不是傻瓜。哦，該死！出了什麼事？」

從客廳裡傳出了坦普林女士音樂般的說話聲。

「蘭諾絲，德瑞克剛剛來過電話，他說晚上到我們這兒吃飯。可以嗎？有沒有什麼要注意的？我們不是還有鵪鶉嗎？」

蘭諾絲安撫了母親了之後，又回到凱瑟琳的房間，她表情愉快，同時也少了些許憂愁。

「我很高興德瑞克要過來。」她說，「你會喜歡他的。」

「德瑞克是誰？」

「萊康伯瑞爵士的兒子。他和一位很有錢的美國女人結了婚。女人都很寵他。」

「為什麼？」

「原因很簡單，他長得帥，運氣又差，但是深得許多女人垂青。」

「你也是嗎？」

「我有時也挺喜歡他的。」蘭諾絲說，「但有時我又想找個鄉下的助理牧師結婚，在溫室裡種點有的沒的。」她停了一下又說：「最好是愛爾蘭籍的助理牧師，我應該試試看！」

一兩分鐘後她又回到先前的主題。

「和德瑞克在一起很有趣。全家和他一道喝酒，然後進行無聊的賭博，你知道的。在古代，人們可以為此輸掉宮殿和老婆。德瑞克應該可以成為一個非常出色的土匪頭子。優雅又樂觀，而且風度翩翩。」

她站了起來走到門口，回頭說道：「你若有興趣，也下樓來看看。」

當房裡只剩下凱瑟琳一個人的時候，她沉思起來。

她並沒有感到徹底放鬆，反而覺得受到周圍環境的壓抑。這裡的人以這種方式詢問她藍色列車上發生的事件，讓她受到不小的刺激。她認真地思索著被殺害的那位女士。她非常同情魯絲，雖然她實在沒辦法說自己喜歡她。她那種任性妄為的自私本性使她覺得很討厭。

凱瑟琳離開魯絲的包廂時，得到的印象是：魯絲下了某種決心。但是這種決心的真實含義，她弄不太清楚。無論如何，死亡毀滅了她的所有的計畫，一切都成了泡影。多麼奇怪啊！一樁獸性的犯罪竟成了這趟命運之旅的結局。但凱瑟琳突然想起了一件小事，也許應該告訴警方。這件事是她偶然間想起來的。但這真的很重要嗎？她確信，有個男子曾到過死者的包廂。但也可能是她看錯了，可能那個人就住在隔壁的包廂裡。火車劫匪的可能性根本不存在。此時她又再次想起那個人，和她兩次見過面的人。一次在薩伏旅館，一次在庫克旅行社。莫非是她搞錯了，亦即那個男人不是進入死者的包廂，而是進了他自己的包廂？這件事不向警方報告也許更好。誰能預料，一旦報告了會惹出什麼樣的後果。

她要下樓找陽台上的其他人。透過合歡樹的枝椏可見地中海上的藍色波浪。當她聽到坦普林女士的聲音時，心裡感到一陣高興：這裡畢竟好過聖瑪莉米德村。

她穿上金菊色的晚禮服，在鏡子前對自己笑了笑，接著便帶著膽怯而害羞的心情走進了大廳。

坦普林女士的客人已經雲集在大廳裡了。因為坦普林女士的聲音特別響，所以其他人的說話聲亂哄哄地混成一片，令人難以聽清楚。查比趕忙跑到凱瑟琳那裡，遞給她一杯雞尾酒，然後就把她帶在自己身邊。

「你來了，德瑞克！」當最後一位客人走進大廳時，坦普林女士尖叫了一聲。「現在我們終於可以吃東西了，我都快餓死了。」

凱瑟琳從房間的這一頭看過去，嚇了一跳。他就是德瑞克！同時，她又仔細地看了一眼，以確認是否就是他。這個因著一連串巧合而遇過三次的男子，這一次又和她相遇了。她認為他也認出了她，因為他突然停止了和坦普林女士的談話，心裡嘀咕了幾秒鐘，然後又繼續談下去。吃飯的時候凱瑟琳發現，他的位子就在自己旁邊。他向凱瑟琳微微一笑。

「我就知道我很快就會再見到您。」他說，「只是沒有想到會在這裡。我現在開始相信定數了。一次在薩伏旅館，一次在庫克旅行社，有一就有二，有二就有三。您別說不記得我或從沒注意到我。無論如何，您得假裝注意到我了。」

「噢，我是注意到了。」凱瑟琳說，「但是今天不是我第三次遇到你，而是第四次。第三次是在藍色列車上。」

「在藍色列車上？」他的臉色突然有些變化，凱瑟琳說不出那是什麼表情，只能說像是收到一張退票一樣。然後他不經意地說起：「今天早上的謠傳到底是怎麼回事？火車上真的死了人？」

「是的，」凱瑟琳緩慢道，「的確是有人死了。」

「人真不該死在火車上，」德瑞克輕率說道，「我相信這又會引起一連串的國際問題。而且又給了火車一再誤點的理由。」

「凱特林先生！」坐在他對面的一個美國胖女人，用她特有的、證明她是個美國人的美國腔向德瑞克說：「凱特林先生，我相信您已經完全把我忘了，但我還是認為您真是個可愛的人。」

德瑞克將身子往前移，回答了胖女人的話。坐在一旁的凱瑟琳卻聽得目瞪口呆。

凱特林！當然這就是被害者的姓。這是多麼離奇又諷刺！昨夜他到過妻子的包廂，離開妻子的時候她還健在；而今天他卻安安穩穩地坐在這裡，完全不知道妻子的命運。毫無疑問，他不知道她已經死了。

一位僕人在德瑞克耳邊說了些什麼，並遞給他一張紙條。他向坦普林女士說了句「抱歉」之後拆開了紙條。接著突然大驚失色，然後看著女主人。

「這的確是很離奇的事。羅莎莉，很抱歉，我恐怕得先離開。有個高級警官馬上要見我。不知道是什麼事。」

「你的私生子們找來啦？」蘭諾絲大笑著說道。

「不是這樣的，」德瑞克說，「非常有可能是一場惡作劇。但無論如何我得去一趟，我想應該是發生了極嚴重的事情，否則這個老傢伙絕不會在我進餐時來打擾我。」他笑著把椅子往後一移，站起身離開了大廳。

13／電告范奧丁

二月十三日下午，倫敦瀰漫著大霧。魯佛斯．范奧丁在這種天氣裡，不顧醫生的囑咐仍竭力工作。奈頓對此十分高興。百萬富翁這幾天總是不能把精神集中在工作上，有什麼重要的事向他報告的時候，他雖聽著也心不在焉。可是，今天這位美國佬卻加倍努力工作著，祕書立刻把握住機會。做事一直很幹練的他，工作勤奮的程度頗得范奧丁的信任。

但在專心工作的當下，他又隱約覺得有什麼使他安不下心來。奈頓偶然提起的一件事，在范奧丁的心中產生了影響，無形中不斷醞釀，慢慢占據了他的心思，到最後，即使堅定如他者，也不得不屈服。表面上，他好像聚精會神地聽著祕書的報告，但實際上，他幾乎一個字也沒聽進去，只是機械地點著頭。

奈頓回頭拿起了些文件，把它們分類好時，范奧丁說道：「你能不能再跟我講一次，奈頓？」

奈頓有好一會兒感到一頭霧水。

「您是指這件事嗎，先生？」他拿起快寫好的公司報告。

「不，不，」范奧丁說，「我是說，你說你昨天晚上曾在巴黎看到魯絲的女僕。這一點我有點不理解。你一定弄錯了吧？」

「我沒有弄錯，先生，我確實和她說過話。」

「請你再把整件事講一次。」

奈頓倒是很聽話，他說道：「我和巴塞默公司會談結束之後，就到麗池飯店去拿東西和吃飯。吃完晚飯就去北站搭九點那班火車回來。在飯店櫃檯我看到一個女人，我很確定她就是凱特林女士的女僕。當時我還跑去問她凱特林女士是否也在飯店裡。」

「是，是，」范奧丁說，「當然，自然了。然後女僕告訴你說，魯絲繼續搭火車去里維拉，把她留在麗池，等著主人的新指示。」

「對，就是這樣，先生。」

「真奇怪！」范奧丁說，「真是奇怪得很啊。也許這個女人在火車上行為不檢，使我女兒不願意和她一起旅行。」

「如果是這種情況，」奈頓插話說，「那麼凱特林女士就會給她一筆錢，讓她回英國。不大可能叫她待在麗池飯店。」

「對啊！」百萬富翁嘟囔一句。「你說得有理。」

他本來還想說什麼，但沒有說出口。他很喜歡奈頓，而且也信任他，但無論如何也不能跟他討論女兒的私事。魯絲對他隱瞞了一些事，這早就傷了他的心，這個意外的消息使他不可遏抑地擔憂起來。

為什麼魯絲把女僕留在巴黎？是什麼狀況或動機讓她這麼做？

他仔細考慮了一會兒這奇怪的狀況。魯絲究竟發生了什麼事？有些事就是這麼巧，女僕第一個碰到的人就是父親的祕書。很多事就是這樣發生，很多祕密也是這樣被揭發的。

他被自己的最後一句話嚇到了；這個想法很自然就在心裡產生。「真的有什麼祕密？」他痛恨問自己這個問題；他盡可能要找出一個答案。答案就是阿曼德·德·拉·羅奇。這一點無庸置疑。

對范奧丁來說，這是一件非常痛苦的事：他的女兒被那種人愚弄了。他自信女兒出身高貴，不會像別的女人那樣容易受伯爵的欺騙。男人可以看透伯爵這種人，女人卻不能。

他想找個藉口來消除祕書對他女兒的懷疑。

「魯絲總是這樣，經常改變自己的計畫。」他說道，並若無其事地問道：「為什麼她要突然改變自己的旅行計畫？這一點她的女僕有沒有對你提起？」

奈頓盡量控制自己說話的聲調，顯得自然一些，他回答：「女僕說，凱特林女士意外地遇到了一個朋友。」

「是嗎？」

奈頓聽出他故作輕鬆的緊張語氣。

「噢，這樣呀。是男的還是女？」

「我想，她說的是一位先生。」

范奧丁點了一下頭。他害怕的事是真的了。他從椅子上站起來，如同往常在情緒激動時那樣，在屋裡來回走動。他無法控制自己的情緒，終於脫口而出。

「沒有任何男人做得到一件事，那就是……讓女人理性點。女人在某方面就好像少根筋似的。人家都說女人的直覺很厲害，但為什麼女人就是會愛上那些狡猾的騙子，十個女人裡沒半個會認清那些騙子的真面目；全成了那些外表光鮮、巧舌如簧的騙子的獵物，如果我有辦法——」

他收住了話頭。這時有個小傭人拿進來一封電報。范奧丁撕開電報，臉色刷地一下變得慘白。他扶住了椅背，免得跌倒在地，他向小傭人一揮手，讓他出去。

「發生了什麼事，先生？」

奈頓從角落裡站起來。

「魯絲——」范奧丁的嗓子有些噎住了。

「凱特林女士？」

「死了！」

「是火車出了什麼意外嗎？」

范奧丁搖了一下頭。

「不是，她好像是被搶了。他們沒用那個字眼，奈頓，但我可憐的孩子被人謀殺了。」

「天哪！」

范奧丁用食指輕打著那封電報。

「電報是尼斯警察局打來的，我必須趕第一班車到那裡。」

他沒有告訴奈頓必須幹什麼，奈頓看了一下鐘說道：「五點整，從維多利亞火車站發車，先生。」

「好！你陪我去，奈頓。你跟下面的人員交代一下，整理一下你的行李。把緊急的事情先辦好；我要到古爾松大街去一趟。」

電話鈴聲響起，奈頓拿起了聽筒。

「是的，請問哪位？」

然後他向范奧丁說道：「是格比，先生。」

「格比？我現在不能見他。不，等一下，我們還有時間。讓他來吧。」

范奧丁是個堅強的人，現在他已經恢復原有的平靜。當他招呼格比時，沒幾個人會注意到他與平常有什麼不同。

「我現在很忙，格比，挑重點講。」

格比咳嗽了一聲。

「是有關凱特林先生的情況，先生，亦即您希望我向您報告的事。」
「是的，怎麼樣？」
「凱特林先生昨天上午離開倫敦到里維拉去了。」
「什麼？」
他的聲音幾乎把格比嚇了一跳。這個經驗豐富的老滑頭在跟對手談話時，從不看對方，這次卻斜眼看了看這位百萬富翁。
「他搭的是哪一班車？」范奧丁問道。
「藍色列車，先生。」格比咳了一聲，望著壁爐上的掛鐘說道。「米蕾兒小姐，就是那位帕森農的舞伶，也同車前往。」

14 愛達·梅森的證詞

「先生，我對您只能再一次表示我們最真摯、最深切的同情。」

治安官卡黑吉先生向范奧丁致意，寇克斯也語帶哽咽，范奧丁的表情複雜，恐懼、驚愕、感傷交錯。他身處尼斯的治安官辦公室，裡面除了兩名官員和這位百萬富翁之外，治安官的辦公室裡還有一個人。

「范奧丁先生，」他說道，「您一定想趕快開始。」

「噢！」高級警官叫了一聲。「我還沒跟您介紹赫丘勒·白羅先生；您一定聽過他。他雖然退休好幾年了，但現在只要提起他的名字，男女老少都還知道他是位有名的大偵探。」

「很高興認識您，白羅先生，」范奧丁客套地說，「您已經退休了？」

「是的，先生。我很安於現狀。」

這位小個子做了一個表情豐富的手勢。

「白羅先生剛好也搭乘了『藍色列車』。」高級警官解釋道，「他非常好心地表示，要以他豐富的經驗協助我們破案。」

百萬富翁敏銳地看著他，意外地說道：「我很富有，白羅先生。雖說有錢能使鬼推磨，但那不是真的。紐約財經界稱我是個偉人，現在這個偉人要向另一位偉人求教了。」

「范奧丁先生，您說得很好！」白羅感激地點了一下頭。「我已準備好要為您效勞了。」

「謝謝，」范奧丁先生說，「您可以隨時打電話給我，我也會樂意見到您。那麼現在，我們言歸正傳吧。」

「我建議，」治安官卡黑吉說，「先審問一下女僕愛達・梅森。據我所知，您已經把她帶來了。」

「正是。」范奧丁說，「我行經巴黎時把她接來了。她聽到女主人死亡的消息，心情十分低落，但她還是能夠描述她知道的情形。」

「那我們立刻傳喚她。」卡黑吉說。

他按了一下桌上的鈴，幾分鐘後愛達・梅森就進了門。

她一身黑色裝束，鼻尖有點發紅。旅行時戴的灰手套也換成了黑色的。她有些驚惶地環視了一下辦公室，直到看見了范奧丁才好像鬆了一口氣。治安官也以和藹的態度盡量要使她放鬆。

「你叫愛達・梅森，是嗎？」

「正是，愛達．碧翠絲是我的教名。」梅森規矩答道。

「很好，梅森，我們知道，這整件事令人十分悲痛。」

「正是如此，先生。我總是盡力而為，以使我的主人滿意。我希望如此。我怎麼也沒想到，會發生這種可怕的事情！」

「是呀！」卡黑吉道。

「我已經從星期天的報紙得知這件案子的始末了，我就知道這些外國火車——」她突然住了口，想起了眼前這些人正是法國人。

「現在讓我們來談談這件事的始末，」卡黑吉說，「就我所知，當你離開倫敦時，並不知道自己會被留在巴黎？」

「不知道，先生。我們是準備一起去尼斯的。」

「在此之前你和你的女主人去過國外嗎？」

「沒有。我在夫人那裡做事才兩個月。」

「你在旅途中沒有發現你的女主人有什麼異常嗎？」

「是的。她看起來很憂慮，又有些沮喪，我也不知道該怎麼對她才好。」

卡黑吉點了一下頭。

「那麼梅森，你第一次被告知自己會被留在巴黎時，是在什麼地方？」

「在巴黎的里昂車站。夫人想到月台上透透氣。她剛剛開始散步就輕聲地叫了一聲，接著就和一位先生回到了包廂。然後她就把和我的包廂相通的那扇門鎖上了，所以我看不到也聽不見任何情況。直到她突然又打開門，告訴我說她要改變她的旅行計畫。她給了我一些錢，要我到麗池飯店，她說飯店的人認識她，會給我個房間住。她要我就在那裡等她的進一步指示，若有需要會再找我。我正好來得及整理我的行李箱，我剛下車，火車就開動了。」

「在你的女主人做這些囑咐的時候，那位先生在哪裡？」

「他在隔壁的包廂裡，站在車窗旁望著外面。」

「你能否描述一下這位先生的模樣？」

「這個嘛，先生，我幾乎沒看到他的模樣。他從頭到尾都背對著我。他個頭很高，皮膚挺黑，其他的我就不知道了。他就像一般人穿著深藍色外套，戴了一頂灰色帽子。」

「他是『藍色列車』的旅客嗎？」

「依我看，不像是車上的旅客。像是剛上火車，似乎是來見凱特林女士的。當然他也可能是車上的乘客；我沒想過這個問題。」

梅森似乎有點被弄糊塗了。

卡黑吉換了另一個問題。

「你的女主人曾對臥車管理員講，早上不要太早叫醒她。您認為這是正常的嗎？」

「完全正常，先生。夫人從來不吃早點，她經常夜裡睡不好覺，因此早上總是會多睡一會兒。」

卡黑吉又轉到了另一個話題。

「在你們的行李當中有一個紅色的皮盒，是嗎？」他問，「是你女主人的皮盒？」

「是的，先生。」

「你沒有把這個盒子帶到麗池飯店去嗎？」

「我把女主人的珠寶盒帶到麗池飯店！噢，不！這怎麼可能，先生。」女僕顯然對這樣的說法感到可怕。

「那你是把珠寶盒留在火車上了？」

「當然。」

「你是否知道，凱特林女士身上帶著很多首飾？」

「非常多，先生；我甚至對她這一點有些不太贊同。我可以告訴你，國外經常有盜竊案發生。雖然我們不見得會被搶，但依然會有很大的風險，為什麼呢？因為有一次女主人對我說，裡面有一顆紅寶石就值幾十萬英鎊。」

「紅寶石！什麼紅寶石？」范奧丁突然大叫起來。

梅森望向他說：「先生，我想就是不久前您給她的那顆。」

「天哪！」范奧丁大叫了起來，「她竟然把那顆寶石帶在身邊！我跟她說過，叫她把寶石暫時存在銀行裡的。」

梅森咳了一聲，這一聲咳嗽意味深遠，遠比言語能描述得更多，梅森的女主人太有「自信」了，旁人很難說服她。

「魯絲一定是瘋了。」范奧丁低聲抱怨道。「到底是什麼事讓她如此失常。」

現在輪到卡黑吉咳嗽了。他的這聲咳嗽也大有深意。引起了范奧丁的注意。

「暫時，」卡黑吉對梅森說，「就是這些了。小姐，請你到隔壁房間去，在筆錄上簽個名！」

梅森在辦事員的陪同下走出了房間。范奧丁立刻轉向治安官說道：「怎麼樣？」

卡黑吉打開抽屜，取出一封信遞給了范奧丁。

「這封信是從令千金手提包裡找到的。」

親愛的朋友，我完全聽你的。我將非常謹慎行事，像每一個戀人都厭惡的那樣，巴黎或許不是個合適的地方，但黃金島又太遠。請你相信，一切萬無一失，如同你和你所愛的名貴珠寶般完美。如果我能親眼看一下這顆寶石並加以仔細研究，那將是我莫大的榮幸。我要為名貴的「火心寶石」寫下特別的一章。你，我的心肝寶貝，希望你再忍耐一會兒！你這幾年來離別的痛苦和空虛很快就會得到補償了。

深愛你的阿曼德

15 羅奇伯爵

范奧丁默默讀完了這封信。他的雙頰氣得通紅，太陽穴的血管凸起，一雙大手痙攣地發抖。他不聲不響地把這封信遞給了卡黑吉。卡黑吉緊張地看著書桌，寇克斯望著天花板，白羅則彈著袖口上想像的灰塵。當下的氣氛使這三人都不敢正眼瞧范奧丁一眼。

基於職責所在，卡黑吉首先觸及這個令人不快的主題。

「您可能知道，先生，」他低聲問，「這封信是誰寫的？」

「我知道，我知道這是誰寫的，」范奧丁憤怒地說。

「噢？」治安官詢問道。

「是一個名叫什麼羅奇伯爵的混蛋！」

又停了一會兒，白羅屈身向前，弄直法官桌上的尺，然後直接向百萬富翁問道：「范奧丁先生，我們知道，讓您來談這個問題是件很痛苦的事，但是相信我，現在已經沒時間隱瞞真相了。要解決問題，我們必須了解一切內情。如果你回想一下，你所了解的真相就會更清楚了。」

范奧丁沉默了片刻。然後他輕輕地點了一下頭表示同意。

「白羅先生，您是對的。雖然痛苦，但是我必須說出實情。」

寇克斯鬆了一口氣，卡黑吉往椅背一靠，推推鼻梁上的夾鼻眼鏡。

「也許您可以跟我們談談這位羅奇伯爵，范奧丁先生。」他說，「關於這位先生您知道的所有事都可以說。」

「這段歷史是從十一、二年前開始的，那是在巴黎。我女兒還是個年輕女孩時，跟別的女孩子一樣，充滿浪漫思想，喜歡胡思亂想，她背著我認識了這個羅奇伯爵。您可能聽過這個人？」

高級警官和白羅同時點了一下頭。

「他自稱是羅奇伯爵。」范奧丁繼續說，「但是我懷疑他是否有資格獲得這個爵位。」

「在《歐洲王族家譜年鑑》上，您是找不到他的名字的。」高級警官加上了一句，表示贊同范奧丁的觀點。

「這我知道，」范奧丁說，「這個男人是個英俊又善於花言巧語的騙子，對女人有致命的吸引力。魯絲愛他愛得瘋狂，但是我很快就把他們的戀情給結束了。這個人實際上是個大騙子。」

「您說得沒錯。」高級警官說，「警方對這位伯爵完全了解。長久以來我們一直想找到他的把柄，把他捉拿歸案。可是難啊，這個傢伙十分狡猾。他經常和上流社會的女士們打交道。就算他用什麼謊言或勒索的方式從她們那裡拿到錢，天哪，她們當然不會起訴他。看看這些笨蛋，我們也沒輒，他對女人很有辦法的。」

「原來是這樣。」范奧丁沉重地說，「如同我說的，我決心干預這件事。我告訴過魯絲他是個什麼樣的人，她顯然不相信。大約過了一年之後，我女兒和她現在的丈夫結了婚。我以為他們那段情就此結束了。但是大約一個禮拜之前，我很驚訝地發現我女兒又和這個伯爵聯繫上了。她跟他在倫敦和巴黎經常碰面，我跟她說，在她決定離婚的當頭，她的這種行為是多麼不慎重。」

「真有意思。」白羅望著天花板低聲喃喃道。

范奧丁狠狠地瞪了他一眼，繼續說道：「我告訴過她，在這種情況下和羅奇伯爵往來實在太愚蠢了，我以為她同意了我的話。」

治安官微妙地咳了一下。

「可是根據這封信看來——」他突然停了下來，聲音開始哽咽。

「我知道，這沒什麼好隱瞞的。再難受也要面對現實。顯然魯絲已經安排好要到巴黎見羅奇伯爵。在我警告她之後，她寫信給伯爵改變約會地點。」

「黃金島在耶爾的對面，是一個很幽靜的田園小鎮。」高級警官說道。

范奧丁點點頭。

「我的天！魯絲怎麼會成了這樣一個傻瓜？」范奧丁痛苦地叫道，「她怎麼會帶著這麼貴重的寶石去中圈套！他的所作所為只是為了寶石啊！」

「有些很名貴的紅寶石，」白羅道，「是俄國皇冠上取下來的；它們外型特殊、價值連城。最近人們紛紛議論，說這些寶石最後落到一個美國人手上了。那麼先生，您就是那位買主了？」

「是的。」范奧丁說，「我十天前在巴黎買到的。」

「抱歉，先生，但在你買到之前，這筆交易談了很久嗎？」

「大概進行了兩個月。為什麼問這個問題？」

「聽說，」白羅說，「有些人專門尋找珍貴的金銀首飾和寶石。」

范奧丁臉上抽搐了下。

「我記得，」范奧丁突然說，「在我把寶石交給魯絲時，我開了個玩笑。我對她說，不要把寶石帶到里維拉去，小心這顆寶石招來搶劫或謀殺。天啊，竟然被我不幸言中了——沒想到當時的笑話竟成了今日的悲劇！」

眾人聞言都沉默不語，充滿了同情。白羅以公事公辦的口吻說道：「我們來假設一下，事情可能是這樣的：羅奇伯爵得知寶石已落到您手中，於是略施小計誘得凱特林女士把寶石帶在身邊。因此，正如梅森所說的，此人也就是火車停在巴黎時，她在死者包廂裡看到的那個人。」

其他三人都點了一下頭。

「凱特林女士對他的突然出現一開始有點不知所措，但很快又恢復正常。她把梅森留在半路上，又買了餐籃。臥車管理員只去整理了第一個包廂的床鋪，但沒有走進第二個包廂。伯爵就藏在那裡。除了凱特林女士之外，沒有第二個人知道他在火車上；他很小心不讓女僕看到他的臉，所以梅森只說他身材高大、皮膚挺黑，非常模糊的形容。他們倆單獨待在那兒……火車在深夜裡飛馳，不會發生什麼搏鬥或掙扎。因為這個男人是自己的情人。」

白羅瞄了范奧丁一眼又繼續說道：「死亡只發生在一瞬間。伯爵帶走唾手可得的珠寶盒，很快地火車就到了里昂市火車站。」

卡黑吉點頭表示同意。

「完全正確。火車到里昂市火車站，臥車管理員接著就下車，執行自己的任務。伯爵偷偷地溜下火車。改搭往巴黎或去其他方向的車。所有的跡象都表明，這是一起火車上的盜竊案。要不是在凱特林女士的手提包裡發現了信，那就很難去懷疑這位伯爵先生了。」

「看來他很粗心，沒有去檢查一下女士的手提包。」高級警官說道。

「顯然他以為她已經毀掉那封信了。那是——原諒我這麼說，先生——那是非常粗心的。」

「然而，」白羅喃喃道，「羅奇伯爵的粗心是可以預見的。」

「你的意思是？」

「我是說我們都同意一點，那就是羅奇伯爵很懂女人。那又為什麼會這樣呢？既然了解女人，怎麼會不知道女人通常都會留著情書？」

「是……是，」治安官毫不懷疑地說，「你說的是有道理。但在這種時候，你知道一個人可能會情緒失控，他沒法平靜下來。」他又說，「如果罪犯都那麼按邏輯行事，那我們怎麼捉拿他們歸案呢？」

白羅笑了一下。

「對我來說案情已十分清楚。」治安官繼續說，「但是很難用事實證明這一點。伯爵先生比泥鰍還狡猾，除非女僕能證明他就是……」

「這不太可能。」白羅同意這一點。

「是呀！是呀！」治安官摸了摸下巴，「事情真棘手。」

「如果真是他做的案……」白羅說道。

寇克斯打斷他的話說道：「你說『如果』，這是什麼意思？」

「是的，我是說『如果』，警官先生。」

其他人都瞪著白羅看。

「沒錯，」他繼續道，「我們的結論下得太快，伯爵可能會提出『不在場證明』。」

「這不成問題。」白羅說，「如果他做了案，他總要為自己製造一個『不在場證明』。

不過，我是根據其他理由提出『如果』這種疑問。」

「什麼理由？」

白羅用手指點著，鄭重其事地說道：「心理學分析。」

「啊？」警官道。「以心理學來說也不合理。伯爵是個流氓、是個無賴，對女人很有辦法，他要偷女士的首飾，這一點也很清楚。但是，他是那種會犯下謀殺罪的人嗎？像他這種人個個都是膽小鬼，他不會想冒任何風險。他只玩安全的遊戲；但謀殺，絕不可能！」他搖了搖頭。

看來治安官無論如何也不會贊同他的分析。

「這幫傢伙早晚要掉腦袋，所以也可能孤注一擲。」他沉思了一會兒說，「我並不是要故意反駁您，白羅先生。」

「這只是個意見，」白羅急忙解釋說道，「調查的權利當然是在您的手中，您一定會查個水落石出。」

「照我看來，伯爵正是我們要逮捕的對象。」卡黑吉說道，「您同意嗎，警官先生？」

「絕對同意！」

「那您呢，范奧丁先生？」

「同意，」百萬富翁說道，「是的，毫無疑問，此人就是罪犯。」

「恐怕要抓住他也不是件容易的事。」治安官說，「但我們將竭盡全力去做。我立即向各地發出電報。」

「容我幫您一把，」白羅說道，「要抓他一點也不困難！」

「噢？」

眾人同時盯著白羅。這小個頭笑得很得意。

「我的職業就是了解一切。」他解釋說，「伯爵是個聰明人。目前就在離我們不遠的地方，在昂蒂布的瑪麗娜別墅。」

16 白羅分析案情

每個人都以敬佩的眼光看著白羅。這個老頭子的確名不虛傳。高級警官笑得有些空洞。

「在您的面前，我們真都成了小學生。」高級警官高聲說道，「白羅先生懂的事比警察還多。」

白羅滿意仰望著天花板，不怎麼謙虛地接收讚美。

「你們何必這樣！了解一切是我的一點興趣而已。」他喃喃地說，「自然就會花時間沉迷其中，我可不是萬事通。」

「噢！」警官猛搖頭。「對我來說——」

他做了一個誇張的姿勢，以表達對肩上重任的在乎。

白羅突然轉向范奧丁。

「先生，您的意思呢？您也認為羅奇伯爵是凶手？」

「為什麼這麼問，那似乎很……是的，當然。」

回答中的猶豫讓治安官好奇地看著范奧丁，百萬富翁似乎察覺他的質疑，努力要去除某些偏見。

「那我女婿呢？」他問道，「您是否已經告訴他這個消息了？據我所知，他目前也在尼斯。」

「當然，先生。」警官猶豫了一下，謹慎地小聲說道，「這是您已經曉得的，范奧丁先生，出事的那天夜裡，凱特林先生也是『藍色列車』的乘客之一。」

百萬富翁點了點頭。

「我離開倫敦時聽說了。」他簡短地回答道。

「他告訴我們，」警官繼續著他的話，「當時他並不知道妻子也搭同一班車。」

「我打賭他不知道，」范奧丁嚴苛地說道，「如果他知道，他會感到十分不愉快的。」

三個人不解地看著他。

「我不想再隱瞞事實了，」范奧丁蠻橫說道，「沒有人能夠理解，我那可憐的孩子經歷了多大的痛苦。德瑞克·凱特林並不是獨自旅行，陪同他的還有一位女士。」

「噢？」

「米蕾兒，那個舞伶。」

卡黑吉和寇克斯互望了一下，點頭確認之前的對話。卡黑吉靠回椅背，雙手交握，眼睛死盯著天花板。

「噢！」他又喃喃道，「有人懷疑。」他咳了一下。「有人聽到一些謠言。」

「這個女人，」寇克斯說，「聲名狼藉。」

「而且，」白羅加了一句，「還很貴。」

范奧丁羞得滿臉通紅。他彎著腰坐在那裡，用拳頭敲著桌子。

「看吧！」他吼道，「我的女婿是個該死的無賴。」他怒視著他們，一個接著一個。

「噢，我不知道，」他繼續說，「這個傢伙風度翩翩、引人注目。當然，起初我也被他騙了。可以想像，當你把消息告訴他的時候，他一定表現得特別悲傷害怕，對嗎？」

「他十分驚訝，幾乎崩潰。」

「可惡的偽君子！」范奧丁道，「他的悲傷全是裝出來的。」

「不！」寇克斯小心道，「我不這麼認為，卡黑吉先生，你認為呢？」

卡黑吉十指交錯，雙眼半閉沉思。

「依我看，他很震驚、慌張、恐懼，」他公正分析道，「至於極度哀傷，那倒沒有。」

白羅又說話了。

「請允許我提一個問題，范奧丁先生！這次死亡事件對凱特林先生是否有實質上的利益？」

「他會有兩百萬的好處。」范奧丁說。

「美元？」

「英鎊。在我女兒結婚時，我就把這筆錢留給了他們。她沒有立下遺囑，也沒有留下孩子，所以這筆錢理所當然地歸她丈夫所有。」

「就是歸凱特林女士想和他離婚的那個人。」白羅說道，「噢，是啊！」

警官尖銳地看著白羅。

「您的意思是——」他問道。

「我沒有什麼特別的意思。」白羅說，「我只想證實一下事情的真相，就這樣。」

范奧丁勾起興趣地看著他。

白羅站了起來。

「我認為，我暫時還不能為您效勞，治安官先生。」他彬彬有禮地向卡黑吉鞠了一躬。

「當然……當然沒問題。」

「在案情發展過程中，您能和我一直保持聯繫嗎？如果可以，那就太好了。」

范奧丁也站了起來。

「各位還需要我嗎？」

「不，先生，目前我們已經得到需要的情報了。」

「這樣的話，我要陪白羅先生走了。如果他不反對的話？」

「我感到很榮幸。」白羅微微頷首說道。

范奧丁點燃了一支大雪茄，要遞給白羅，白羅婉拒了，一面點起了一根自己帶來的細菸。在剛剛的激動之後，范奧丁又顯出平時冷靜的神態。他和白羅走了一段路、沉默一陣之後，百萬富翁說道：「據我所知，您已經不當偵探了。」

「沒錯，先生，我對現在的生活很滿意。」

「可是現在您在幫警察局辦案。」

「先生，如果一個醫生走在馬路上，遇上了一起車禍，而且正好有一個人躺在他的腳下流血，難道他能說『我已經退休了，我要散我的步』嗎？如果我人已經在尼斯，警方也已經知會我並要求我的支援，我應該還是可以拒絕。但這次事件是老天編派給我的。」

「你曾經在現場，」范奧丁深思道，「你檢查過包廂的，不是嗎？」

白羅點了點頭。

「毫無疑問地您發現了一些線索。」

「也許，」白羅答道。

「我希望您了解我的意思。」范奧丁說，「我認為羅奇伯爵很明顯就是此案的凶手，但我也不是笨蛋。剛剛我觀察了你很久，我知道你有不同意這個論調的理由。」

白羅聳聳肩膀。

「也可能我的看法是錯的。」

「我請您幫忙，就如我當初說的那樣。您能幫我嗎？」

「私下幫您？」

「我正是這個意思。」

白羅沉默了一會兒，然後說道：「您很清楚自己在做什麼？」

「是的，我很清楚。」范奧丁說。

「那好，」白羅說，「我接受。但我也要求您做到一件事：一定要坦誠以告。」

「當然，我了解。」

白羅的態度變了。他變得唐突而公式化。

「關於離婚的問題，」他說，「是您勸令千金離婚的？」

「是的。」

「什麼時候？」

「大概十天前。我接到她抱怨丈夫行為的信，因此我力勸她離婚，那是唯一出路。」

「她對丈夫最不滿的是什麼？」

「他和一個聲名狼藉的女人鬼混。就是我們剛剛提到的米蕾兒。」

「噢，是那個舞伶。凱特林女士對此不滿？她愛她的丈夫嗎？」

「實際上並不愛。」范奧丁猶豫了一下。

「這麼說，凱特林先生的外遇不是傷了她的感情，而是傷了她的自尊心。」

「是的，可以這麼說。」

「也就是說，這樁婚姻從一開始就不幸福？」

「德瑞克．凱特林是個壞到骨子裡的傢伙。」范奧丁說道，「他是不可能使任何女人幸福的。」

「他是，像英國人說的，壞透了，是不是？」

范奧丁點了一下頭。

「原來如此，您勸凱特林女士離婚，她同意了；於是你去請教您的律師。凱特林先生什麼時候知道這件事的？」

「我把他叫來，告訴他我們準備對付他的一些做法。」

「他說過什麼嗎？」白羅輕聲問道。

當范奧丁回憶起這件事的時候，臉色異常難看。

「他當時表現得非常無恥。」

「抱歉，我提一個問題，先生，他當時有提到羅奇伯爵嗎？」

「沒有指名道姓。」他的話是從牙縫裡擠出來的。「但是，看來他對此事已有耳聞。」

「當時凱特林的經濟狀況怎樣？」

「你怎麼會認為我知道他的經濟狀況？」范奧丁猶豫了一下說。

「我覺得你剛剛已經透露了這一點。」

「沒錯，我發現凱特林已經負債累累了。」

「可是現在他卻可以繼承兩百萬英鎊！是的，真是件奇怪的事，不是嗎？」

范奧丁只是死盯著他。

「您這是什麼意思？」

「我在做道德判斷，」白羅道，「我在暢談人生哲理，但是現在還是回到主題吧！凱特林先生不願意乖乖地離婚？」

有一兩分鐘，范奧丁都沒回話，然後他說：「我不知道他到底想怎樣？」

「您從那時起就沒有再和他聯繫嗎？」

范奧丁又沉默了一會兒，然後說道：「沒有。」

白羅猛然停了下來，脫下帽子，伸出手來。

「祝你有美好的一天，先生，我幫不上忙了。」

「這是什麼意思？」范奧丁有些火大了。

「如果您不願說出真相，那我就無能為力了。」

「我不懂你的意思。」

「我想您懂的。請您放心好了，范奧丁先生，我懂得保密。」

「好吧，」百萬富翁說，「我承認，我剛剛沒有說出實情。我又找過我女婿一次。」

「是嗎？」

「確切地說，我是派我的祕書奈頓上校去找他的，並委託他給我女婿十萬英鎊——如果他不找碴、讓離婚順利進行的話。」

「一筆不小的數目。」白羅讚許地說，「那麼您女婿怎麼回答的呢？」

「他說，叫我下地獄去。」百萬富翁簡短答道。

「噢！」白羅道。

白羅顯得無動於衷。他正在努力分析上述的情況。

「凱特林先生向警方表示，從英國出發之後，在火車上他既沒有看到自己的妻子，也沒有和她談過話。您認為這可信嗎，先生？」

「是的，我相信，」范奧丁說，「他當然盡量避免和我女兒見面。」

「為什麼？」

「因為那個女人跟他在一起。」

「米蕾兒？」

「是的。」

「你怎麼知道這件事？」

「我找了個人監視他，我派去的人告訴我，他們倆搭火車離開了。」

「我明白了，」白羅說，「在這種情況下，他照你先前說的，當然不會想跟妻子碰面。」

小個子陷入了沉思。范奧丁覺得這個時候最好不要打擾他。

17 清白的紳士

「你到過里維拉嗎？喬治？」白羅翌日清晨問他的僕人。

喬治是個英國人，從木然的表情無法看出他內心的想法。

「是的，先生。兩年前，那時我在愛德華．佛蘭普頓勳爵那裡做事。」

「可是現在，」主人小聲說，「你是在赫丘勒．白羅這裡做事了，多快的轉變啊！」

僕人有點不知所措，不知怎麼回答他才好。過了片刻他問道：「要不要給您拿那件棕色休閒上衣？先生，今天的風有點涼。」

「背心上面有一個小汙點。」白羅反對道，「星期二我在麗池吃飯時滴上了一點油漬。」

「現在汙點已經不見了，先生。」喬治回答說，「我已經把它洗掉了。」

「太好了！」白羅道。「我對你非常滿意，喬治。」

「謝謝，先生。」

過了一會兒，白羅若有所思地說道：「喬治，假如你出身上流社會，就像你原來的主人愛德華．佛蘭普頓勳爵那樣，卻窮得連一個先令也沒有，可是後來娶了一個有錢的妻子！而你的妻子又要跟你離婚，而且振振有詞。那你會怎麼樣？」

「那麼，我一定會努力改變她的心意。」喬治回答說。

「用和平的手段，還是用武力解決？」

喬治看起來很震驚。

「抱歉，先生。」他說，「但一個貴族決不會像個路邊小販一樣，他不會去做任何自貶身分的事。」

「他不會嗎，喬治？我很懷疑。但也許你是對的。」

敲門聲響起。喬治走近門邊，謹慎地開了道門縫。一陣低聲交談之後，僕人走回白羅身邊。

「一封信，先生。」

白羅接過信。這是高級警官寇克斯寫來的。

我們正在審訊羅奇伯爵。治安官請您務必出席。

「快給我上衣，喬治，我馬上要走。」

十五分鐘之後，白羅已經到了治安官的辦公室。寇克斯已經在裡面了，也和卡黑吉一起以警方的熱情跟白羅打了招呼。

「我們得到了一項令人失望的消息。」高級警官說，「一切跡象顯示，伯爵是在凶殺案發生的前一天到達尼斯的。」

「如果這消息屬實，那麼一切就要從頭開始了。」白羅回答道。

卡黑吉清清喉嚨。

「對於這個『不在場證明』我們要好好詢問一下。」他宣布道。

他的話還沒說完，就走進來一個高個兒的黑髮男子，西裝革履，模樣看來坦然而自信，如同一位充滿貴族氣息的伯爵。只要想想，伯爵的父親曾在南特[4]當過一名販賣糧食的小商人，再看看他，一定有人會發誓說伯爵的祖先曾在法國大革命時，死於斷頭台上。

「我來了，各位先生！」伯爵高傲地說道，「請問一下，你們為什麼要找我來？」

「請先坐下。」治安官有禮貌地說，「是關於我們正在調查的凱特林女士死亡的事。」

「凱特林女士死了？我不懂。」

4　南特（Nantes），位於法國西部的一座城市。

「我相信你……認識這位女士吧，羅奇伯爵？」

「當然，我認識她。可是，這與本案又有什麼關係？」

他把單片眼鏡舉到鼻梁上，環顧一下房間裡的人。他的目光緩慢地轉向白羅，而白羅正天真地打量著他，彷彿正在向這位紳士獻殷勤。

卡黑吉往椅背一靠，清清喉嚨說：「看來你還不知道，」他停了一下。「凱特林女士已經被謀殺了。」

「被謀殺了？天哪！真是太可怕了！」

他那種對突發事件的反應和因此產生的痛苦，表現得相當逼真。

「凱特林女士在火車通過巴黎和里昂之間時，被人勒死了。」卡黑吉繼續說，「她的珠寶也被盜走。」

「太可怕了！」伯爵熱切地說道，「警方應該嚴懲這些強盜。現在這個社會沒有一個人是安全的。」

「在凱特林女士的手提包裡，」治安官繼續說，「我們找到一封你寫給她的信。她似乎打算去見你呢！」

伯爵聳了一下肩膀，做了一個無可奈何的手勢。

「看來再隱瞞也沒用了，」他坦承道，「如果你們絕對保密，或者只限於在座的幾位知道，我就承認。」

「你和她談妥在巴黎會面，然後一起去旅行，是嗎？」卡黑吉問道。
「這是我們原來說好的事，但後來凱特林女士改變了計畫。我們改在耶爾會面。」
「本月十四日你沒有和她在巴黎的里昂車站會面？」
「沒有，我在十四日早上就到達尼斯了。您所說的那種會面是根本不可能的。」
「當然，當然，」卡黑吉說，「為了讓案情更加清晰，希望你能告訴我們，十四日的晚上和夜裡你在哪裡？」
伯爵考慮了一會兒。
「我在蒙地卡羅吃晚飯，『巴黎咖啡館』。從那裡出來後，我就到了健身俱樂部。在那兒我贏了幾千法郎。」聳了聳肩。「大約半夜一點左右我回到了家。」
「抱歉，先生，但你是怎麼回家的？」
「開我的雙座汽車。」
「沒人跟你在一塊嗎？」
「沒有。」
「你能找出證人嗎？」
「當然，我可以把當天晚上見到的朋友都找來做證。但我是一個人吃晚飯的。」
「你的僕人能證實你回到你的別墅嗎？」
「我自己有鑰匙。」

「噢！」治安官喃喃道。

他敲了一下桌上的鈴，門開了，走進一個記錄員。

「帶女僕梅森進來。」卡黑吉說道。

「很好，警官大人。」

愛達．梅森走進房間。

「請你老實說，小姐，這位先生是否就是在巴黎時到過死者包廂的那個人。」

女僕仔細端詳了伯爵一陣子。白羅心想，以這種方式調查，誰會受得了？

「先生，我不能確定。」愛達．梅森最後答道，「可能是他，也可能不是他。先生們，你們不要忘了，當時那個人是背對著我的。但是，我認為就是他。」

「但是你不確定？」

「是的，」梅森不情願地說道，「是的，我不確定。」

「你在你主人位於古爾松大街的住處見過這位先生嗎？」

梅森搖搖頭。

「我應該不會見到任何到古爾松大街的訪客，」她解釋道，「除非他們進到屋子裡來。」

「謝謝，已經夠了。」治安官嚴厲地說道。

他看來很失望。

「請等一下，」白羅說，「我還想請教梅森小姐幾個問題，如果您允許的話。」
「當然，白羅先生，您請問。」
白羅對女僕道：「車票是怎麼處理的？」
「車票嗎，先生？」
「是的。從倫敦到尼斯的車票，是你還是你的女主人拿著？」
「臥車票是夫人拿著，其他的都在我這裡。」
「車票後來怎麼樣了？」
「我把車票給了法國列車上的臥車管理員，先生；臥車管理員說不用把車票給他。我希望我做對了，先生？」
「不，不，你做得完全對。」
寇克斯和治安官很好奇地看著白羅。
梅森站在那裡不知所措了一會兒，然後治安官向她點了一下頭，讓她離開房間。白羅在紙條上寫了點筆記，把紙條遞給卡黑吉。卡黑吉讀完紙條後，臉上浮現出開朗的神色。
「怎麼，各位，」伯爵傲慢地問道，「你們還想把我留在這裡多久？」
「不用了，」卡黑吉善意地趕忙解釋說，「事情都已經很清楚了，你的情況我們也都了解了，因為有一封你寫給凱特林女士的信，我們才必須問你一些問題。」
伯爵站起來，拿起角落裡帥氣的手杖，稍微欠了欠身子，便走出辦公室了。

「好，一切準備就緒。」卡黑吉說，「白羅先生，您完全正確，最好是讓他覺得我們對他沒有懷疑。我們派兩三個人日夜不停地盯著他，同時我們調查一下他的『不在場證明』。看來要冒點風險了。」

「可能吧。」白羅沉思同意道。

「我準備今天上午把凱特林先生叫來。」治安官繼續說，「雖然我覺得並沒有那麼多問題要問他。可是有幾個疑團……」他停了一下，摸摸鼻子。

「譬如什麼？」白羅問道。

「呃……」治安官咳嗽了一下。「就是和凱特林先生一起旅行的那位女士——米蕾兒小姐。他們倆分住在兩個飯店，這真有點奇怪。」

「看來，」寇克斯說，「他們很小心。」

「沒錯，」卡黑吉得意道，「他們幹嘛那麼小心？」

「過分小心也很可疑。」白羅說。

「的確。」

「我想我們，」白羅喃喃道，「應該再問凱特林先生一兩個問題。」

治安官給了幾個指示，幾分鐘之後，德瑞克．凱特林便愉快地走進來了。

「早安，先生！」治安官客氣地問候道。

「早安！」德瑞克簡答道，「您找我到這裡來有什麼事嗎？」

「請坐，先生。」
德瑞克把帽子和手杖放在桌上，然後坐下。
「情況如何了？」他不耐煩地問道。
「我們還沒有進一步的發展。」卡黑吉小心地說道。
「有意思。」德瑞克諷刺道，「您要我來就是為了告訴我這些嗎？」
「我們認為，先生，關於案子的進展，理應和您保持聯繫。」治安官嚴肅地說道。
「即使沒有什麼進展，也要保持聯繫？」
「除此之外，我們還想問您幾個問題。」
「那就問吧！」
「您能保證，您在火車裡不曾和您夫人談過話或見過她？」
「我已經回答過這個問題了，我沒見過她。」
「您，當然有您的理由。」
德瑞克懷疑地瞪著他。
「我－從－來－不－知－道－她－在－火－車－上。」他解釋道，一個字一個字慢慢說，就像對笨蛋講話一樣。
「這是您的說法，是的。」卡黑吉低聲說道。
德瑞克皺了一下眉。

「我很想知道你這話的用意，你知道我現在在想什麼嗎，卡黑吉先生？」

「在想什麼，先生？」

「我認為人們高估了法國警方。當然，你們對火車搶案裡的歹徒有一定的了解，藍色列車上發生這種事已經夠無法無天了，而法國警方竟然對此束手無策？」

「這我們會處理的，請您不用擔心。」

「據我所知，凱特林女士並沒有留下遺囑。」白羅突然插話。他十指交錯，專心看著天花板。

「我也認為，她沒有留下遺囑，」凱特林說，「那又怎麼樣？」

「如果你能繼承她的遺產，那是一筆不小的財產。」白羅說，「一筆不小的財產。」

雖然他的目光仍停留在天花板上，但也發現了凱特林脹紅了臉。

「你這是什麼意思？你是誰？」

白羅鬆開交叉的兩腿，不再看著天花板，全神貫注地看著眼前的年輕人。

「我叫赫丘勒．白羅。」他平靜地答道，「我可能是當今世上最偉大的偵探。你能保證在火車上沒有見過、也沒有和您的夫人談過話？」

「你這話是什麼意思？難道你是在暗示……我殺了她？」

德瑞克突然大笑起來。

「我不該那麼激動，這一切都是那麼地荒謬！如果我要殺她的話，又何必把她的珠寶偷去呢？」

「沒錯，」白羅氣餒地低聲說道，「我根本就沒有這樣想過。」

「再沒有比這個更明顯的盜竊謀殺案了，」德瑞克．凱特林說，「可憐的魯絲！那些該死的寶石斷送了她的性命。她一定把那些寶石帶在身邊了。我相信這些寶石以前就涉及過謀殺。」

白羅猛然從座椅上站了起來。他的目光豁然開朗，隱約閃爍著光芒，宛如一隻全身整齊、精神飽滿的貓。

「還有一個問題，凱特林先生，」他說，「你能不能把你和妻子最後一次見面的情形告訴我們？」

「讓我想想，」德瑞克思考了一下。「應該是……三個星期前。確切的日期恐怕很難記起了。」

「沒關係！」白羅無所謂地說道，「這就夠了。」

「還有問題嗎？」德瑞克不耐煩地說道。

德瑞克看著卡黑吉。卡黑吉卻在等著白羅的反應，一直到白羅輕輕地搖了頭，他才說道：「沒有了，凱特林先生，我們不再耽誤您的時間了。祝您有個愉快的早晨。」

「再見。」凱特林說完便走了出去，並用力關上房門。

凱特林剛一出門，白羅就嚴肅地問道：「告訴我，你是什麼時候跟凱特林先生談起寶石的事？」

「我從來沒有對他談過這件事。」卡黑吉說，「我昨天才從范奧丁先生那裡得知寶石的事。」

「是的，但在伯爵的信中曾經提起過此事。」

「我當然不好對死者的丈夫提起那封信。」治安官震驚道，「這個時候說這種事，未免太輕率了。」

白羅鞠躬致歉，用手輕拍著桌子。

「那麼他怎麼知道寶石的事呢？」他悄聲地問，「凱特林女士自己不會告訴他，因為他們已經有三個星期沒見面了。范奧丁先生更不可能和他談這件事，他們碰面為的是別的事。報上也沒有這顆寶石的任何報導。」

他站起身，拿起手杖。

「然而，」他低聲說，「我們這位先生知道所有關於寶石的事。奇怪，真奇怪！」

18 德瑞克的晚宴

德瑞克．凱特林直接回到了內格雷斯科飯店，點了幾杯雞尾酒，以最快的速度喝下去；然後悶悶不樂地凝視著炫目的藍色海面。感到這些人既無聊透頂又穿戴粗俗，對每件事都毫無興致。可是當他走近一位女士的時候，他懊惱的心情便立刻煙消雲散。她穿著橘黃色和黑色相間的衣服，頭上的小帽子遮住了她的臉蛋。凱特林又點了第三杯酒，再度凝望著海面。然後他突然嚇了一跳，一股熟悉的香水味刺激著他的嗅覺，他發現那位身穿橘黑相間衣服的女士正站在他身旁。此時他看清了她的臉孔，他認識她。她就是米蕾兒。米蕾兒以自信的目光對他嫣然一笑，這是凱特林早已熟悉的笑容。

「德瑞克，」她輕聲地說，「見到我你高興嗎？」她在德瑞克的對面坐下。「不對我表示歡迎嗎，小傻瓜？」她嘲弄道。

「真是令人意外地高興！」德瑞克說，「你是什麼時候離開倫敦的？」

「一兩天前吧。」她聳了一下肩膀。
「那麼帕森農的工作怎麼辦呢？」
「我已經——你是怎麼說的——把他們開除了！」
「真的？」
「你不是很友善喔，德瑞克？」
「你期待我要很友善嗎？」
米蕾兒點起一根菸，吸了幾口後說道：「或許你認為事情進行得不夠謹慎，一切都太快了？」
德瑞克看著她，然後聳了一下肩膀，生硬地問道：「你要在這裡用餐嗎？」
「當然，我要和你一起吃飯。」
「非常遺憾。」德瑞克說，「我有一個很重要的約會。」
「唉，你們這些男人都是孩子。」舞伶說，「你在我面前像個被寵壞的小孩，從你那天沒好氣地離開我房間起，你一直在鬧彆扭，真受不了！」
「親愛的寶貝，」德瑞克說，「我真的不知道你在說什麼！我們在倫敦時已經說好了：老鼠將要離開沉沒的船了。的確沒什麼好說了！」
儘管他的話聽起來毫不在意，可是臉上看來卻很憔悴緊張。米蕾兒突然彎下腰來。
「你不必再瞞我了。」她低語道，「我知道……我知道你為我做了什麼。」

他死盯著她。她的弦外之音引起了德瑞克的注意，米蕾兒對他點了一下頭。

「你不要怕，我會很小心的。你做得太好了！真的很勇敢，但那個主意是我給你的，當時我在倫敦對你說過，意外隨時可能發生。你現在很安全嗎？警察還沒有懷疑你嗎？」

「見鬼！」

「噓！」她舉了舉小指戴著斗大翡翠的橄欖色玉手。「你說得沒錯，我們還是別在公共場所談這些吧，我們也不會再談了，麻煩事都已經結束了。我們未來的生活一定會很棒、很棒！」

德瑞克突然大笑起來，是一種沙啞而令人不快的笑聲。

「所以老鼠又要回到船上了？兩百萬英鎊很有用，不是嗎？我早該想到這一點了！」他又大笑起來。「你會幫我花這兩百萬吧，米蕾兒？你知道怎麼花錢的，沒有任何女人比得上你。」

「噓，噓！」舞伶低聲噓了起來。「你是怎麼了，德瑞克？大家都在看我們了。」

「我怎麼了？我告訴你我怎麼了，我和你結束了，米蕾兒。聽見沒有？結束了！」

如他所想的，米蕾兒並不接受這個結果。她看了他一會兒，然後她輕輕地笑了。

「你真是個孩子！你現在很生氣、很脆弱，那是因為我太實際了。我不是一直告訴你，我愛你嗎？」她曲身前傾。「但是我了解你，德瑞克。看著我……看，是米蕾兒在和你說話，沒有她你是活不下去的，你知道的。以前我愛你，以後我也會一直愛你，我將使你的人生更美妙。沒有任何人像我米蕾兒這麼愛你。」

她的雙眼閃閃發光。她看到德瑞克臉色蒼白，呼吸短促。她的臉上露出得意的笑容。她知道自己對男人的魅力。

「我們都說好了，不是嗎？」她帶著微笑輕聲說道，「現在，德瑞克，我們一起用餐吧？」

「不！」他長長地嘆了一口氣，站了起來。「很抱歉。我已經跟你說過了，我今天有約會。」

「你要和別人吃飯？我不信！」

「我要和那邊那位女士一起吃飯。」

接著他離開桌子，走向那位正在下樓梯、身穿白衣的女士。他喘吁吁地問她：「格雷小姐，您……您願意跟我一塊用餐嗎？我們在坦普林女士那裡見過面，如果您記得的話。」

凱瑟琳看了他一兩分鐘，沉思了一會兒後說道：「謝謝。」她沉默了片刻回答說：「我很樂意和你一起吃飯。」

19 不速之客

羅奇伯爵剛剛吃完精緻的早點，用餐巾擦擦小黑鬍子，站了起來離開餐桌。他在別墅的客廳裡踱著步，以激賞的眼光看著廳裡不經意散置的幾件古玩：路易十五的鼻菸壺，瑪麗．安東尼[5]穿過的綢緞鞋，還有一些自稱是伯爵家的歷史文物。伯爵他經常向他的訪客介紹說，這些都是他的傳家寶。他走到陽台上，遙望著大海。不，他今天沒心情欣賞美景，一個周密的計畫徹底失敗，全成了一場空。他又得從頭開始。他坐在籐椅上，手指夾著香菸，沉思起來。

5　瑪麗．安東尼（Marie Antoinette），法國皇后，是路易十六的妻子。因生活奢靡，拖垮了法國的經濟，又被稱為「赤字夫人」。

他的僕人伊波利特送來一杯咖啡和上等利口酒。伯爵選了年份較久的白蘭地。

當僕人正要離去的時候，伯爵輕輕地打著手勢讓他留下。伊波利特恭謹地站在那裡，聽候主人的吩咐。他的臉色幾乎失去了平日的魅力，但他舉止的合宜卻掩飾了這一切，他仍備受僕人敬重。

「最近幾天，」伯爵說，「可能有不同的陌生人來訪，他們會盡力巴結你和瑪麗，以便打聽關於我的事情。」

「是，伯爵先生。」

「也許已經發生過這種事了？」

「沒有，伯爵先生。」

「沒有任何陌生人來訪？你確定？」

「誰也沒有來過，伯爵先生。」

「那就好，」伯爵冷淡道，「我確定會有人來，只是他們還沒來，而且會向你問起我的事。」伊波利特機警且心領神會地看著主人。

羅奇伯爵說得很慢，並不看伊波利特。「聽著！如你所知的那樣，我是在上星期二早上來到這裡的。如果有警察或其他什麼人向你問起，千萬別忘了，我是十四日星期二到的，而不是十五日星期三來的，十五日，你懂了嗎？」

「完全懂，伯爵先生。」

「這有關一位女士的私事，需要謹慎行事，我知道，你一向很謹慎，伊波利特。」
「我會小心的，伯爵先生。」
「那麼瑪麗呢？」
「瑪麗也會，我會交代她的。」
「那好。」伯爵低聲說道。
伊波利特退下之後，他在沉思中開始喝起了濃咖啡，時而緊皺眉頭，時而搖搖頭，時而又點點頭。伊波利特再次回到房間，打斷了他的沉思。
「先生，有一位女士找您。」
「一位女士？」
伯爵有些驚訝，到瑪麗娜別墅來訪的女士很多，但這一大早，伯爵想不出是哪位女士。
「我想這位女士不是先生的熟人。」伊波利特提醒道。
伯爵愈來愈感興趣了。
「把她帶進來吧，伊波利特。」他下令道。
過了一會兒，陽台出現一位身穿橘黃色和黑色衣裳的女士，伴著一股濃烈的異國香水味。
「您是羅奇伯爵先生？」
「請指教，小姐。」他鞠躬說道。

「我是米蕾兒，您可能已經聽說過我。」

「當然，小姐，誰不欣賞米蕾兒小姐的舞蹈藝術呢？真是無懈可擊！」

舞伶勉強地笑著回答他的恭維。

「請原諒我來打擾您。」她開始說道。

「不，我感到榮幸。您請坐。」伯爵說著，拉過一把籐椅。

伯爵表面上態度懇切，實際上卻嚴密地在觀察她。他是很了解女人的，但是，應付米蕾兒這種階層女人的經驗卻不多，她們是一群掠奪者。他和這個舞伶在某種程度上是一丘之貉。但是有一點他是看出來了：米蕾兒正在盛怒中。伯爵深知，憤怒的女人一般都容易說漏嘴。只要保持冷靜，這就會成為他獲得好處的來源。

「您真是太親切了，先生，我實在是遠不及您。」

「我們在巴黎有共同的朋友，」米蕾兒說，「我聽他們說過許多關於您的事。但我今天來找您是為了另一件事。我到尼斯就聽說過您……以另外一種方式，您知道。」

「噢？」羅奇伯爵輕聲道。

「恕我無禮。」米蕾兒繼續說，「但請相信我是為您好。尼斯的人都在議論，說您就是殺死凱特林女士的凶手。」

「我？我是殺死凱特林女士的凶手？荒唐！」

他的聲音聽起來有些激動。他認為，這是從她的嘴裡探聽虛實的最好方法。

「可是，人們就是這樣認為！」她堅稱道。

「人們總是喜歡造謠生事。」伯爵無動於衷地說道，「如果我要認真看待這些謠言，那就有損於我的尊嚴了。」

「您錯了。」米蕾兒趨身向前，一雙黑眼睛閃耀著光芒。「這不只是街頭閒話。而是警方的說法！」

「警方？」

伯爵猛然站起，十分緊張。

米蕾兒滿意地連連點頭。

「是的，是警方！您知道，到處都有我的朋友，甚至有的是官員……」她聳了一下肩，沒有說完她的話。

「誰能在美女面前不洩漏機密呢？」伯爵客氣說道。

「警方認為是您殺死了凱特林女士。但是他們錯了。」

「當然是弄錯了。」伯爵完全同意她的說法。

「您只是這樣說說而已，卻不知真相。但我知道。」

伯爵驚訝地看著她。

「您知道凱特林女士是誰殺的，您是這個意思嗎，小姐？」

米蕾兒用力地點著頭。

「是的。」

「是誰？」伯爵尖銳地問道。

「是她丈夫。」她靠向伯爵低聲說，由於激動和氣憤，聲音有點顫抖。「是她的丈夫殺了她。」

伯爵向後一仰，臉上滿布疑雲。

「容我問您，小姐，您是怎麼知道的？」

「我是怎麼知道的？」米蕾兒跳起來放聲大笑。「他早就策畫已久。當時他兩手空空，債台高築，沒有財產。只有老婆的死才能救他。這是他親口對我說的。所以，他搭了同班車去尼斯，但她不知道。你知道他為什麼要這樣嗎？原來是為了在深夜去襲擊自己的老婆！」她閉上了雙眼。「我可以看見這場謀殺的戲正在上演……」

伯爵咳了一下。

「有可能，有可能，」他低聲說，「但是，小姐，他沒必要在這種情況偷走珠寶吧？」

「珠寶！」她長嘆了一聲說，「珠寶啊，那些珠寶！」

她的雙眼變得迷濛恍惚。伯爵驚訝地看著她。在伯爵過去的經驗裡，有上百次他發現寶石在女人身上所起的神奇作用。伯爵把米蕾兒喚回了現實。

「那麼您要我做些什麼呢，小姐？」

「事情很簡單。請您到警察局舉發凱特林先生。」

「警察會相信我嗎？如果他們要我拿出證據呢？」他直視她說道。

米蕾兒輕聲地笑著，把披肩圍緊了些。

「那你就讓警察到我這裡來，伯爵先生，」她輕聲地說，「我會給他們證據。」

這個奇怪的女人完成了她的任務後，便一陣旋風似地走出了房間。

伯爵送走了米蕾兒後，輕蹙眉頭。

「真是一個激動的潑婦。」他喃喃自語，「為什麼她會氣成這樣？但她也太坦白了吧。她真相信凱特林殺死自己的老婆？她想使我相信這一點，甚至想讓警方也相信這一點。」

他逕自微笑了一下。無論如何，他一點也不想去警察局，他看到其他的可能性；他之所以暗自發笑，有其得意的理由。

可是，他臉上很快又蒙上一層陰影。根據米蕾兒的說法，警方懷疑他。當然不能排除這種可能性，米蕾兒這種女人生起氣來說的一定是真話。另一方面，她可能輕易得到內線消息。他嘴邊浮起了一絲冷笑，如果真是這樣——現在他的嘴角浮起了微笑——這事他可得當心了。

伯爵進屋子後，又問了伊波利特一次：是否有陌生人進過屋子？伊波利特則再次保證絕無此事。伯爵上樓走進自己的臥室，走近一張靠牆的舊辦公桌，輕輕摸著抽屜裡的一個固定彈簧，接著跳出一個祕密的抽屜，裡頭有一個褐色的小包裹。羅奇伯爵拿起包裹在手上小心掂量了幾下。然後他拔下一根頭髮放在抽屜邊上，又把抽屜放回原處。他手提著小包下樓走到了停車場，那裡停放著他那輛深紅色的雙座汽車。十分鐘之後，他開著汽車來到通往蒙地卡羅的公路上。

他在賭場待了幾個小時，然後在市區兜風。他把車開上了往門托尼的公路。在此之前他就發現有一輛灰色汽車時隱時現地跟蹤著他。此時這輛車又出現在他的後面，他只是微微一笑。公路一直是上坡。伯爵加快油門，這輛為他特製的雙座小汽車，有著跟外表極不相稱的強大馬力的汽缸，汽車正以全速飛馳。

他笑著回頭望了一下；灰色汽車還是跟蹤著他。在令人窒息的灰塵中，小紅車沿著公路奔馳。車速之快令險象環生，但伯爵是個技術精湛的司機。現在正是下坡，蛇形的公路曲折蜿蜒，急轉彎一個接著一個。在一個小郵局前他突然停住了車。他跳下車來打開後車廂，取出褐色包裹，急忙進了郵局。兩分鐘之後，他又回到車上，驅車駛向門托尼。當灰色小汽車來到時，伯爵已經在一家飯店的陽台上喝著下午茶了。

之後，他又回到蒙地卡羅，在那裡吃了晚飯，將近十一點時回到了家。伊波利特開門迎接他，神情有些不安。

「噢！伯爵先生您回來了。伯爵先生，您今天給我打過電話嗎？」

伯爵搖了搖頭。

「下午三點的時候我接到伯爵先生的電話，要我到尼斯的內格雷斯科飯店去接您。」

「真的？」伯爵說，「那你去了嗎？」

「當然，先生，但是內格雷斯科飯店的人都不知道您到過那裡。」

「噢，」伯爵說，「而瑪麗那個時候當然在外面採購，準備晚飯囉？」

「是的，伯爵先生。」

「噢，好，」伯爵說，「沒什麼，只是個誤會。」

他說完就上了樓，還暗自竊笑了一下。

進了臥室，他鎖上門，仔細查看著周圍。一切似乎都和往常一樣。他打開所有的衣櫃和抽屜，一切都似乎保持原樣。但僅僅是「似乎」而已。他那敏銳的眼神立刻發現，整個屋子都被人搜查過了。

他走到辦公桌前，按了一下其中的彈簧。祕密的抽屜跳了出來，但是那一根頭髮不在原處。他點了好幾次頭。

「法國警察幹得不錯嘛，」他自言自語，「的確很出色，一切都逃不過他們的眼睛。」

20 凱瑟琳的新友

翌日清晨，凱瑟琳和蘭諾絲坐在子爵別墅的陽台上，雖然年齡差別很大，但她們之間卻建立了友誼。如果沒有蘭諾絲，凱瑟琳在這裡的生活真是難以忍受，此刻他們正在談凱特林一案。坦普林女士正處心積慮要利用堂妹這次事件大做文章。凱瑟琳對坦普林女士的百折不撓簡直無法招架。蘭諾絲則是冷眼旁觀，笑看母親的誇張行為，並對凱瑟琳寄予無限同情。這個部分查比一點也幫不上忙，還經常天真地向人這麼介紹凱瑟琳：「這位是格雷小姐。你知道藍色列車事件嗎？她當時就在現場！在魯絲．凱特林被殺之前，跟她聊了好久！很幸運是吧？」

於是在吃早點的時候，凱瑟琳終於憤怒地駁斥了他們。直到他們倆單獨相處時，蘭諾絲這才懶洋洋地說：「你不習慣這種事吧？你要學的還多著呢！凱瑟琳。」

「我真後悔沒有克制住自己。我平常不會這樣的。」她對蘭諾絲說道。

「有什麼不滿說出來會好過些。查比只是個笨蛋；說什麼也傷不了他。至於媽媽，你可以盡量對她發脾氣，她不會放在心上的。」凱瑟琳以沉默回答了蘭諾絲對母親的觀察。

蘭諾絲繼續說道：「我很喜歡查比。對這次的案件也很感興趣，此外，還看到了德瑞克的另一面。」

凱瑟琳點點頭。

「你昨天和德瑞克一起吃飯，」蘭諾絲接著追問道，「你喜歡他嗎，凱瑟琳？」

凱瑟琳想了一兩分鐘。

「我也不知道。」她緩慢說道。

「他很迷人。」

「是的，很迷人。」

「你不喜歡他哪一點呢？」

凱瑟琳不回答，或者說不直接回答這個問題。

「他談到他太太的死，」她說，「他說，如果他不必虛偽矯飾的話，他承認妻子的死亡對他來說是一件幸運的事。」

「我想他的話嚇到你了。」蘭諾絲說道。過了一會兒又繼續說下去，但聲音有點變化：「他喜歡你，凱瑟琳。」

「跟他吃飯很愉快。」凱瑟琳笑道。

蘭諾絲不想聽她打哈哈。

「他來的那個晚上，我就看出來了。」她沉思道，「他看你的那種神態——你不是他常見的那一型，可以說完全相反。我想那就像信仰，每個人在某個年紀都會有的。」

「格雷小姐，電話！」女僕在客廳窗口叫道，「赫丘勒・白羅先生要跟您說話。」

「血腥和暴力來了。快，凱瑟琳，跟你的偵探調情去吧。」

白羅清晰純正的聲調傳入凱瑟琳耳中：「是格雷小姐嗎？我來替范奧丁先生傳句話，他是凱特林女士的父親，他很想和您談談，在子爵別墅或在他住的飯店都可以。」

凱瑟琳考慮了一會兒，她認為要范奧丁先生到別墅這裡來可能會很痛苦，而且也沒有必要。坦普林女士會為他的到來高興得歡呼。她絕不會失掉一個向百萬富翁討教的機會。她告訴白羅她願意去尼斯談。

「太好了，小姐。我會開車去接你。我們四十五分鐘以後碰面好嗎？」

白羅準時到達了。凱瑟琳早就等候已久，他們乘車向尼斯方向飛馳而去。

「嗯，格雷小姐，近況如何？」

她看著他閃亮的雙眸，印證了她對白羅的第一印象：赫丘勒・白羅身上有某種吸引人的特質。

「這是我們的偵探小說，我不是跟您說過嗎？」白羅說道，「我答應過你，我們應該一起研究案情的。我會遵守我的諾言。」

「你真是太好了。」凱瑟琳說道。
「噢，你在取笑我；但是你想不想知道案情的發展？」
凱瑟琳表示願意，白羅開始向她鉅細靡遺地描述起羅奇伯爵這個人。
「您認為，是他殺死了凱特林女士？」凱瑟琳一面沉思一面問道。
「理論上有可能。」白羅慎重地說道。
「您相信嗎？」
「我不會這麼說。小姐，您認為呢？」
凱瑟琳搖搖頭。
「我怎麼會懂這種事情？我對這類事情一竅不通。不過，如果讓我說心裡話……」
「怎麼樣？」白羅鼓勵她說下去。
「從你對伯爵的介紹分析，我看他不像那種能夠殺人的人。」
「噢，太好了！」白羅叫道，「那麼說，我們兩個的見解是一致的了。」他用敏銳的目光看著凱瑟琳。「請您告訴我，您已經見過德瑞克．凱特林先生了嗎？」
「我在坦普林女士那裡遇到過他，昨天也和他一起吃過一頓飯。」
「不太高明的藉口，」白羅搖著頭說道，「可是女人都喜歡這一套，不是嗎？」他對凱瑟琳眨眨眼，她笑了起來。「他是那種走到哪裡都會引人注意的人。」白羅繼續說道，「毫無疑問，在藍色列車上您注意過他？」

「是的，我看到過他。」

「是在餐車廂上嗎？」

「不是。用餐時我從沒見到他，我只見過他一次，那時他正要走進他太太的包廂。」

白羅點了一下頭。

「真是一起奇妙的案件。」他壓低了嗓門說道，「我相信你說你當時醒著，小姐，在里昂站時你往車窗上向外面看了一會兒。你沒有見到一位像羅奇伯爵那樣高個子皮膚黝黑的男人下車嗎？」

凱瑟琳搖了一下頭。

「我想我沒看到任何人，」她說，「只有一個戴著帽子穿著外套的年輕人走出車廂，但我想他並不是要下火車，只是在月台上散了一會兒步。還有一位很胖、留著鬍子、穿著睡衣和外套的法國旅客，要了一杯咖啡。除此之外，只是火車上的服務人員了。」

「事情是這樣，」白羅連連點頭。「羅奇伯爵有不在場證明。不在場證明是件很討厭的事，而且總是能令人擺脫嫌疑。可是，我們還是持保留態度。」

他們驅車直接來到了范奧丁的下榻處，奈頓出來迎接了他們。白羅向凱瑟琳介紹了一下奈頓。一陣寒暄之後，奈頓便說：「我去告訴范奧丁先生格雷小姐到了。」

他穿過第二道門進到隔壁房間，一陣低語後，接著范奧丁就走進了房間，他向凱瑟琳伸出了手，同時敏捷銳利地看了她一眼。

「很高興認識您，格雷小姐。」百萬富翁簡短說道，「我一直希望從您這兒多聽到一些關於您和我女兒見面的情況。」

凱瑟琳覺得這人內心十分痛苦，但外表卻那樣平靜。他幫凱瑟琳拉過一把椅子。

「請坐！您可以告訴我那天的情形嗎？」

白羅和奈頓恭謹地退到另一個房間，只留下凱瑟琳和范奧丁獨處。凱瑟琳發現講述這件事並不難。她描述著她和魯絲·凱特林女士見面的情形，語氣樸素而自然，逐字逐句地講述著她們之間的談話，盡量回憶當時的情況。范奧丁坐在靠椅上默然傾聽，用手遮住雙眼、垂著頭。當凱瑟琳講完之後，他平靜地說道：「謝謝你，孩子！」

之後兩人沉默了一兩分鐘。凱瑟琳一時找不到恰當的字眼去安慰他。後來，還是百萬富翁打破了沉默。

「格雷小姐，我非常、非常地感謝您。我相信，在我那可憐的孩子一生的最後時刻，是您給了她一點慰藉。有一件事我還要向您打聽一下。相信白羅先生已經跟您提過那個拐騙我女兒的流氓了。就是她跟你說她要見的男人。根據你的判斷，你認為她在和你談過之後是不是改變了心意？是不是表示她想回頭？」

「我沒有辦法肯定地告訴您。她當時的確做了某種決定，而且似乎因此而很高興。」

「她有沒有跟你說他們打算在哪裡會面，是在巴黎還是在耶爾？」

「她沒有提到過這件事。」凱瑟琳搖搖頭。

「噢，」范奧丁一面思索一面說，「這是個關鍵問題．不過時間會證明一切的。」

他站起身打開通往隔壁房間的門。白羅和奈頓又回到了屋內。

凱瑟琳婉拒了在這裡吃午飯的建議。奈頓陪她到了樓下，送她上車。奈頓回到房間的時候，見到白羅和范奧丁正談得起勁。

「只要我們知道，」百萬富翁沉思道，「魯絲最後究竟做了什麼決定。這有好幾種可能性。她可能決定在巴黎下車打電報給我，或者她決定去里維拉赴伯爵的約會。我們是完全在黑暗中摸索。從女僕那裡我們知道，魯絲對伯爵突然在巴黎出現感到驚訝和恐慌，巴黎的會面是計畫之外的事。你同意嗎，奈頓？」

祕書嚇了一跳。

「很抱歉，范奧丁先生，我沒有注意聽您在說什麼。」

「作白日夢嗎？」范奧丁說，「這不像你啊。我看得出來，格雷小姐已經讓你神魂顛倒了。」

奈頓的臉上泛起了紅暈。

「她是一位非常可愛的女孩，」范奧丁沉吟道，「你注意到她的眼睛了嗎？」

「她的眼睛？」奈頓回答說，「每個男人都會注意到的。」

21 網球場上

幾天的時光轉瞬而逝。一天早晨，凱瑟琳女士單獨散步歸來。當她回到客廳的時候，蘭諾絲眉笑眼開地迎接了她。

「你那可愛的追求者打電話來了，凱瑟琳。」

「你指的是誰？」

「是那個新的——魯佛斯·范奧丁的祕書。你似乎給這個人留下了很深的印象。凱瑟琳，看來你已經成了厲害的愛情殺手。起先是德瑞克·凱特林，現在又是年輕的奈頓。最有趣的是，我現在還記起小時候的情景。他住在我媽開辦的戰時醫院，當時我才八歲大。」

「他傷得很重嗎？」

「如果我沒記錯的話，他腿部中過一顆子彈，我想醫生治療得不太理想。他現在走起路來還有點瘸。」

坦普林女士出現並加入她們。

「你把奈頓少校的事告訴凱瑟琳了？」她問道，「他真是個可愛的小夥子！開始我並沒有認出他來……當時有那麼多的傷患，可是現在，當年的情景又重現在眼前。」

「當時他只是個不起眼的小人物。」蘭諾絲說道，「現在，他成了一位美國百萬富翁的祕書，真是天壤之別的境遇啊！」

「親愛的！」坦普林女士語氣溫和地斥責。

「奈頓少校打電話給我有什麼事嗎？」凱瑟琳詢問道。

「他問你今天下午要不要去打網球。要是有興趣，他就開車來接你。媽媽和我當然以你的名義熱忱地接受了他的邀請。等你跟百萬富翁的祕書混熟了，就可以把百萬富翁介紹給我。他大概有六十歲了，我想他可能正在找像我這種年輕貌美的女孩子呢。」

「我很想見見范奧丁先生。」坦普林女士認真地說道，「我聽說過他不少事蹟，這個西方世界有權有勢而又冷酷的人物……」她略停了片刻。「真吸引人哪！」

「奈頓少校在電話裡一再強調說，這是以范奧丁先生的名義邀請的。」蘭諾絲說道，「這樣反而加重了我的疑心。你和奈頓真是天生的一對。我祝福你，親愛的。」

凱瑟琳笑了笑，接著上樓換衣服去了。

奈頓中午過後很快就到了，並且英勇地忍受了坦普林女士的疲勞轟炸。

當凱瑟琳上車坐在奈頓身旁時，奈頓對她說道：「坦普林女士好像有點變了。」

「是態度變了還是外表變了？」

「都有。我想她一定超過四十歲了，不過她仍然是位美麗的女士。」

「她的確是。」凱瑟琳同意道。

「我很高興你今天能來，」奈頓繼續說道，「白羅先生也去打網球。他是一位多麼精采的人物哪！格雷小姐，您認識他很久了嗎？」

凱瑟琳搖搖頭。

「我是在到這裡來的火車上認識他的。當時我正在讀一本偵探小說，我還跟他說現實生活裡不會發生這種事。當然，那時候我並不知道他是誰。」

「他是個很不簡單的人物，」奈頓緩緩說道，「他做過許多不凡的事，他具有一種特殊的天才，很善於追根究柢，不到最後沒人知道他真正的想法。記得有一次我到約克郡一個莊園做客，那正是克蘭雷文女士的首飾被竊的時候。它看來像是一起普通的盜竊案件，可是當地警察卻束手無策。我當時建議他們把白羅請來，並表示他是唯一能夠幫他們忙的人。可是，這幫警察當時只相信蘇格蘭警場。」

「後來怎樣呢？」凱瑟琳好奇問道。

「首飾仍然無影無蹤。」奈頓淡然地說道。

「你真的相信他？」

「當然。羅奇伯爵是個狡猾的傢伙。他三番兩次擺脫了困境，可是這一次落到赫丘勒．

白羅的手裡，那可真是碰上對手了。」

「羅奇伯爵？」凱瑟琳沉思道，「你也認為他就是囟手？」

「當然！」奈頓詫異地看著她。「你不這樣認為嗎？」

「噢，我是，」凱瑟琳猶豫道，「我是說，如果這不是件單純的火車竊盜案的話。」

「當然，」奈頓也表同意。「只是羅奇伯爵頗擅此道。」

「可是他有不在場證明。」

「噢，不在場證明！」奈頓笑了起來，臉上帶著稚氣的笑容。「格雷小姐，你說過你特別喜歡讀偵探小說。那麼你應該懂得，『不在場證明』未必脫得了嫌疑。」

「難道你認為現實生活中也是這樣？」凱瑟琳微笑著問道。

「為什麼不是？小說正是來自現實生活。」

「但小說還是比較精采。」凱瑟琳暗示道。

「無論如何，如果我是個罪犯，我應該不會喜歡赫丘勒．白羅來查案。」

「如果我是囟手也會這樣想。」凱瑟琳笑著說。

白羅在網球場上等待著他們的到來。因為天氣很熱，他只穿了一件亞麻布襯衣，胸前還佩戴著一朵白色的山茶花。

「小姐，你好！」白羅說道，「看我，多像一位道地的英國人。」

「你看起來好極了！」凱瑟琳機智反應道。

「你是在開我玩笑，」白羅心情很好，低聲嘟囔了一句，「不過沒關係。白羅老爹總是最後才笑的人。」

「范奧丁先生在哪兒？」奈頓問道。

「他在看台上等我們。老實告訴你，我的朋友，他對我並不十分滿意。唉，這些美國人，從不曉得什麼是安靜，什麼是沉默！要是依著他，那我就要把尼斯有嫌疑的人全都當成罪犯了。」

「我覺得那也不失為一個好方法。」奈頓陳述道。

「你錯了，」白羅說，「那樣是行不通的。幹這一行，靠的不是蠻力，而是智力。在網球場上會遇見很多人，那很重要。噢，你們看，凱特林先生來了。」

德瑞克突然出現在他們身旁。他看起來很衝動、生氣，好像有什麼事激怒了他。他和奈頓冷淡地寒暄了幾句。白羅好像完全沒感覺到此刻的緊張氣氛，仍然高聲談笑，想讓每個人都放輕鬆。他開始讚美道：「真令人意外呀！沒想到凱特林先生的法文說得這麼好，」他說，「甚至當個法國人都沒問題。英國人很少有這種本事的。」

「我希望我也能說得這麼好。」凱瑟琳說道，「我的法文說得和一般英國人一樣糟。」

他們走上看台坐下來。奈頓幾乎立刻發現他的老闆在看台的另一端向他招手，他立即走過去跟他說話。

「我很喜歡這個年輕人。」白羅微笑地看著離去的祕書。「您認為他怎樣，格雷小姐？」

「我很喜歡他。」

「那你呢，凱特林先生？」

德瑞克的答案幾乎衝口而出，但他注意到白羅眼中閃爍的促狹意味，於是改變了主意。他很小心地選擇用詞。

「奈頓是個好人。」他答道。

有一瞬間凱瑟琳好像看到了白羅失望的表情。

「他是你的崇拜者，白羅先生。」她說，並講述奈頓在車上跟她說的話。

這位小老頭立刻整理衣服，挺胸表現出一種做作的謙虛。

「這事提醒了我，格雷小姐，」白羅突然轉了話題。「我還想和你談一件小事。您和那位可憐的女士談話時，曾掉過一個菸盒嗎？」

凱瑟琳非常吃驚。

「沒有呀！」她答道。

白羅從衣袋裡掏出一個藍色的皮菸盒，上面嵌著一個金色的字母「K」。

「不，這不是我的。」她回答道。

「對不起，請你原諒！那就是說，這個菸盒是凱特林女士自己的。字母『K』當然也可能是『凱特林』的縮寫。我們很懷疑，因為在死者的衣袋裡還有一個菸盒。這似乎很奇怪，她怎麼會同時帶著兩個菸盒？」他又突然轉向德瑞克。「我想你不知道這是不是您夫人的菸盒吧？」

德瑞克往後退了一下，有點口吃地答道：「我……我不知道。大概是吧！」

「有沒有可能是你的？」

「當然不是！如果是我的，就不可能在我太太那裡找到。」

此時，白羅顯得特別天真幼稚。

「我想，會不會是你到你夫人的包廂時，不小心掉在那裡的？」白羅隨便解釋道。

「我沒有到過我太太的包廂。我已經向警方聲明過上千次了。」

「那我向您表示深切的歉意。」白羅恭敬道歉說，「格雷小姐說過，她曾看到你進去過你夫人的包廂。」

他顯得有些狼狽。凱瑟琳兩眼盯著德瑞克。德瑞克的臉色變得十分蒼白，還是這只是她的錯覺？德瑞克大笑起來，不過笑聲聽起來不太自然。

「你弄錯了，格雷小姐。」他輕鬆地說道，「我是在事後才知道，我的包廂就在我太太包廂的隔壁。雖然我當時完全沒想到。您當時可能看到我正要走進自己的包廂。」

當他看到范奧丁和奈頓正向他們這邊走來時，他迅速地站起身來。

「我得走了。」他宣稱道，「無論如何，我實在受不了我岳父。」

范奧丁有禮貌地向凱瑟琳打了個招呼，看來這位百萬富翁心情不佳。

「您好像很喜歡看人打網球嘛！白羅先生。」他喃喃抱怨地說道。

「它的確帶給我莫大的樂趣。」白羅平靜地回答說。

「在法國也一樣。」范奧丁說，「歐洲到處都是些怪人。在我們那裡，凡事都『先苦後樂』。」

白羅並沒有因此而覺得受到嘲弄。他仍然溫和誠懇、面帶微笑地看著這位憤怒的百萬富翁。

「別生氣！每個人都有自己的生活方式。我一直認為，娛樂和工作相結合，乃是最好的原則。」

他看了一下其他兩人，凱瑟琳與奈頓兩人聊得正熱。白羅滿意地點點頭，趨身向百萬富翁低聲道：「我的確不只是為了享受才到這裡來的，范奧丁先生。你們看到對面那個老頭了嗎？就是那個面色發黃、留著一把鬍鬚的老頭？」

「他怎麼樣？」

「他就是帕波波魯斯。」白羅道。

「他是希臘人？」

「如您所說，他是個希臘人。當今世界上有名的古玩商人。他在巴黎有個小店面，也是警方注意的對象。」

「什麼？」

「一個贓物收購商，尤其是珠寶。任何關於寶石重切重製的事，他都一清二楚。他要應付歐洲最上層的人物，也要和下層社會的流氓無賴打交道。」

范奧丁突然專注地看著白羅。

「噢？」他換了另一種語氣追問道。

「我問我自己，」白羅說，「我，赫丘勒．白羅，」他戲劇性地捶著自己的胸膛。「為什麼帕波波魯斯突然在此時來到尼斯？」

范奧丁印象深刻，幾分鐘前，范奧丁還認為白羅只不過是一個自大狂，喜歡自我吹噓。可是頃刻之間，他對這位小個頭又恢復了最初見面時的信任。他直盯著這位偵探。

「我很抱歉，白羅先生。」

白羅不以為意地揮揮手。

「嗟！」他叫道，「那都不重要，范奧丁先生，請您聽著，我有則消息要告訴您。」

百萬富翁緊張好奇地注視著白羅。

白羅點點頭。

「就像我說的，您一定會感興趣的。您是知道的，自從第一次審訊伯爵之後，我們的人一直在暗中監視著他。審訊後的第二天我們在他的瑪麗娜別墅中進行過一次搜查。」

「發現了什麼東西嗎？」范奧丁問道，「我打賭，什麼也找不到！」

白羅輕輕地鞠了一躬。

「您的直覺沒錯，范奧丁先生。我們在那裡沒有得到任何有價值的東西。當然，的確令人意外。羅奇伯爵，就像您常說的，不是省油的燈。他是位經驗豐富的狡猾紳士。」

「還有什麼？」范奧丁咆哮道。

「當然，在伯爵的住處找不到任何有價值的東西，這完全是合乎情理的。但我們不能忽略這種可疑性。如果他把什麼東西藏了起來，那會藏在哪裡呢？當然不會藏在自己家裡——警察找得到的。藏在自己身上？也不可能，因為他知道自己隨時都有可能被捕。只剩下一個可能性，就是藏在他的汽車裡。那天有人一直跟蹤他到了蒙地卡羅和門托尼。他的那輛小汽車馬力十足，甩掉跟蹤的人幾乎有十五分鐘的時間。」

「那麼您認為，在這十五分鐘的時間裡，他能在路邊藏什麼東西？」

「路邊？不。但聽我說，我和卡黑吉先生做了小小的建議，盤查一路上的每個郵局，問問是否有人見過羅奇伯爵，因為藏東西的最佳方式就是請郵局把東西寄走。」

「哦？」

「就是這個！」白羅戲劇化地從衣袋裡掏出一個鬆垮垮的褐色包裹，繩子已經脫落。「在十五分鐘之間，這位高人已經把東西寄出去了，但如今東西在我手上。」

「地址寫的是哪裡？」范奧丁馬上問道。

白羅點點頭。

「包裹上的地址寫的是巴黎的一家報社。寄東西到這家報社，再付一點錢就可以把寄出的東西拿回來。」

「是的，但包裹裡裝的是什麼？」范奧丁急切地問道。

白羅剝開外層，指著裡面的小紙盒，環顧了一下四周。

「真是精采的一刻，」他平靜地說道，「所有視線都集中在網球場上。先生，請看。」

他打開小盒的蓋子，百萬富翁驚叫一聲。他的臉色立即變得慘白。

「天哪！」他叫道，「是寶石！」

百萬富翁迷惘地坐了一分鐘。白羅把盒子又裝進了衣袋，臉上露出了明朗的笑容。忽然間，百萬富翁從神志恍惚的狀態中清醒過來。他向白羅彎下腰，緊緊地握住這位偵探的手，以致白羅痛得縮回了手。

「簡直難以令人置信！」范奧丁說道，「難以置信！您是位魔術師，白羅先生！」

「沒什麼，」白羅謙虛地說道，「一點邏輯學，還有一點預測，除此之外就沒什麼值得誇耀了。」

「我想現在羅奇伯爵已經被捕了吧？」百萬富翁熱切地問道。

「沒有。」白羅答道。

范奧丁非常驚訝。

「為什麼？你們還等什麼呢？」

「伯爵當時不在場，這是不可動搖的證據。」

「但那是胡說八道！」

「沒錯！」白羅說，「我也認為毫無意義，但很不幸地，我們無法證明它毫無意義。」

「就在這個時候，他已經從我們的指縫間溜走了！」

白羅堅定地搖了搖頭。

「不，」他說道，「他不會那麼做。伯爵絕不會拿自己的社會地位當兒戲。他還要以現有的身分繼續胡作非為下去。」

范奧丁還是不滿意。

「但是我看不出——」

白羅舉了一下手。

「再給我一點時間，先生。我有一個小小的主意。這個白羅式的主意，會讓很多人嗤之以鼻，但是，他們錯了。」

「太好了，」范奧丁說道，「說吧！到底是什麼主意？」

白羅沉默了一會兒，然後回答道：「明天上午十一點我會到飯店去拜訪您。在此之前，請您不要向任何人透露我的新發現。」

22

帕波波魯斯的早餐

帕波波魯斯正在吃早餐，對面坐著他的女兒齊婭。

客廳有人敲門，小僕人接著走進來，手裡拿著一張名片。帕波波魯斯接過名片琢磨了一會兒，挑了挑眉毛，然後把它遞給了女兒。

「噢！」他搔著左耳沉思道，「赫丘勒．白羅！我很驚訝！」

父女倆看著彼此。

「我昨天在網球場看見他了，」帕波波魯斯道，「齊婭，我不喜歡這個現象。」

「他有一次可幫了你的大忙。」女兒提醒他說道。

「是沒錯。」帕波波魯斯肯定地回答，「而且我聽說他現在已經退休了。」

父女倆是用自己國家的語言對話。接著，帕波波魯斯用法語對小僕人說：「請客人進來。」

幾分鐘後，赫丘勒．白羅來到了客廳，同往常一樣西裝革履，神氣活現地揮著手杖。

「親愛的帕波波魯斯先生！」

「親愛的白羅先生！」

「還有齊婭小姐也在！」白羅深深地鞠了個躬。

「我們要繼續吃早餐，請您不要介意。」帕波波魯斯說著又為自己倒了一杯咖啡。「這時候來訪似乎有點太早。」

「早得有點不像話。」白羅加了一句：「但我有急事，請你諒解這一點。」

「噢！」帕波波魯斯小聲附和道，「您是來談生意的嗎？」

「是一樁非常重要的交易，」白羅說，「事關凱特林夫人被害一案。」

「我想想，」帕波波魯斯無所謂地仰望了一眼天花板。「是不是在『藍色列車』上死了的那位夫人？我在報上讀過這則新聞。可是報上沒提這是一樁犯罪事件。」

「由於法律方面的原因，還是對事實保持沉默為好。」白羅說道。

然後出現一陣靜默。

「可是，我又能幫上什麼忙呢，白羅先生？」古玩商客氣地問道。

「我馬上就向您說明。」

白羅掏出給范奧丁看過的那個棕色包裹。他打開包裹，把寶石拿到古玩商的眼前。

老古玩商的臉上毫無表情，任何一塊肌肉也沒動一下。他把寶石拿在手上，以內行人的眼光察看了半天，然後向白羅投以詢問的眼光。
「挺美麗的，不是嗎？」白羅問道。
「是很美。」帕波波魯斯說。
「您認為值多少錢？」
希臘老人臉上的肌肉多少有點抽動。
「白羅先生，真的需要我告訴您嗎？」他問道。
「您很聰明，帕波波魯斯先生。不，實際上不必要，我想五十萬美元總是有的。」
帕波波魯斯笑了起來，白羅也隨聲附和地笑著。
「以一個贗品來說，」帕波波魯斯一面說著一面把寶石還給白羅。「的確是很美。恕我冒昧，請問它是怎麼到您手中的？」
「當然不會冒昧。」白羅道，「在老朋友面前我是沒有什麼祕密的。寶石是在羅奇伯爵那裡找到的。」
帕波波魯斯誇張地挑了挑眉頭。
「真的？」他喃喃道。
白羅這時彎著腰坐在那裡，表現得比任何時候都還要無辜和輕鬆。
「帕波波魯斯先生，」他說道，「我跟您老實說。這寶石的原物是凱特林夫人的，但在藍色列車上被偷了。首先我必須講明：把寶石再找回來不是我的工作，而是警方的事。我不是為警方而是為范奧丁先生工作。我只想找出殺害凱特林夫人的凶手。這些寶石之所以能夠引起我的興趣，是因為他們能夠引導我找到殺人犯。你懂嗎？」

白羅在說出這幾個字時，特別加重語氣。

帕波波魯斯先生仍是面無表情，只平靜地說道：「繼續！」

「帕波波魯斯先生，真正的寶石很可能正在尼斯易主，也可能早已易主。」

帕波波魯斯若有所思地喝了一口咖啡，紳士派頭十足。

「我對自己說，」白羅繼續說道，「我是多麼幸運，我的老朋友在尼斯！他一定會幫我的忙。」

「你要我怎麼幫你的忙？」帕波波魯斯冷淡地探詢問道。

「我當時曾猜測，帕波波魯斯到尼斯一定是來做生意的。」

「你猜錯了，」帕波波魯斯反駁。「我是為了健康才到這裡來的，我可是遵照醫生的囑咐到尼斯來的。」他說著無力地咳嗽起來。

「這太遺憾了。」白羅不太真誠地同情道，「不過，讓我們繼續說下去。如果一位俄國公爵、一位奧地利大公、或一位義大利王子要把他的傳家首飾換成錢，那麼他們會找誰呢？當然要找帕波波魯斯。他以謹慎交易而揚名於世。」

「您是在奉承我。」帕波波魯斯欠了欠身。

「謹慎是很重要的，」白羅說，希臘老人報以短促的微笑。「我有時也很謹慎。」

兩人的目光碰在一起。然後白羅字斟句酌地繼續說道：「我對自己這麼說：如果這些寶石在尼斯已經易主，那麼帕波波魯斯一定會聽到風聲。他對寶石市場上任何風吹草動都瞭如指掌。」

「噢！」帕波波魯斯叫了一聲，不慌不忙地在麵包上又塗了一層蜂蜜。

「你知道，」白羅聲明說，「警察與此事毫不相干。這是一樁私人的案件。」

「可是已經謠言四起了。」帕波波魯斯小心翼翼地說道。

「請舉例說明。」白羅提示道。

「我有什麼必要再去散播這些謠言呢？」

「有必要。」白羅說道，「帕波波魯斯先生，您可能還記得，十七年前，當時您在進行一樁金額可觀的交易。為一位非常……呃，有名的人物保管某些貴重物品，可是不知怎的，這些東西突然失蹤了。您當時處在極為辛苦的困境中。」他說完向齊婭投去柔和的目光，她把杯盤收在一旁，正用手支著頭，聚精會神地聽著。「當時我人在巴黎。你當時要我幫您找回這些東西，你說你把自己交到我手裡，如果我能夠找回失物，你將會重謝我。結果我真的把東西找回來了。」

帕波波魯斯深深嘆了一口氣。

「那是我一生中最不愉快的時刻。」他壓低了聲音說道。

「十七年的時間不算短，」白羅沉思著說道，「但是，我相信，先生，你們民族並不是善忘的。」

「您是指希臘民族嗎？」帕波波魯斯帶著諷刺的微笑低語道。

「我指的不是身為希臘人。」

雙方沉默了一段時間，帕波波魯斯自豪地站立起來。

「您說得對，白羅先生。」他鎮靜地說道，「我是個猶太人，如您所說，猶太人是不會忘記的。」

「您願意幫我的忙嗎？」

「關於寶石的事，先生，我幫不上忙。」

這位老人就像剛剛的白羅一樣，小心翼翼地回話。

「我什麼也不知道，什麼也沒聽過！可是如果您對賽馬有興趣，我倒願意效勞。」

「在某些情況下，我對賽馬也很感興趣。」白羅看著對方，心平氣和地說。

「賽馬場上有一匹馬在奔跑，人們都注意地盯著它。具體的細節我當然不得而知了。這種新聞不知傳過多少人之口了。」

他突然停口，盯著白羅的眼睛，彷彿想確定對方是否聽懂了他的意思。

「我完全明白。」白羅點頭說道。

「這匹馬的名字，」帕波波魯斯靠回椅背，十指交叉說，「叫『侯爵』。我想，但我不確定，那是一匹英國馬，是吧，齊婭？」

「我想是的。」齊婭贊同道。

白羅精神奕奕地站起身來。

「謝謝您，帕波波魯斯先生，」他說，「馬廄裡有各種類型的馬，總是件好事。再見，先生，非常感謝！」他轉向齊婭。「再見，齊婭小姐。我覺得好像昨天才和您在巴黎分手一樣。頂多像過了兩年而已。」

「十六歲和三十三歲無論如何總是有區別的。」齊婭說，憂鬱地向他微微一笑。

「你就不是這樣！」白羅說道，「你和你的父親也許可以找一天和我共進晚餐。」

「我們很高興有這個機會。」齊婭回答道。「那麼現在，再見了。」

「那我們再安排囉。」白羅宣布道。

白羅嘴裡哼著愉快的歌曲，瀟灑地揮著手杖，漫步而去。他興致勃勃地轉動著手杖，情不自禁地微笑著。他拐進第一家郵局，發了一封電報。這封電報的措詞花了一點時間，因為要用密碼，得全靠記憶。目的在處理一枚遺落的領帶別針，發給蘇格蘭警場的傑派探長。

解碼以後，這封電報十分簡短切題：

請將綽號為「侯爵」者之詳情電告於我。

23 新見解

十一點整，白羅就來到范奧丁住的飯店。他發現百萬富翁獨自一人待在飯店裡。

「您真準時呀，白羅先生。」他說道，莞爾一笑，站起身來迎接這位偵探。

「我向來很準時，」白羅說道，「準時赴約是我的習慣。不受人限制，也不講求什麼方式——」他突然轉了話題：「哎，也許這些話我以前早對您說過了。現在談談我此次來訪的目的吧。」

「您的小小靈感？」

「對，我的小小靈感。」

「首先，先生，我想再跟那位女僕愛達・梅森談談。她在吧？」

「是的，她在這兒。」

「太好了。」

范奧丁好奇地看著他，按了傭人鈴，傳口信叫梅森來。

白羅像平常那樣禮貌地跟她打過招呼，這樣做對那個階級的人來說是很受用的。

「午安，小姐，」他愉快地說道，「請坐，如果老爺同意的話。」

「是的，是的，坐下吧，孩子。」范奧丁說道。

「謝謝，先生。」梅森拘謹地說道，在扶手椅的邊緣坐了下來。她看起來很瘦削，神情也顯得更尖刻了。

「我還要問你一些問題，」白羅說道，「我們得把這件事弄個水落石出。我一再想起火車上的那個男人。你已經見過羅奇伯爵。你說他可能就是火車上的那個男人，可是你不確定。」

「我告訴過您了，先生，我沒看見那位先生的臉。所以要認出是不是他就難了。」

白羅笑著點了點頭。

「一點也沒錯。我知道這很難。那麼，小姐，你伺候凱特林夫人兩個月了，在這段時間，你是否經常見到凱特林先生？」

她思考了一下回答道：「只見過他兩次，先生。」

「是近距離還是遠距離見到他？」

「一次是他到古爾松大街。當時我在樓上，透過欄杆看到在樓下走廊上的他。我有點好奇，您知道，像這種事實在是——」梅森藉咳嗽停了口。

「另一次呢？」

「我和一位女傭安妮在公園裡看到凱特林先生，安妮指給我看的，當時凱特林先生正和一位外國女人走在一塊兒。」

白羅再度點了點頭。

「現在請你注意，小姐。你怎麼能夠斷定，在巴黎的里昂車站時，和夫人談話的那個人不是你家主人凱特林先生呢？」

「凱特林先生？噢！我從來沒有這樣想過。」

「但是你不確定。」白羅堅持道。

「嗯……我從沒這麼想過。」梅森完全被這個說法亂了方寸。

「你當然也聽說過，凱特林先生也在同一列火車上。因此，如果那位女士在和自己的丈夫談話，不是十分自然的事嗎？」

「可是，那位先生是從外面上火車的。他衣著普通，還罩著外衣，戴帽子。」

「正是如此，小姐。不過請你再想一下。火車剛一到里昂車站，下車去散步的旅客很多。你的女主人也下車去透透氣，因此也把大衣披在身上，是不是？」

「是的，先生。」女僕應和著說道。

「你的主人也一樣。火車裡面很熱，外面很冷。那位先生穿上了外衣，戴上帽子，到車廂外沿著列車散步，從一個亮著燈光的窗口裡，他突然看到凱特林夫人。在此之前，他根本不知道夫人也搭這班列車。當然，他就又上了火車，走到夫人的包廂。當夫人發現他，吃驚地叫了一聲，隨後便關上了和你包廂相通的門，之後談的當然就是些私房話了。」

白羅把身子往靠背上一仰，注意地觀察著他的這些暗示在慢慢起作用。沒有人比赫丘勒·白羅更清楚，梅森所屬階層的人是催促不得的。他必須給她時間，使她能夠把這些新的推測和往事聯想在一起。

三分鐘後，她說道：「嗯，當然，先生，這有可能。我以前沒有這樣想過。凱特林先生的個頭也很高，也是皮膚黝黑，身材也很像火車上的那個人。是因為衣服和帽子讓我以為他是從外面上車的人。是的，可能是凱特林先生，我也不確定。」

「非常感謝，小姐，我不多耽誤你了，只是還有一個問題。」他掏出菸盒，就是給凱瑟琳看的那個菸盒。「這個菸盒是夫人的嗎？」

「不，這不是夫人的菸盒，至少——」她好像轉念間有了新的想法。

「哦？」白羅詢問了一聲。

「先生，我想……我不能確定，但我想，這可能是夫人買來送給先生的菸盒。」

「噢，」白羅一臉天真樣。

「當然，我不確定她是否把菸盒送給他了。」

「好吧，」白羅道，「我想就這些了，小姐。非常感謝！」

愛達·梅森立即退出了房間，把房門輕輕帶上。

白羅帶著一種難以察覺的微笑看著范奧丁。百萬富翁看起來大受打擊。

「您認為……您認為兇手是德瑞克？」他問道，「可是，到目前為止所有的證據都顯示伯爵是兇手。伯爵的身上的寶石足以證明他是現行犯呀！」

「不。」

「但是您告訴我——」

「我告訴你什麼了？」

「寶石的由來啊！您還親自給我看了寶石。」

「沒有。」

范奧丁直瞪著他看。

「您是說您沒有讓我看寶石？」

「是的。」

「昨天……在網球場啊！」

「沒有。」

「你瘋了嗎，白羅先生？還是我瘋了？」

「我們誰也沒有瘋。」老偵探心平氣和地說道，「您向我提問題，我回答。您問我，昨天我是不是讓您看了寶石，我回答說……沒有。我讓您看的，范奧丁先生，是上等複製品，就是行家也很難鑑定出真假。」

24 白羅的忠告

百萬富翁花了點時間才搞清楚，他驚訝地看著白羅。偵探優雅地向他點點頭。

「是的，」他說，「案情又出現另一番局面了吧？」

「那是複製品？」

百萬富翁趨身向前。

「白羅先生，您一開始就有這個想法？您始終不相信羅奇伯爵是凶手？」

「至少，我對此有懷疑。」白羅平靜地回答道，「我跟您說過。充滿暴力和謀殺的搶劫案，」他用力地搖著頭，「不，太難想像了。這不符合羅奇伯爵的性格特質。」

「但你相信他想偷寶石？」

「當然，這是毫無疑問的。我認為事情是這樣的：伯爵知道了這些寶石的下落，因此就擬定了一套應對的計畫。他謊稱要寫一本羅曼史，好讓令千金把寶石帶在身邊。然後製造了一顆非常相似的複製品，企圖在適當時機偷天換日，把原物弄到手。令千金並不是什麼珠寶鑑定家。她可能會在很久以後才會發現這個騙局，也只有到那時，她才有可能去控告他。不過，我不太相信她會這樣做。伯爵那裡一定有令千金很多信件。是啊，他一切都安排得天衣無縫。他可能不止一次地幹過這種勾當。」

「是的，這樣的推測似乎夠清楚了。」范奧丁沉思道。

「這是根據伯爵的性格做出的推測。」白羅道。

「是的，但現在——」范奧丁急切地看著白羅。「究竟發生了什麼事？請您告訴我，白羅先生。」

白羅聳了一下肩膀。

「很簡單，」他說，「有人在伯爵之前捷足先登了。」

沉默了好一陣子。范奧丁的腦子在激烈地思考著。當他再度開口時似乎還沒想通。

「白羅先生，您從什麼時候開始懷疑我的女婿？」

「從一開始。他有這個動機和機會。每個人都理所當然地認為，在令千金包廂裡的那個人是羅奇伯爵。起初，我也這樣認為。有一次，您偶爾提到，說您把伯爵當成了您的女婿，表示這兩個人的身高和體形以及膚色有些相似。我腦子裡就有了些奇怪的想法。女僕不久前才到您女兒那裡工作，凱特林先生的外貌她幾乎說不清楚，因為他並不住古爾松大街；而火車上那個人又很小心地不讓人看到他的臉。」

「您相信是他殺的？」范奧丁悲痛地問道。

白羅很快舉了一下手。

「不，不，我沒有這樣說，這只是一種可能，但可能性很高。他現在已經陷入經濟困境，此舉是他的一條出路。」

「但是，他為什麼要把寶石拿走？」

「為了造成一種假象，讓人覺得這個案子似乎只是一般的盜竊案。如果他不把寶石拿走，那麼人們一開始就會懷疑是他。」

「如果真是這樣，他怎麼處理這些寶石呢？」

「有好幾種可能。尼斯有一個人可以幫他，就是昨天在網球場上我指給你們看的那位古玩商。」

他站起身來。范奧丁也站起來，並且把手搭在白羅的肩膀上，他說話的時候，聲音裡充滿了激動。

「為我找出謀殺魯絲的凶手，」他說，「這是我唯一的要求。」

「事情包在赫丘勒．白羅身上。」他以自豪的神態回答道，「別擔心。我會把事情查個水落石出！」

他拍掉帽子上的灰塵，向百萬富翁堅強地微笑了一下，離開了房間。但是，當他走下樓時，臉上的自信又消退了。

「一切都進行得非常順利，」他喃喃自語，「但是有困難，是的，有很大的困難。」

他在旅館大門口突然收住腳步。一輛汽車正向門口開近。裡面坐著凱瑟琳．格雷。德瑞克．凱特林正站在車旁認真地和她說話。幾分鐘後，汽車開走了，而德瑞克仍站在原地目送汽車離去。德瑞克的表情很奇怪，他深深地嘆了一口長氣，轉過身來正與白羅打了個照面。儘管他嚇了一跳，這兩人依然相互看著對方。白羅平靜而自信，而德瑞克卻是有一種快樂的輕蔑。在他嘲弄的語氣有種輕蔑的意味，一邊稍稍挑起眉毛。

「很可愛的女子，不是嗎？」德瑞克若無其事地說道，他神態自若。

「正是。」白羅沉思道，「凱瑟琳小姐非常可愛，很典型的英國女子。」

「這樣的女人現在可不多，對吧？」

德瑞克說這番話時聲音很溫柔，彷彿是說給自己聽。

白羅意味深遠地點點頭，然後走到德瑞克身旁，以一種德瑞克從未聽過的聲調說道：

「您得原諒老人家，先生，如果我的話說得失禮的話。有一句英國諺語說：『前緣未斷，莫結新歡』。」

凱特林忿怒地看著他。

「見鬼，你這話是什麼意思？」

「我的話您聽起來很刺耳。」白羅心平氣和地說，「我也料到會是這樣。我的意思是，凱特林先生，另一輛汽車裡也坐著一位女士。只要您轉個頭就會看見了。」

德瑞克猛然一回頭。他的臉立即氣得發紅。

「該死的米蕾兒。」他抱怨道，「我真想……」

白羅阻止了他將要做的動作。

「您那是聰明的做法嗎？」他嚴肅地問道。眼裡閃著一絲綠色的光芒。

但是德瑞克沒有注意他眼光裡的警告。正在氣頭上的他，什麼都做得出來。

「我和她已經結束了，這點她也知道。」德瑞克怒吼道。

「可是，她和您是否也已經結束了？」

德瑞克突然放聲大笑。

「她現在正提防著，不讓那兩百萬英鎊白白跑掉。」他一針見血地指出。「絕對可以相信她這一點！」

白羅挑了挑眉。「您真會嘲弄人。」他低聲說道。

「我會嘲弄人？」德瑞克苦笑道，「我在這個世界上已經活得夠久了，白羅先生，久到了解女人都是一樣的。」他的表情突然緩和下來。「只有一個人是例外。」

他大膽地凝視著白羅，眼中閃著警告的意味，然後再度消失。

「就是那個人。」他說，突然轉向凱瑟琳離去的方向。

「噢！」白羅道。

白羅說話的語調異常平靜，而這只會更加激起這位年輕人的怒氣。

「我知道你想說什麼！」德瑞克急切道，「你想說，我過著這種生活，根本就配不上她。你想說我根本沒有資格想這種事，你想說，我是癩蛤蟆想吃天鵝肉——我知道我老婆幾天前才被人殺害，我不該——」

他停下來喘了口氣，白羅趁著空檔同情地說道：「可是，我什麼也沒說啊！」

「你心裡是這樣想的。」

「噢？」白羅道。

「你想說我完全沒機會和凱瑟琳結婚。」

「不！」白羅鄭重其事地說，「我沒這麼說。你是聲名狼藉，但正因為如此，才對女人有吸引力。反之則否。如果你具有高度的教養，一生中從來沒有在忠貞的道路上走錯過一步，那你就不會有這個機會了。你了解，道德的代價就是沒有愛情。」

德瑞克瞪了他一會兒，然後快步向米蕾兒的汽車走去。白羅興味盎然地看著他。他看到米蕾兒從車裡探出頭來說話。

德瑞克並沒有停下腳步。只是舉起一下帽子，就直接走過去了。

「看來，」白羅說道，「是該回家的時候了。」

回到家的時候，白羅看見他那沉著的僕人喬治正忙著燙長褲。

「今天過得不錯，喬治，雖然有點累，但絕不乏味。」他說道。

「這樣啊，先生。」喬治面無表情地聽著。

「喬治，犯人的個性真是個有趣的題目。很多凶手都很有個人魅力。」

「先生，我聽說克里本醫生是一位受人敬重的紳士，儘管如此，他還是把自己的夫人剁成了肉醬。」

「喬治，你舉的例子總是那麼恰當。」

喬治沒有作聲。電話鈴響了，白羅接起了電話。

「喂！是，我是赫丘勒．白羅。」

「我是奈頓。請等一下，范奧丁先生想和您講話。」

沉默了一會兒，百萬富翁的聲音出現了。

「白羅先生嗎？我只想告訴您一件事。梅森跑來跟我說，她想過了，現在她幾乎可以肯定，在巴黎上火車的那個人就是德瑞克．凱特林。她說，她可以立即就認出是德瑞克。噢，開始的時候她沒有想到這個可能性。她現在對此已確信無疑。」

「噢，」白羅說，「謝謝你，范奧丁先生。這樣的話，我們又向前推進一步了。」

他放下話筒站了一會兒，若有所思地微笑著，喬治叫了他兩次，他都沒聽見。

「咦？」他心不在焉地嘟囔著，「你剛剛跟我說什麼？」

「您是在家吃午飯，還是到外面吃？」

「不在家吃，也不在外面吃。」白羅說道，「我想到床上躺一會兒，再喝一杯菊花茶。我期待的時刻已經到來，真是這樣，那我就有點興奮了。」

25 合理的建議

德瑞克經過車旁時，米蕾兒伸出頭來說：「德瑞克，我有事要和你談談。」

可是，德瑞克並沒有停下腳步，只是舉了一下帽子，就直接走過去了。

在飯店門口，門房隔著木頭圍欄對著他說話。

「先生，有位先生等著要見您。」

「是誰？」德瑞克問道。

「他沒有通報姓名，先生。但是他說，有要事和您談談，正在等您。」

「他在哪裡？」

「在小會客室，先生。他說在那裡談話可以不受干擾，比大廳方便些。」

德瑞克點了點頭，將腳步移往會客室的方向。

小會客室裡只有一位訪客，德瑞克進來後，他便優雅地起身鞠了個躬。雖然德瑞克只見過羅奇伯爵一面，但是他立即就認出了這位貴族。他憤怒地皺起了眉頭。簡直魯莽到了極點！這個人是多麼厚顏無恥啊！

「你是羅奇伯爵，是吧？恐怕你到這裡來只是浪費時間。」

「我希望不會。」伯爵微笑著說道，露出一排雪白的牙齒。

但是伯爵的迷人風采在同性面前可是起不了什麼作用。男人們都受不了他這一套。德瑞克・凱特林早就想一腳把他踢出門外。只是考慮到此刻再惹起一場風波實在不智，所以才克制住了自己。他很驚訝魯絲為什麼會喜歡上這樣一個人？分明是一個騙子，甚至是比騙子還惡劣的不肖之徒！他嫌惡地看著伯爵修剪得十分講究的指甲。

「我來是想和你談一談，」伯爵開口了。「談一筆小小的生意。好好聽我說完，才算聰明喔！」

德瑞克再度興起將對方一腳踢出門的強烈念頭，但還是忍住了。他心中仍掛念著那個隱約的威脅，只是他自有一番解釋。不過再怎麼樣，現在聽聽這位伯爵怎麼說總是百無一失。

「請說，」他尖聲問道，「是什麼生意？」

開門見山的談話，不是伯爵的風格。

「首先請允許我，對您遭到的不幸表示同情。」

「你要是再這麼厚顏無恥，」德瑞克沉聲說道，「我就把你扔出窗外。」

他朝伯爵身旁的窗戶點頭示意，伯爵不安地移動了一下。

「我會叫我的朋友對付你，如果你敢的話。」他傲慢地說。

德瑞克笑了一下。

「想決鬥嗎？我親愛的伯爵，我想你還不夠格。但我還是很樂意把你踢出去！」

伯爵對凱特林的羞辱並不以為意，只挑起眉頭喃喃說道：「英國佬都是些野蠻人。」

「快說！你到底要跟我談什麼？」

「那我就有話直說了，」伯爵說道，「我馬上就進入正題，那對我們雙方都好，對不對？」他又露出迷人的笑容。

「說！」德瑞克粗聲叫道。

伯爵望著天花板，兩手指尖貼著，囁嚅道：「您一夜之間成了百萬富翁，先生。」

「這關你什麼屁事？」

伯爵站起身來。

「我的名聲受到了玷汙。有人懷疑……指控我犯下惡劣的罪行。」

「那可不是我說的。」德瑞克冷冷地回答，「我是相關人，什麼意見都沒有表示過。」

「我沒有罪！」伯爵大叫著，「我向蒼天起誓，」他的手伸向蒼天。「我是無辜的。」

「據我所知，這案子是卡黑吉先生負責查辦，就是那位治安官。」德瑞克客氣地暗示。

伯爵沒把德瑞克的話聽進去。

「我不但被加上了莫須有的罪名，而且手頭還很拮据。」

德瑞克站起身來。

「我早就等著你這一著了。」他輕聲說道，「你這個搞勒索的無賴，我不會給你一分錢的！我太太已經死了，誣陷之詞已經傷不到她了。我敢說她是傻傻地寫了一些信給你，但如果我現在馬上掏出一筆錢買下來，我敢打賭你一定還私藏一兩封。你聽好，羅奇伯爵，勒索這兩個字無論在法國或英國，都是十分醜陋的字眼。這就是我的話，再見。」

「等一下！」德瑞克轉身準備離開房間時，伯爵伸出手攔住了他。「您誤解了，凱特林先生，你完全誤解了，我是一位正人君子。」

德瑞克大笑起來。

伯爵繼續說道：「任何女人寫給我的信，我都當它是神聖的物品。」他優雅地甩甩頭。「我要和您談的事完全是另一回事。如同我說的那樣，我的經濟狀況不佳，而我的良知又可能迫使我上警察局去告訴他們某些線索。」

德瑞克慢慢走回房間。

「你這話是什麼意思？」

伯爵又迷人地微笑起來。

「細節我們就不必談了。『想想看誰會是此案的受益人』，他們不都這樣說？我剛剛說了，您不是快要有一筆大錢到手了？」

凱特林笑了一下。

「如果這就是你想說的話……」他輕蔑地說。

可是伯爵搖著頭說道：「不，凱特林先生，這還不是全部。如果我不是握有更珍貴更詳細的資料，我是不會來找你的。我想，因為謀殺罪被捕並受到審判，這對您來說可不是件愉快的事。」

德瑞克走近伯爵，臉上充滿了憤怒，嚇得對方不由自主地退了一步。他忍住怒氣壓低嗓門說道：「你這是在威脅我嗎？」

「絕無此事。」伯爵保證道。

「我見過很多虛張聲勢的敗類，其中就屬你——」

伯爵舉起戴著白手套的手。

「您弄錯了。這不是虛張聲勢，我來告訴你為什麼。我的情報來自某一女士。那位女士握有確鑿的證據可以證明兇手就是您。」

「那位女士是誰？」

「米蕾兒小姐。」

德瑞克後退了一步，彷彿是挨了當頭一棒。

「米蕾兒？」他低聲道。

伯爵急於利用眼前的有利局面。

「區區十萬法郎。」他說，「這就是我所有的要求。」

「啊？」德瑞克魂不附體地問道。
「我是說，區區十萬法郎，就可以收買我的良心。」
最後德瑞克似乎回過神來了。他嚴肅地看著伯爵。
「你要我立刻回答你嗎？」
「如果您願意的話，先生。」
「那回答如下：見鬼去吧！懂了嗎？」
德瑞克轉身，大步走出房間，只留下伯爵目瞪口呆，說不出話來。
德瑞克走出旅館，叫了一輛計程車直奔米蕾兒下榻的旅館。從服務生口中知道，這舞伶才剛剛回來。他立即遞出了自己的名片。
「把這個給米蕾兒小姐，問她能不能見我？」
過了一會兒走出一個傭人。「小姐請您上樓。」
一踏進米蕾兒的房間，就嗅到一股外國香水的味道。房間裡擺滿了丁香、蘭花和含羞草。米蕾兒穿著一件蕾絲邊的睡袍，站在窗前。她伸出手來迎接德瑞克。
「你來了，德瑞克。我就知道你一定會來找我的。」
他甩開她勾上來的手，怒視著她。
「為什麼你叫羅奇伯爵到我那裡去？」
她訝然地看著他，他覺得那表情不像裝出來的。

「我？我叫伯爵到你那裡？為了什麼呢？」

「明目張膽地來勒索！」德瑞克冷冷地說道。

她又看了他半天。然後突然放聲大笑起來，還點了點頭。

「可想而知，這種人是會幹出這種事來的，我早該想到的。不，德瑞克，不是我叫他去的，真的不是。」

他彷彿要看入她心底般地瞪著她，想知道她腦子裡到底在想什麼。

「好吧，我招供。」米蕾兒說，「雖然我覺得很羞愧。那一天，你知道，我簡直是氣瘋了，氣昏了。」她唱作俱佳，「我失去耐性，一心想要報復，所以我才會去找伯爵，讓他到警察局去說一些有的沒有的。但是，你別怕，我還沒有傻到失去理智。只有我握有證據，如果沒有我的證詞，警察不能把你怎樣。現在，現在……」

她把身子靠近德瑞克，眼神裡充滿了熱情和殷勤。

他把米蕾兒粗暴地推開。她的胸脯一起一伏，眼睛像貓似的瞇成了一條線。

「給我小心點，小心點！你不是要回到我這裡來嗎？不是嗎？」

「我永遠不會再回到你身邊。」德瑞克堅定地答道。

「啊！」名舞伶突然變成一頭凶猛的小野獸，眼睫毛不停顫動。「你現在另結新歡了？就是那天和你一起吃飯的那個女人，對不對？」

「對！我正打算向這位女士求婚，你最好知道！」

「那個土裡土氣的英國女人！我絕不允許你這樣做！永遠別想！」她那美麗而柔軟的身子在顫抖著。「聽好，德瑞克，你記得我們在倫敦的那次談話吧？你說只有你老婆死了才救得了你；你還抱怨說，你老婆的身體非常健康。之後你想到，如果她發生意外的話——甚至，你還想了更多。」

米蕾兒大笑起來。

「我猜，」德瑞克鄙視地說道，「這就是你跟伯爵說的內容。」

「你認為我就這麼傻？單憑這段小故事，警察能幹什麼？聽著，德瑞克，我給你最後一次機會。你把那個英國女人甩掉，回到我身邊，那麼他們永遠別想從我嘴裡套出……」

「什麼？」

她柔柔一笑。

「你以為，當時沒人看到你？」

「你在說什麼？」

「我剛說了，你以為沒人看到你……但我看到你了，德瑞克老兄，在火車剛剛開進里昂那晚，我看到你從你老婆的包廂裡出來！我還知道更多喔，我知道在你離開你老婆的包廂時，她已經死了。」

他呆住了。然後他轉身離開了房間，慢慢地，搖搖晃晃，就像一個夢遊者。

26 警告

「這就是了，」白羅說道，「我們是好朋友，從不隱瞞對方什麼。」

凱瑟琳轉頭看向他。他的聲音嚴肅而意有所指，凱瑟琳從來未聽過他的這種語調。

他們坐在蒙地卡羅的一個花園裡。凱瑟琳才和朋友一起到達，就碰到白羅和奈頓。坦普林女士正纏著奈頓聊往事，其中大部分的內容，凱瑟琳猜測可能是編造的。後來坦普林女士挽著奈頓的手臂一起走開了，奈頓回過頭看了一下，只見白羅正在跟他眨眼睛。

「當然，我們是朋友。」凱瑟琳說道。

「一開始我們就很合得來。」白羅感慨道。

「就是你告訴我，偵探小說的情節也會發生在現實生活裡。」

「而我說得沒錯，是不是？」他挑戰似地看著她，食指強調著。「現在我們都深陷其中了。這對我而言很平常，那是我的職業；但對你來說可就不同了，是的。」他意味深遠地說道，「大大不同了。」

她銳利地看了白羅一眼，似乎從白羅的話中聽出了某種警告，告訴她正面臨某種尚未察覺的危險。

「您為什麼說我已深陷其中？我的確是在凱特林夫人死前跟她談過話，但現在……現在一切都結束了，我跟這個案子已毫不相干了。」

「噢，小姐，有誰能說：『我和這件或那件事已毫不相干？』」

「到底怎麼一回事？」她問道，「你好像想告訴我什麼——或者說『傳達』更為恰當。可是我實在不夠聰明，聽不懂你的暗示，還是請你把你的想法全盤托出吧。」

白羅悲傷地看著她。

「天啊，真是英國人的脾氣！」他小聲說道，「每件事都要弄得黑白分明，每件事都要畫清楚界線。可是，生活不是如此一般。有些東西可能還沒有成形，但已經可以看到它們的影子了。」他用一條手帕使勁地擦了一下額頭，慢慢說道：「噢，我怎麼變得這麼感性。就像你說的，我們還是回到現實吧。比如說，請你告訴我，你覺得奈頓少校這個人如何？」

「我很喜歡他。」凱瑟琳熱情地說道，「他很可愛。」

白羅嘆了一口氣。

「怎麼啦？」凱瑟琳問道。

「你的回答是那樣地真誠而熱情。」白羅說道，「如果你只是滿不在乎地回答說『嗯，他很好』，那我會更高興。」
凱瑟琳沒有答話。她心裡有點不舒服。
白羅繼續浪漫地說道：「可是，誰知道會怎樣？女人有許多方式隱藏自己的感情，『熱情』可能就是頗好的一種方式。」他又嘆了口氣。
「我不懂……」凱瑟琳說。
她的話被打斷了。
「你不懂我今天怎麼如此無禮是嗎？小姐？我是個老頭子，有時——但不是經常——我會遇到某個人，他的幸福和命運會令我十分關心。小姐，你剛剛說過，我們是朋友，因此，我非常希望你能夠得到幸福。」
凱瑟琳直視前方。她用傘尖在地面上畫著自己的腳形。
「我剛才問了你奈頓少校的問題。現在我還想問另一個問題，你喜歡德瑞克·凱特林先生嗎？」
「我並不了解他。」
「這不是回答。」
「我認為是。」
他看著凱瑟琳，被她的聲音裡的某種力量給驚住。白羅沉重地點點頭。
「也許你是對的，小姐。我見過許多世面，我知道有兩件事是真的：一個好男人可能被一個壞女人毀掉；但反之，一個壞男人也可能被一個好女人所毀滅。」

凱瑟琳敏銳地看著他。

「您說『毀掉』是——」

「我是從他的角度來看。如果一個人要犯罪，就要全心全意，一如對其他事物。」

「您是想警告我，」凱瑟琳低聲道。「要防範誰嗎？」

「我無法看穿你的心，小姐。就算我可以，也不認為你會讓我這麼做。我只想告訴你一點：有些男人對女人具有一種無法抗拒的吸引力。」

「比如說，羅奇伯爵。」凱瑟琳笑著說道。

「還有另一種人，他們比伯爵更危險。這些男人具有迷惑女人的特質：衝動、大膽、無禮。你此刻已深受某人吸引，我看得出來，不過我認為你也僅止於此，希望我說的沒錯。我說的這個人，感覺上很誠實，但還是一樣——」

「什麼？」

他站起身來看著凱瑟琳。然後壓低嗓門但非常清楚地說道：「你可以愛上一個小偷，但絕不要愛上一個殺人犯！」

他很快轉身離開，留下她呆坐原處。

他聽到她深喘一口氣，但並未留步。他已經把該說的話說了，就讓她去咀嚼那句錯不了的話。

德瑞克從賭場裡走出戶外，看到凱瑟琳一個人坐在椅子上，於是來到她面前。

「我賭了一場。」他微笑著，輕鬆說道，「當然又是沒贏。我輸光了所有的錢……當然，我是指帶在身上的錢。」

凱瑟琳不解地看了他一眼。她馬上感覺到他的態度有點不同，某種——

「我想你是個天生的賭徒，賭博的刺激令你著迷。」

「你是說我無時無刻不是個賭徒？你可能說得很對！難道你不認為，賭博非常刺激？將一切孤注一擲——沒有其他的東西像它一樣。」

自認一向冷靜遲鈍的凱瑟琳，感到一陣顫慄。

「我想和你談一談，」凱特林繼續說下去，「誰知道以後還會不會有這樣的機會。人們都在私下議論，說我殺死了自己的妻子。不，請您不要打斷我的話。當然，他們都在胡說八道。」他停了片刻，又以果斷的語調往下說，「在警察和當地政府面前，我當然得裝成規規矩矩的樣子。但在你的面前，我不想再掩飾自我了。一開始，我就是為金錢而結婚。我第一次遇到了魯絲．范奧丁時，正需錢孔急。她當時像一位溫柔可愛的聖母瑪利亞，我當然也盡量讓自己脫胎換骨。但是，沒多久幻想就破滅了。魯絲和我結婚的同時，還愛著別人。她從來沒愛過我。但是，唉，我並無怨言，這純粹是一筆交易。她嫁給我是為了我那未來的貴族頭銜，我娶她是因為她有錢。問題就出在魯絲．范奧丁身上流的是美國人的血。她明明不放我在眼裡，又要我時時刻刻取悅她。她一次又一次鄭重告訴我，我是她買來的、我是屬於她的。結果到最後，便是我做出許多讓她深惡痛絕的事。我的岳父當然把這一切都跟你說過，他說的完全對。魯絲死之前，我幾乎到了走投無路的地步。」他突然大笑起來。「是啊，誰敢和魯佛斯．范奧丁做對，誰就會走投無路。」

「後來呢？」凱瑟琳低聲問道。

德瑞克聳了聳肩。

「之後魯絲就被謀殺了，死得正是時候。」

他又大笑起來。凱瑟琳嚇得縮起身子，他的笑聲撕裂著她的心。

「是啊，聽起來很不好受！」德瑞克繼續往下說，「卻是事實。現在我還要告訴你另一件事。自從我們初次見面那一瞬間，我就知道，你是我今世唯一想要的女人。我……有點怕你，我怕你會帶給我不幸。」

「不幸？」凱瑟琳尖聲問道。

「為什麼你總要用那種語調講話？你想到了什麼嗎？」他注視著她。

「我在想今天某人對我講的話。」

德瑞克嘿嘿一笑。

「人們會講一大堆關於我的事，親愛的，而大部分是事實。是的，更糟糕的是，我一生都是個賭徒，而且賭運都不太好。我不該跟你坦白這些，那都已經過去了。我只希望你相信一件事，我發誓我沒有殺死我的妻子！」

他的話聽起來很真誠，但是其中還有點戲劇性的語調。凱瑟琳疑惑地看著他。他繼續說道：「當然，那天我撒了謊。我是到過我太太的包廂。」

「噢，」凱瑟琳哼了一聲。

「很難說清楚為什麼我會進去，但我盡量。那是因為一時衝動。我算是在盯我太太的梢。那趟旅途中我一直躲在車上某處。米蕾兒告訴我，我太太會在巴黎和伯爵約會。但就我所見，事實並非如此。我當時覺得很慚愧，突然我產生了一種想法，想跟我太太敞開來談一談，所以我開了門走進了她的包廂。」

他不說話了。

「然後？」凱瑟琳輕輕問道。

「魯絲躺在床上睡了。她的臉背對著我，我只看到她的後腦勺。當然我可以叫醒她，可是突然間，我想和她談話的念頭消失了。我們之間還有什麼可談的？那些事我們談過不止上百次了。她很安詳地躺在那裡，所以我盡可能安靜地離開了包廂。」

「為什麼你不向警方說出真相呢？」

「因為我不是傻子。一開始我就明白，就殺人動機而言，我是最有嫌疑的人選。如果我承認到過我太太的包廂，而且就在她被害前不久去過，那我等於自己去送死。」

「我懂。」

她真的懂嗎？她自己也不知道。她感覺到，德瑞克有一種磁石般的魅力，可是她的內心深處卻有另一股力量在阻止、拉扯……

「凱瑟琳——」

「我——」

「你知道，我喜歡你！那麼你……你喜歡我嗎？」

「我……我不知道。」

她絕望地環顧了一下四周，像是求救似的。這時，一個高個、瘦削、走路有點瘸的年輕人向她走來，她的雙頰立刻泛起了紅暈。來人正是奈頓少校。

她心情放鬆且超乎尋常的熱情。

德瑞克站起身來，表情十分不豫，臉上罩上一層烏雲。

「坦普林女士賭運如何？」他說道，「我最好去找她，給她傳授無懈可擊的祕方。」

德瑞克轉身走了，留下她和奈頓兩人。凱瑟琳又坐了下來。剛才，她的心還那樣忐忑不安地跳動，現在，和這位安詳而羞怯的男人談了一會兒後，她覺得又能夠控制自己的情緒了。

然後她很訝異地發現，原來奈頓也是來向她表白的，只是用的是一種完全不同的方式。奈頓十分害羞而且結結巴巴，平時的口才全然消失。他結巴地說道：「從我看到你的那一瞬間起，我……我不該這麼快就說……可是，范奧丁先生隨時都可能離開此地，到時候我可能再也沒機會說了。我知道，你還不可能這麼快就喜歡上我——那是不可能的。我實在太不自量力了。我有一點財產——不，請不要現在就回答我，我知道你的回答會是什麼。我只是想，如果我突然離開這裡，我希望你知道，知道，我喜歡你。」

他是那樣地溫柔、誠懇。她被他深深感動了。

「還有，我想說的是，如果你遇上麻煩，需要幫助，我會……」

他抓住凱瑟琳的手，握了一會兒，然後放開了她，頭也不回地快步走向賭場。

凱瑟琳動也不動地坐在那裡，望著他的背影。德瑞克·凱特林，理查·奈頓，兩個完全不同典型的男人。奈頓為人親切忠厚，值得信賴，至於德瑞克……

此時凱瑟琳突然產生一種異樣的幻覺。她彷彿覺得不只她一個人在椅子上坐著，而是身旁站了一個人，這個人很像是死去了的那個女人，魯絲·凱特林，她有一種強烈的感應，好像魯絲亟欲告訴她什麼事。這種奇異的感覺是那樣的強烈而生動，使得凱瑟琳無法擺脫。她很確定，一定是魯絲·凱特林的靈魂降臨，想告訴凱瑟琳什麼重要的事，而這件事對凱瑟琳來說攸關生死。沒多久，幻覺緩慢地消失，凱瑟琳站起身來，有些發抖。魯絲·凱特林到底急著要說什麼呢？

27 與米蕾兒的談話

奈頓離開凱瑟琳之後就去找赫丘勒．白羅了。奈頓在賭場大廳裡找到了他。白羅正快活地把最小的賭本往偶數號碼上放。當奈頓走到他身旁時，號碼轉到了三十三，白羅的賭資被掃掉了。

「運氣不好！」奈頓說道，「您還打算玩下去嗎？」

白羅搖搖頭。

「不是現在。」

「你也感受到賭博的魅力了？」奈頓好奇問道。

「賭輪盤例外。」

然後奈頓迅速瞥了他一眼，面露難色。

他猶豫地開口問道：「您現在忙嗎，白羅先生？我想請教您一點事。」

「隨時候教。我們到外面去，好嗎？曬曬太陽挺舒服的。」

他們走到外面去，奈頓深深嘆了一口氣，慢慢地說道：「我很喜歡里維拉這個地方。我第一次到這裡是十二年前，是大戰期間，我因傷被送進坦普林女士開的醫院。從佛蘭德斯的戰壕轉到這裡，那簡直像是從地獄升到了天堂。」

「這是可以想像的。」白羅隨聲附和道。

「而現在看來，戰爭已是那麼遙遠的事了。」奈頓凝想道。

他們不聲不響地走了幾分鐘。

「你心裡有事嗎？」白羅終於說道。

奈頓有點驚訝地看著他。

「沒錯，」他坦言道。「雖然我不知道您怎麼看出來的。」

「這很容易就看出來。」白羅說得淡然。

「我不知道我這麼容易被看穿。」

「觀相也是我的專業之一。」白羅驕傲地解釋道。

「好，我告訴你，白羅先生。你聽說米蕾兒這個舞伶嗎？」

「她是德瑞克．凱特林先生的情婦，是嗎？」

「是的，我說的就是她。所以您應該能想像，范奧丁先生自然對她不存好感。這個女人給范奧丁先生寫過一封信，要求見面。范奧丁先生委託我給她回一封信，說他不想見這位女士。我也照做了。但今天早上她親自來到飯店，說一定要見范奧丁先生，她說有重要、緊急的事找他談。」

「很有意思。」

「范奧丁先生很生氣。他叫我不要對她客氣，把她給轟走。我沒有照他的話去做。我認為這個女人可能有寶貴的消息要透露。您說是嗎，白羅先生？」

「沒錯，」白羅正色道，「恕我冒犯，我認為范奧丁先生的做法真是太愚蠢了！」

「我很高興您的看法和我的一致，」奈頓說。「我現在就告訴您一件事。我覺得范奧丁先生的態度實在不智，所以我偷偷下樓去見那位女士。」

「是嗎？」

「麻煩的是，她堅持要見到范奧丁先生本人。我盡量委婉解釋范奧丁先生的理由，我對她說，范奧丁先生現在很忙，不能見她，如果有什麼事可以先告訴我，我會轉告給他的。但是，我沒能說動她。她什麼也沒說就離開了飯店。但我有個強烈的感覺，這位女士一定知道一些事。」

「這自然是，」白羅靜靜說道，「你知道她住在哪兒嗎？」

「我知道。」奈頓說出了飯店名。

「好，」白羅說道，「我們立刻就去她那裡。」

「那麼范奧丁先生怎麼辦？」祕書猶豫地問道。

「范奧丁先生是個冥頑不靈的人。我不想和這種人多說，也不想理這種人。我們趕快去找那位女士。我會告訴她，范奧丁先生已授權讓你全權處理，待會你不要拆我的台就好。」

奈頓狐疑地看著他，但白羅卻無視奈頓的猶豫。

到了飯店，他們向舞伶通報了姓名，並表示是受范奧丁之託而來。接著就傳出話來，說米蕾兒小姐請他們進去。

一進舞伶的房間，白羅就開了口。

「小姐，」白羅深深做了一鞠躬說道，「我們是受范奧丁先生的委託前來的。」

「是嗎？為什麼他不自己來？」

「他的身體有點不舒服。你是知道的，他不大習慣這裡的氣候。不過他授權給我和他的祕書奈頓少校代表他。或是你再等兩個星期，等他痊癒了再說。」

白羅深知像米蕾兒這種個性的女人，最怕的字眼就是「等待」。

「好吧，我說。」她叫道，「我再也無法忍受。我受到了侮辱，是的，是侮辱！他竟敢像拋掉一隻破鞋般把我拋掉？到現在為止，還沒有一個男人甩過我呢！都是我甩男人！」

她在屋裡走來走去，她那苗條的身軀在顫抖。她猛地一腳把面前的小桌子踢到牆邊。

「讓這小子看看我的厲害。」她叫道，「好吧！」

她從玻璃花瓶裡摘下一枝百合花，撕成了碎片，扔進壁爐裡。

奈頓不以為然地冷冷看著這一切，促侷難安。而白羅卻相反，他津津有味地欣賞著這場表演。

「啊，太好了。」他叫道，「由此可見，你也是有個性的。」

「我是個藝術家。任何藝術家都有個性。我經常提醒德瑞克，叫他要當心點，可是他把我的話當成了耳邊風。」她突然轉到白羅面前問道：「是真的還是假的？他要和那個英國女人結婚了？」

白羅咳了一聲。

「大家都說他深愛著她。」他小聲說道。

米蕾兒走近他們兩人。

「他謀殺了自己的老婆！」她聲嘶力竭地叫道，「好了，現在一切都清楚了。在此之前，他就告訴我，說他要殺死他老婆，他已走投無路。所以他以最容易的方式解決了！」

「你說凱特林先生謀殺了他太太？」

「對！對！對！我不是跟你說了嗎？」

「警方需要證據印證這個說法。」白羅說道。

「我告訴你，那天夜裡，我看到他離開他老婆的包廂。」

「什麼時候？」白羅敏銳地問道。

「就是火車快到里昂的時候。」

「你能對自己所說的話起誓嗎，小姐？」

白羅這句話問得十分嚴正，不同於以往。

「當然！」

屋內一片寂靜。米蕾兒呼呼地喘著氣，不遜又害怕地輪流望著兩人。

「這是很嚴肅的事，小姐。」白羅說道，「您能了解嗎？」

「當然！」

「那好，」白羅說道，「那麼我們就不能耽擱時間了。就請您陪我們到治安官那裡走一趟好嗎？」

米蕾兒向後退了一下。白羅早料到她會把自己弄到騎虎難下。

「好吧，我去拿我的大衣來。」她低語道。

她一離去，白羅和奈頓交換了眼色。

「現在我們得——你們是怎麼說的？——打鐵趁熱。」白羅自言自語說道，「這種女人是猜不透的，過一小時她可能又後悔、變卦了。我們得避免這種狀況。」

米蕾兒出來了。她穿上一件土黃色的豹皮大衣。她本人也像是一頭伺機而動、凶猛危險的豹子。她的雙眼閃著憤怒和堅定的目光。

他們在寇克斯的辦公室裡找到了治安官。白羅簡單說明來意，卡黑吉禮貌地請米蕾兒再重複一遍她所看到的情形。她的說法和先前對白羅和奈頓說的無甚差異，只是冷靜多了。

「真是一段不尋常的經歷。」卡黑吉一面透過夾鼻眼鏡端詳著舞伶，一面緩慢地說道，

「您是說，凱特林先生在這之前就向你炫耀他的犯罪企圖？」

「是的，是的，他說他老婆太健康了，除非發生意外她才會死，而他會做些準備。」

「您是否知道，」卡黑吉嚴肅地說，「這樣一來你也成了事前從犯了？」

「我？這毫無根據，先生。我從沒有把他的話當真啊，真的！我了解男人，他們總是喜歡撂狠話，但把他們說的每句話都信以為真，那就太傻了。」

治安官抬起了眉頭。

「你的意思是，你把凱特林先生威脅的話當成是隨便說說？請問你，小姐，是什麼原因使你推掉了倫敦的工作，而決定到里維拉來的？」

米蕾兒用動人的黑眼睛看著他。

「我想和我心愛的男人在一起。這有什麼難以理解的嗎？」

白羅禮貌地插話問道：「你是在凱特林先生的同意下陪他到尼斯來的？」

米蕾兒似乎發現這個問題有點難以回答。沉思了一會兒，她自豪地說道：「這種事我向來我行我素，先生。」

在座的三個男人都察覺到，這是個不算回答的答案，但誰都沒有說話。

「你是什麼時候判斷凱特林先生殺死了自己的妻子？」

「如同我說的那樣，當火車快到里昂的時候，我看到凱特林離開了他太太的包廂。他當時臉上的表情——噢，當時我無法理解——看起來很煩惱、很可怕。我永遠也忘不了。」她的聲音尖厲刺耳，還做了個非常傷感的手勢。

「這樣啊！」卡黑吉道。

「然後，當我得知火車離開里昂時凱特林女士就已經死了，我就明白了一切。」

「但是您沒有去報案，小姐。」寇克斯溫和地說道。

米蕾兒飽含感情地看了他一眼，顯然很沉溺於目前所扮演的角色。

「難道我能出賣自己心愛的人嗎？」她問道，「不！您不能要求一個女人做這種事。」

「那現在——」寇克斯插話說道。

「現在當然又另當別論了。他背叛了我，難道我還要忍氣吞聲嗎？」

「是呀，是呀。」治安官小聲地安撫道，「現在請您把您的談話記錄看一遍，確認無誤後簽上您的大名。」

米蕾兒連看都不看一眼，就在筆錄上簽了名。

「沒錯，沒錯，都很正確。」她站了起來。「各位先生，你們沒事要再問我了吧？」

「暫時沒有了，小姐。」

「德瑞克會被捕嗎？」

「立即就會被捕，小姐。」

米蕾兒一面大笑，一面把大衣裹緊一點。

「他在侮辱我之前就該想到這種後果。」她叫道。

「還有個小問題……」白羅乾咳一聲，似乎有點歉意地說，「是的，一個小問題。」

「說吧。」

「您是怎麼斷定火車離開里昂的時候凱特林夫人已經死了？」

米蕾兒盯著他。

「可是，她是死了啊！」

「是嗎？」

「當然，我……」

她把話吞下去。白羅一直看著她，她的眼神顯得很不安，這一點沒有逃過白羅的慧眼。

「我是聽人說的，每個人都這麼說啊！」

「哦，」白羅道，「我不知道這事除了治安官辦公室裡的人，還有人知道。」

米蕾兒開始慌亂。

「有人聽到這些事，」她含混道，「對我說了。究竟是誰，我現在記不起來。」

她走向門口。寇克斯站起來幫她開門，這時白羅的聲音又響起，還是那樣溫和平靜。

「那些寶石呢？抱歉，小姐，您能不能告訴我關於珠寶的事？」

「珠寶？什麼珠寶啊？」

「就是凱薩琳女皇的寶石，既然你都聽到這麼多事了，一定也知道這件事。」

「關於寶石的事，我一無所聞。」米蕾兒尖聲說道。

她離開警察局辦公室，隨手關上了門。治安官嘆了一口氣。

「真是個潑婦！跟鬼一樣精。我懷疑她說的到底是不是真話！」

「有些部分是真的。」白羅說道，「格雷女士可以證實這一點。在火車快到里昂的時候，格雷女士見到凱特林先生進去他妻子的包廂。」

「很明顯證據對他不利，」寇克斯低聲說道，嘆了一口氣又說：「真是太遺憾了。」

「什麼意思？」白羅問道。

「把羅奇伯爵抓到手是我一生的目標。這次我本來斷定，我可把他逮住了。所以，這下冒出新嫌犯，實在令人惋惜。」

卡黑吉抓了一下鼻子。

「如果弄錯的話，」他謹慎地推論道，「就很尷尬了。最棘手的是，凱特林是個貴族，這是會上報的。如果我們弄錯的話——」他似有預感地聳了聳肩。

「說到寶石，」高級警官說道，「你想伯爵會怎麼處理那些寶石？」

「他當然會故布疑陣，」卡黑吉道，「那些寶石必定弄得他寢食難安，而且很難脫手。」

白羅微笑著。

「關於寶石，我有自己的想法。各位，請告訴我，你們當中有人知道綽號叫作『侯爵』的人嗎？」

寇克斯感興趣地傾身向前。

「侯爵？」他說，「侯爵？你認為他也牽涉在內嗎，白羅？」

「我是問你知不知道他。」

高級警官做了個鬼臉。

「知道得不夠多。」他愁容滿面地說，「他是在幕後指揮的，你知道其他人都是替他工作的。他是個上層人物，這我們可以確定，他不是來自犯罪階層。」

「他是法國人嗎？」

「是……的，至少我們認為他是個法國人，但是不太有把握。他在法國、英國和美國都犯過案。去年秋天瑞士連續發生了幾起重大的盜竊案，大家都猜測是他幹的。他可能出身於大地主階級，法語和英語都說得很流利，但是，他的真正出身沒有人知道。」

白羅點點頭站起身來。

「您不能再給我們多講點嗎，白羅先生？」警官要求道。

「現在還不能。」白羅說，「不過，可能有新的消息在旅館裡等我。」

卡黑吉心情看起來有點不快。

「如果，侯爵也參與了這宗案件……」他沒有把話說完。

「那麼我們就得推翻原來的想法。」寇克斯抱怨地說道。

「我的想法可不會被推翻！」白羅說道，「剛好相反，那與我的想法相當契合。再見了，各位，一旦有新的情況，我會馬上讓你們知道的。」

白羅扳著臉回到旅館。當他不在期間，來了一封長電報。他看了兩遍，然後把電報塞進衣袋裡。喬治正在樓上等待著主人回來。

「我累了，非常累，喬治，你能否幫我叫一杯熱巧克力？」

熱巧克力端上來了，喬治放在白羅肘邊的茶几上。當喬治要離開的時候，白羅說道：「喬治，我相信你一定很熟悉英國的貴族階級。」

喬治謙抑地一笑。「是的，我可以說是滿熟悉的。」他答道。

「喬治，你說說看，你是不是覺得，所有的罪犯都出身於下層社會？」

「不完全是，先生，比如德維斯公爵的兒子的事，他不清不白地離開伊頓公學，然後就不斷給家中帶來麻煩，可是警察卻不相信他是個盜竊狂。他一位非常聰明的年輕人，卻極其邪惡，您懂我的意思吧？後來他搭船逃到了澳洲，還改了名字，但最後還是被定了罪。很奇怪吧，據我所知，這個年輕人，可是從來不缺錢用的。」

白羅點點頭。

「喜歡尋求刺激，一種觀念上的偏執。我猜……」

他把電報從衣袋裡掏出來，又看了第三遍。

「另外還有瑪麗．福克斯女爵的女兒，」喬治回想道，「她把她一些零售者騙得團團轉。那些好家庭問題很多。我能講出很多的例子。」

「你真是經驗豐富，喬治。」白羅低聲說道，「我常在想，你在貴族家庭裡服務過那麼久，卻願意降格到我這裡來當我的僕人。你可能也喜歡尋求刺激吧！」

「先生，可不能這麼說。」喬治說道，「我是在報紙上讀到一則新聞，說您曾蒙國王陛下召見過，那時我剛好想換個工作環境。國王對您非常熱情，並誇獎您有非凡的才能。」

「噢，原來如此。」白羅說道，「我還是喜歡追究原因。」

他想了一下又問：「你打電話給帕波波魯斯小姐了嗎？」

「是的，主人。帕波波魯斯先生和小姐很高興今晚和您一起吃晚飯。」

「嗯。」他沉思地嗯了一聲，喝光熱巧克力，整齊地把杯子和碟子放在茶几中間，溫和而又疑惑地說著，不像是說給僕人聽的，倒像是說給自己聽的。

「喬治，你知道松鼠是怎樣收集核桃的嗎？牠們總是在秋天把核桃貯藏起來，以便往後吃。要了解人性，我們需要向動物界取經。我一向如此。我有時是貓，會死守老鼠洞，有時是狗，會尋找氣味，一刻也不放鬆。我也可以是一隻松鼠。我一會兒到這裡來收集點資料，一會兒又到那裡去收集點情報。現在我要到倉庫中找出一顆核桃來，一顆特別的核桃——我想想，喬治，它是我十七年前收藏的。你聽得懂嗎，喬治？」

「我不太相信，先生，」喬治說道，「核桃怎麼可能保存那麼多年。當然我知道用真空瓶是可以製造奇蹟。」

白羅瞅瞅他，溫和地微笑著。

28 白羅學松鼠

白羅提前四十五分鐘離開了旅館去赴宴。汽車沒有直奔蒙地卡羅，而是開到了坦普林女士的別墅。他求見格雷小姐。她正在換衣服，白羅被帶進一間小沙龍等候。過了三、四分鐘，蘭諾絲來了。

「凱瑟琳還沒有準備好。」她說道，「是不是讓我去轉告就好？還是您要在這裡等她下樓來？」

白羅看著她，思忖著，好像在做著什麼重大的決定。過了一兩分鐘他才回答，顯然這個回答相對於剛才那個簡單的問題是複雜多了。

「不，」白羅考慮了好一陣子，說道，「我不認為我應該等她下來，我想，還是不等比較好。有些事情是很不好開口的。」

蘭諾絲畢恭畢敬地等著他說下去，眉頭稍微挑高。

「我有個小消息，」白羅繼續說道，「請你轉告你的朋友，凱特林先生今晚被捕了，罪名是謀殺妻子。」

「你要我把這件事告訴凱瑟琳？」蘭諾絲問道。她緊張了起來，呼吸有些急促，好像才剛跑步回來，臉色明顯發白，看來十分不安。

「請您轉告她。」

「為什麼要這麼做？您不認為這個消息會影響凱瑟琳的情緒？你認為她會關心嗎？」

「我不知道。」白羅說道，「你看，我很誠實承認了。一般來說，我什麼都知道，但是這次，我……真的不知道。您可能比我還清楚。」

「是的，」蘭諾絲說，「我知道，但我不會告訴你的。」

她沉默了一兩分鐘，雙眉皺在一起。突然她又問道：「您相信是他幹的？」

白羅聳了一下肩。

「警方是這麼說的。」

「噢，」蘭諾絲道，「你在迴避我的問題對不對？所以有些事情不能透露囉！」她皺著眉頭沉默了下來。

「你認識德瑞克．凱特林很久了吧？」

「我從小就認識他了。」蘭諾絲粗魯地說道。

白羅沉默地點了幾下頭。蘭諾絲唐突地拿過一張椅子坐下，雙手支著頭。就這樣坐著直盯白羅看。

「他們憑什麼逮捕他？」她追問道，「我想是動機吧。因為他太太一死，他就可以繼承大筆遺產。」

「他繼承了兩百萬英鎊。」

「可是，要是魯絲還活著，他就會完全破產。」

「完全正確。」

「可是，就憑這一點也無法構成起訴的條件。當然，他搭了同一班列車。但這又能證明什麼呢？」

「有一個燙有字母K的菸盒——它不是凱特林女士的——掉在她的包廂裡。除此之外，還有兩個證人在火車快到里昂時，看到他走進、離開了她的包廂。」

「這兩個證人是誰？」

「你的女友格雷小姐和舞伶米蕾兒。」

「那德瑞克怎麼說？」蘭諾絲尖刻問道。

「他完全否認自己進過他太太的包廂。」白羅回說。

「笨蛋！」蘭諾絲罵道，「你說，就在火車快到里昂時？可是，有人知道，她到底是什麼時候死的嗎？」

「法醫當然無法斷定準確的時間。」白羅說道，「他們的意見是：她不是在火車離開里昂之後死亡。我們也認為，凱特林夫人在火車剛離開里昂站不久時已經死了。」

「你是怎麼知道的？」

白羅自恃地一笑。

「有人進了她的包廂，看到她已經死去了。」

「可是他們都沒拉信號閥？」

「沒有。」

「為什麼不拉？」

「當然他們有他們的理由。」

蘭諾絲死死地盯住他。

「你知道這些理由嗎？」

「我想我知道……是的。」

蘭諾絲企圖把剛才聽到的一切理出個頭緒來。白羅沉默不語地看著她。最後她抬起頭來，雙頰通紅，兩眼炯炯發光。

「你一直認為凶手是列車上的一位乘客。可是，誰也證明不了這一點。你怎麼知道火車停在里昂時，不會有人偷爬上車，直奔她的車廂，把她勒死，拿走了寶石，然後又神不知鬼不覺地跳下了車？火車停在里昂的時候她可能已經被殺了。如果是這樣，德瑞克走進她的包廂時，她還活著；而有人發現她的時候，她已經死了。」

白羅把身子仰在靠背椅上。他深深吸了一口氣，看著蘭諾絲連連點了三次頭，最後嘆了一口氣。

「小姐，」他說道，「您的話很有道理，真的。我在黑暗中摸索已久，而您給了我一線光明。原本有一點我還不太清楚，可是現在已經豁然開朗了。」他站起來。

「德瑞克會怎樣呢？」蘭諾絲問道。

「誰知道？」白羅聳聳肩。「有一點我想說：我不滿意這個結果。我，赫丘勒．白羅，並很不滿意啊！或許今晚我還會有別的收穫，總之，我會試試。」

「您要去見什麼人是不是？」

「是的。」

「去見某個知道某些內情的人？」

「某個可能知道什麼內情的人。找尋這些線索一定要滴水不漏。」

蘭諾絲送他到門口。

「有我幫得上忙的事嗎？」蘭諾絲說道。

白羅向上望著站在門階上的她，臉色柔和起來。

「是的，小姐，您已經幫了我的忙。如果你感到沮喪時，請記住這點。」

他遲幾分鐘到達了吃晚飯的地點。他低聲下氣地道歉，拚命討好獻殷勤。帕波波魯斯和他的女兒已經到了。這個希臘人今天看來特別親切高貴，簡直媲美人格清高的主教。齊婭今天看來十分俏麗，而且心情愉悅。晚餐氣氛良好，白羅相當活潑，不時地打趣，談笑風聲。他講著自己經歷過的一些故事和趣事，盛讚齊娅。菜都是特選的，酒都是上等的。

當晚餐快要結束的時候，帕波波魯斯彬彬有禮地詢問道：「我上次給您的那個暗示怎麼樣？您已經下注了嗎？」

「我正在和我的賭家溝通。」白羅答道，兩人的目光相遇。

「是匹有名的馬吧？」

「不是，」白羅道，「是我們所謂的朋友，用賽馬界的行話說，那是一匹『黑馬』。」

「噢噢，」帕波波魯斯意味深長地叫道。

「現在我們再進賭場去碰碰運氣如何？」白羅建議道。

在賭場前他們就分開了。白羅陪著齊娅，帕波波魯斯則獨自走開。

白羅很不走運。齊娅卻相反，很快就贏了幾千法郎。

「我最好現在就停手。」她無精打采地說道。

白羅的小眼睛眨了兩下。

「好！」他叫道，「您真不愧是帕波波魯斯的女兒，齊娅小姐。知道適時地喊停，噢！那是一門藝術。」

他環顧了一下四周。

「令尊不知到哪兒去了。」他不經心地說道，「我去幫您拿大衣，我們一起到花園裡散散步。」

但是，他沒有直接去存衣間。他剛好瞥見帕波波魯斯要離開，他很想知道這個老奸巨滑的希臘人到底在搞什麼名堂，於是他穿過大廳，在前廳門外的廊柱下，他看到帕波波魯斯正和一個剛來的女客人談話。這位女士是米蕾兒。白羅悄悄繞過房間，來到柱子的另一邊，那兩個人談得正起勁——或者說，舞伶一直在說，而帕波波魯斯只是偶爾應一兩聲，不斷比手畫腳，完全沒注意到白羅。

「我告訴你我需要時間。」米蕾兒說，「如果你給我時間，我就能弄到錢。」

「還要再等？」帕波波魯斯聳了一下肩。「這就難辦了。」

「只要再等一下，」她極力說服對方。「你一定要答應。一個星期……十天，就十天，不用擔心，我保證錢一定會進來。」

帕波波魯斯有點動搖且不安地看著四周，卻發現了白羅幾乎就在他肘邊，且一臉無辜地對著他笑。

「帕波波魯斯先生，我正在找您呢。您允許我和齊婭小姐到花園散個步嗎？晚安，小姐。」他向米蕾兒深深一鞠躬。「很抱歉剛剛沒注意到您。」

米蕾兒不耐地跟他打招呼，顯然因談話被打斷而懊惱不已，白羅很快就明白這個暗示。

帕波波魯斯低語道：「當然可以，當然。」

白羅也就立刻走開了。他拿了齊婭的外套，兩人漫步在花園裡。

「這個地方經常有人自殺。」齊婭說道。

白羅聳了一下肩。

「我聽說了。人很傻的，不是嗎？享受美食、暢飲美酒、呼吸著新鮮空氣。事事都充滿樂趣。只因為沒錢——或失戀——就要放棄這一切，真是太傻了。愛情造成很多不幸，你說是不是？」

齊婭大笑起來。

「請不要嘲笑愛情，」白羅舉起食指點著說，「特別是你這年輕又漂亮的女孩。」

「白羅先生，您可別忘了，我今年三十三歲了，我之所以據實以告，是因為隱瞞也沒什麼好處。如同您和爸爸講的那樣，您在巴黎幫助爸爸脫離困境到現在已經整整十七年了。」

「你看起來年輕多了。」白羅體貼道，「您現在的外貌和當年一樣。只是當時瘦一點、蒼白一點、嚴肅一點。您那時才十六歲，剛讀完中學。不完全像個少女，也不完全是個成熟女人。您當時就很迷人、很甜美，齊婭小姐。我相信別人的看法一定也是如此。」

「十六歲。」齊婭說道，「每個人都單純得像個小傻瓜。」

「這可能。」白羅說道，「不管怎麼說，人在十六歲的時候很容易相信他人。不管誰說什麼都相信，不是嗎？」

他可能已經發覺這位古玩商的女兒斜睞過來的敏銳目光，卻假裝什麼也不知道。他夢幻般地繼續說：「那是一段非常有趣的故事。令尊直到今天都不知道這件事的來龍去脈。」

「他不知道？」
「當他向我詢問此事的細節時，我回答他：『我會把您丟掉的東西安全地給您送回，不引起騷動。請不要問得太多！』你知道我為什麼要對他這樣說？」
「我不知道。」齊婭冷冷地答道。
「那麼我就告訴您。因為那個蒼白、纖瘦且嚴肅的少女縈繞在我心裡。」
「我不懂你在說什麼。」齊婭有點惱怒了。
「真的不懂嗎，小姐？難道您忘了安東尼奧．皮雷齊奧？」
他感到齊婭瞬間屏住了呼吸。
「他當時是您父親店裡的助手，但他並不就此滿足。一個助手如何高攀上老闆的女兒？只要這個助手既年輕、英俊又能言善道。他們不可能一天到晚卿卿我我，總是偶爾會談談彼此都有興趣的事，特別是帕波波魯斯先生的收藏。如同您所說的，年輕女孩總是傻乎乎又容易相信他人，所以她很快就讓他看那件無價之寶，還讓他知道東西藏匿的位置。而後，這件寶貝突然失蹤了，那真是禍從天降！可憐的小女孩！她嚇壞了，那小人兒！說還是不說呢？這時來了一個名叫赫丘勒．白羅的怪人。他就像變魔術似的，將一切恢復了正常。那件價值連城的寶物，居然又回來了，所以那些尷尬的問題也就不必問了。」
她猛烈轉向她。
「所以自始至終你都知道？是誰告訴你的？是不是……安東尼奧？」

白羅搖搖頭。

「沒有人告訴我，」他心平氣和地說道，「是我猜到的！我猜得很準吧，小姐？假如一個偵探沒有猜測的本事，那他就不配當個偵探。」

齊婭沉默不語地在他的身旁漫步，然後傲慢地問道：「那你打算怎麼辦？把這件事告訴我爸爸？」

「不，」白羅很快回答道，「當然不會。」

她狐疑地看著他。

「你是不是對我有所求？」

「我希望得到您的幫助，小姐。」

「為什麼你認為我可以幫你的忙？」

「我並沒有這麼認為，這只是我的希望。」

「可是，如果我幫不上忙呢？你會在我父親面前揭發我嗎？」

「不！千萬別這麼想。我可不是個勒索者。我絕不會拿你的祕密要脅你的。」

「但是，如果我拒絕幫你的忙……」齊婭拉長了腔調說道。

「那你就拒絕吧。」

「那為什麼——」她沒有繼續說下去。

「聽好，我這就告訴你為什麼。女人都很慷慨的。如果有人為她們做了點什麼事，而她們又能夠報答的話，她們就會盡力而為。我曾經幫過你，齊婭小姐，在我理當揭發的時候，我選擇沉默。」

又是一陣無聲。之後，齊婭說道：「我父親那天已經給過你暗示了。」

「令尊非常好心。」

「我不認為我還能對此做何補充。」

此時就算白羅感到失望，他也沒有表露出來，他臉上的表情依舊。

「那好吧。」他爽快地說道，「我們談點別的吧。」

他又繼續高興地聊起來了。齊婭心情很煩悶，只是機械地應兩句，文不對題。一直到他們又走進賭場的時候，才可看出她已經做出了某種決定。

「白羅先生——」

「是，齊婭小姐？」

「如果有我幫得上忙的地方，我願意幫你。」

「你真是太好心了，小姐，非常好心。」

又是一陣沉默。白羅並不急於催促她。他耐心地等待著，讓她慢慢來。

「唉，真是的，」齊婭說道，「為什麼我不能告訴你呢？我父親是很小心的，無時不小心，這是他自己說的。但對你這就不必了。你跟我們說過，你是在尋找凶手，而不是在找珠寶。我相信你。你完全猜對了，我們正是為了寶石才到尼斯來的。那個人和我父親已按照計畫交易完成，寶石現在在我父親手裡，那個神祕客戶是誰，我父親已經給過你暗示。」

「是侯爵？」白羅低聲問道。

「是的，是侯爵。」

「您見過這位侯爵嗎，齊婭小姐？」

「只見過一次，但很不清楚，是從鑰匙縫裡看的。」

「用這種方式看，是不太容易。」白羅同情地說道，「不過您總算見過他了。如果您再見到他，能認出他來嗎？」

齊婭搖搖頭。

「他戴著面紗。」她解釋。

「是年輕人還是老頭？」

「他有一頭白髮，可能是假髮，也可能不是，但戴得很自然。但我想他應該不老。他走路的姿態很年輕，聲音也是一樣。」

「他的聲音？」白羅若有所思地問道，「嗯，他的聲音。如果再碰到他，您認得他說話的聲音嗎，齊婭小姐？」

「我應該可以。」

「您對他很感興趣，是嗎？因此您才從鑰匙孔裡去看他。」

齊婭點了點頭。

「是的，我很好奇。我聽過很多關於他的事。他可不是一般的小偷，稱得上是冒險小說或歷史故事中的主角。」

「是呀。」白羅思忖著答道，「或許如此吧！」

「但是，我要告訴你的還不只這些。還有一件事，可能對您更為有用。」

「那是什麼？」白羅催促著問道。

「如我所說的，寶石在尼斯已交到了我父親手中。交貨人我沒見過，但是……」

「嗯？」

「有一點我是知道的，交貨人是個女的。」

29

家鄉的來信

親愛的凱瑟琳，你現在是生活在花花世界裡的人了，我想我們這個小村子裡發生的事你大概不會感興趣了。但我一直認為你是個聰明伶俐的女孩，絕不是個自鳴得意之輩。這裡的生活一如往常，只有那個新來的助理牧師緋聞頻傳比較麻煩。在我看來，他是個不折不扣的羅馬人。每個人都跟牧師反應過，但你知道牧師這個人，空有基督徒的寬大為懷，卻缺乏足夠的勇氣。但我最近整天和女傭們生氣。安妮變壞了，穿的裙子在膝蓋以上，而且也不穿毛襪。風溼痛給我帶來了很大的麻煩，哈里森醫生勸我到倫敦找專家治病，我告訴他，那浪費了我三個金幣和車費。那位倫敦的醫生拉長了臉，拐彎抹角說個不停，最後我不得不問他：「我是個簡單的女人，請您說話簡單點。到底是不是癌症？」最後他說是。他們需要一年的治療時間，而且也不是太痛。雖然我有把握我的忍功不輸任何一位基督姊妹。有時感到生活非常孤單，我大部分的朋友都不在這裡或先走了。親愛的孩子，我真希望你能在聖瑪莉米德村。這是真的。如果當初你沒拿到那筆遺產或踏入上流社會，我真的願意付兩倍的薪水，請你來照顧我這個老太婆；但我想還是不要奢望的好。不過，如果你有什麼不愉快……這總是可能的。我聽過很多冒牌貴族騙婚的例子，新郎一拿到錢便馬上一走了之，把新娘留在教堂門口。我敢說以你的智慧絕不會遇到這種事，但誰知道呢？今後你可要注意留神了。無論如何，你要記住這裡永遠是你的家，而我也永遠會是那個直言不諱但古道熱腸的人。

你善良的老友　阿米莉亞·薇娜

又及：我最近在報上看到你和你堂姐坦普林女士的消息。我立刻就把它剪下，收到我的剪貼簿了。我星期天禱告上帝，願你保持謙卑和純真。

凱瑟琳把這位善良老友的來信讀了兩遍，然後慢慢地放下，透過臥室的窗口看著地中海藍色的波濤。她不禁哽咽。思念聖瑪莉米德村的記憶如潮湧來：那些再熟悉不過的事物、每個日子、無聊的芝麻綠豆事，還有她的家。她想著想著不禁要掩面痛哭失聲。

此時蘭諾絲剛好進來，解救了她。

「嗨，凱瑟琳。」蘭諾絲女孩叫道，「我說……你怎麼啦？」

「沒什麼。」凱瑟琳說著抓了信丟進手提包裡。

「你看起來很奇怪。」蘭諾絲說道，「對了，希望你不要介意，我給你的偵探朋友白羅先生打了電話，邀請他今天中午到尼斯來吃飯。我說你要見他，因為我想如果以我的名義，他可能不會來。」

「你想見他嗎？」凱瑟琳問道。

「是的。我的心都被他俘虜去了。我還沒有見過一個男人的眼睛綠得像貓眼一樣。」蘭諾絲道。

「好吧。」凱瑟琳無精打采地說道。

最近幾天真是不好過，德瑞克被捕成了人們茶餘飯後的熱門話題。「藍色列車之謎」已極盡想像地廣為流傳。

「我已經叫好車子。」蘭諾絲說道，「我騙媽媽說——真糟糕，我忘了我撒了什麼謊；但是沒關係，反正她也記不住。要是讓她知道我們要去哪裡，她一定要跟著去。到時候一定煩死白羅先生了。」

白羅早已在內格雷斯科飯店等著兩位小姐到來。儘管白羅大獻法國式的殷勤，大力盛讚兩位女孩，弄得她們忍俊不住，但午飯吃得還是不痛快。凱瑟琳悶悶不樂地陷入了沉思。蘭諾絲則喋喋不休，間或停歇。當他們坐在陽台上喝起咖啡時，蘭諾絲突然直指白羅問道：

「現在情況如何？您知道我指的是什麼吧？」

白羅聳了聳肩。

「只能順其自然囉。」

「那麼您就讓它順其自然？」

他憂慮地看著蘭諾絲。

「你還年輕，小姐。世上有三件東西催促不得：可愛的上帝、大自然、還有老頭子。」

「胡扯。」蘭諾絲說道，「你還不算老。」

「你說的話真窩心。」

「奈頓少校來了。」蘭諾絲說道。

凱瑟琳很快轉過頭去，然後又轉了回來。

「他和范奧丁在一起。」蘭諾絲繼續說道，「我想向奈頓少校問點事。抱歉，我去去就來。」

此時只剩下他和凱瑟琳，白羅低下頭來對她說道：「你心情不好，你的心早就飛離了這裡，是不是？」

「只是飛到英國去而已，不是太遠。」

一時衝動，她拿出早上收到的那封信，遞給了白羅。

「離開聖瑪莉米德村之後，這是我收到第一個關於家鄉的消息，它讓我很難受。」

他看完信後又遞給了凱瑟琳。

「所以你要回聖瑪莉米德村去嗎？」他問道。

「不，我不想。」凱瑟琳說，「為什麼我要回去呢？」

「哦，那是我會錯意了。」白羅說道，「失陪一下。」

他走到蘭諾絲那邊，她正在和范奧丁和奈頓談話。美國佬顯得很蒼老，愁眉不展。他只是機械似地向白羅點了一下頭，表情木然。當他在回答蘭諾絲的問題時，白羅把奈頓叫到了一邊。

「范奧丁先生的臉色真是難看極了。」他說道。

「這很奇怪嗎？」奈頓問道，「據他了解，德瑞克被捕的事已鬧得沸沸揚揚。他甚至很遺憾自己委託您去查明真相。」

「他應該回英國去的。」白羅說道。

「後天我們就回去。」

「這是個好消息。」白羅說道。

他猶豫了一會兒，看向陽台上的凱瑟琳。

「我希望，」他低聲道，「你把這事跟格雷小姐說一聲。」

「說什麼？」

「說你……我是說范奧丁先生要回英國的事。」

起初奈頓感到有點奇怪，接著卻順從地走向凱瑟琳。

白羅滿意地望著他的身影。然後加入蘭諾絲和范奧丁的談話。大家漫談了幾分鐘，百萬富翁便和他的祕書先行離去。白羅也準備離開。

「非常感謝兩位的招待，」他高聲道，「真是一頓愉快的午餐，真的！」他鼓起臉頰拍打了一下。「現在我彷彿成了一頭猛獅、一個巨人。噢，凱瑟琳小姐，您還沒看到我所有的面貌。您只看到紳士、冷靜的赫丘勒．白羅；但還有另一個赫丘勒．白羅。我要去欺凌、威脅、打擊那些聽我說話的人。」

他滿足地看著兩位小姐，這番話可真讓她們嚇到了，蘭諾絲緊咬住下唇，凱瑟琳懷疑地抽動了一下嘴角。

「我辦得到，」他面色凝重道，「是的，我會成功的。」

他才走沒幾步，凱瑟琳又把他叫住。

「白羅先生，我……我想對您說句話。您剛才說得對，我要馬上回英國去了。」

「我懂。」他說道。

「我不相信。」凱瑟琳說道。

「我懂的比你想得到的還要多，小姐。」

他怪怪地一笑離開了她，上了計程車直回昂蒂布城。

羅奇伯爵那位面無表情的傭人伊波利特，正在把主人整套餐具擦得雪亮。伯爵這天去了蒙地卡羅。伊波利特從窗外看到一位訪客正向別墅走來。這位訪客看來很不尋常，依他的經驗也很難將他歸類。他把自己的老婆瑪麗從廚房裡叫出來，要她看看那個怪人。

「該不會又是警察吧？」瑪麗憂慮地說。

「你自己看好了。」

瑪麗望著外面。

「不是，不是警察。」她聲明說，「謝天謝地。」

門鈴響起來，伊波利特開了門，表現得嚴肅而莊重。

「很抱歉，伯爵先生不在家。」

留著一撮鬍子的小老頭笑容滿面地看著他。

「這我知道，」他回答說，「您是伊波利特．佛拉維爾，對嗎？」

「是的，先生，那就是我。」

「你太太是瑪麗．佛拉維爾？」

「正是，先生。但……」

「我希望找你們兩個人談一談。」

陌生人一面說著一面走進了屋子。

「你太太應該在廚房裡，我去找她。」他說道。

伊波利特還來不及調整呼吸，客人已經朝走廊盡頭右側的門走去，他穿過走道進入了廚房，瑪麗張大了嘴巴瞪著他。

陌生人靠坐在扶手椅子上叫道：「我是赫丘勒．白羅。」

「是，先生，您來是——」

「你不認識這個名字嗎？」

「我從來沒聽過。」

「容我這麼說，這是你受教育不多的結果，這是世界上最偉大的名字之一。」

白羅嘆了一口氣，雙手交叉在胸前。伊波利特與瑪麗不安地看著他。他們簡直不知道如何接待這位無禮的不速之客。

「這位先生，您是想……」伊波利特低聲而呆板地問道。

「我是想弄清楚，為什麼你們要欺騙警察。」

「先生！」伊波利特叫了一聲。「我……欺騙警察？從來沒有！」

白羅搖搖頭。

「你錯了。你對警察說了好多次謊。讓我看看。」他從口袋裡掏出一本筆記本翻閱著，「哦，是了，至少有七次。我列舉給你聽。」

他平靜地讀著這七次謊言的內容。

伊波利特張口結舌地站在那裡。

「我到這裡來不是為了這幾件小事，」白羅繼續說下去。「只是，朋友，別總是自以為很聰明。我到這裡來是為了證實一個我感興趣的謊言。我指的是你曾說過的話，說伯爵是在一月十四日早上到別墅來的。」

「可是，那不是謊言，先生，那是事實。伯爵先生是星期二、一月十四日到別墅的。是不是，瑪麗？」

瑪麗急忙答應。

「噢，是的，一點也沒錯，我記得很清楚。」她說。

「噢，」白羅道，「那天你給伯爵準備了什麼早餐？」

「我——」瑪麗欲言又止，試著集中精神。

「奇怪了，」白羅說，「一個人怎麼會記得一部分的事、而忘了另一部分的事呢？」

他趨身向前，重擊了餐桌一拳，雙眼閃著憤怒。

「哼，我說得沒錯，你們說謊，以為沒人知道！但就有兩個人知道。是的，兩個人。一個是上帝——」他舉手指天，然後靠回椅背，閉起眼睛慢條斯理沉吟道：「另一個就是赫丘勒·白羅。」

「先生，我跟您保證，您真的弄錯了。羅奇伯爵是在星期一晚上離開巴黎——」

「完全正確。」白羅說道，「是搭夜快車。他在什麼地方改變了行程，這我不清楚，或許你也不知道。但我確知，伯爵是星期三早上才到這裡，而不是星期二早上。」

「先生，您弄錯了。」瑪麗遲鈍地插話道。

白羅站了起來。

「法律自有公斷。」他嘟囔著，「真是遺憾！」

「您說這話是什麼意思，先生？」瑪麗有點穩不住神了。

「你們兩個將被逮捕，罪名是協助謀殺凱特林夫人，就是那位被人害死的美國女士。」

「謀殺？」

伊波利特的臉煞時變得死白，兩腿顫抖；瑪麗的捍麵棍從手上掉下來，然後開始在一旁哭了起來。

「可是，這是不可能的……不可能的！我一直認為……」

「既然你們堅持自己的說法，那也沒什麼好說了。你們真是一對大傻瓜。」

白羅向門口走去，這時一聲激動的喊叫使他停了下來。

「先生，先生！請再等一等！我根本不知道是這種事，我當時以為只是女人的事。我們曾為了女人的事和警察發生小小的摩擦，可是謀殺……這就另當別論了。」

「我沒耐性跟你瞎耗。」白羅怒喊道，他走回兩人面前，往伊波利特眼前揮拳頭。「難道要我在這裡耗上一整天跟你們兩個笨蛋爭辯下去嗎？我要知道真相。如果你不打算告訴我，那是你們的事，我最後再問你們一次：伯爵是什麼時候回到別墅的？是星期二早上，還是星期三早上？」

「星期三。」

男的躊躇地說，女的點頭確認。

白羅不聲不響地看了他們倆一會兒，然後嚴肅地低下頭。

「你們很有理智，孩子。」他心平氣和地說道，「你們差一點就惹大麻煩了。」

白羅滿意地離開了別墅。

「猜得很對，」他自言自言地說著，「要不要再生氣一次？」

米蕾兒接到赫丘勒．白羅的名片時，已經是六點鐘了。她望著名片好一會兒，然後點了點頭。白羅進去時，看到這位舞伶神經質地在房間裡走來走去。

「好啊，」她朝他喊道，「好啊，現在又是什麼事，難道你們還沒把我折磨夠？是你們讓我出賣德瑞克的，不是嗎？你還想幹什麼？」

「有一個小問題，小姐。火車離開里昂後，你進了凱特林夫人的包廂……」

「你這是什麼意思？」

白羅略帶責難地看著她，再繼續說：「我說當你進了凱特林夫人的包廂……」

「我從沒進去過。」

「看到她……」

「我從沒進去過！」

「見鬼！」

他憤怒地大喊一聲，使她不由自主地向後退了一步。

「你想騙我？我告訴你，我能夠把當時的情景一絲不漏地描述一番，就像我身臨其境一樣。你進了她的包廂，發現她已經死了。告訴你，我都知道，要想騙我那是很危險的，小心點，我的米蕾兒小姐！」

在他那敏銳的目光下，她閉上了雙眼，渾身發軟，頹然坐下。

「我……我沒有……」她語帶猶豫，最後終於住口。

「有一件事我很懷疑，」白羅說道，「您要找的東西是否已經找到，或是已經……」

「或是什麼？」

「或是有人已經捷足先登了。」

「我不會再回答任何一個問題了。」

米蕾兒聲嘶力竭地叫道。她掙脫了白羅的手，狂亂地摔倒在地板上，又哭又叫了起來。

一個嚇壞了的女傭衝了進來。

白羅聳聳肩，挑了一下眉，安靜地離開了房間。但他看來很滿意。

30 薇娜小姐的見解

凱瑟琳坐在薇娜小姐的臥室裡，遙望著窗外的遠方。天下著雨，雖然不大，卻安靜、平穩且持久。從窗戶望出去是長方形的前院，它有一條小徑直通大門，兩旁是整齊的小花圃。不久之後，裡面的玫瑰和粉紅、粉藍的風信子即將花開茂盛。

薇娜小姐躺在一個維多利亞式的架床上。吃剩的早餐擺在一旁，她正忙著拆信，不時叨唸、挖苦著信裡的內容。

凱瑟琳拆開手中的一封信。信是從巴黎的麗池飯店寄來的，她已經唸了第二遍：

親愛的凱瑟琳小姐！我希望英國的冬天沒有使你意志消沉下去。我還在調查我們那樁案子。別以為我在這裡度假，我不久將前往英國，並且希望能夠再次拜訪你，那將是我最大的榮幸，一定是的。到了倫敦以後，我會寫信給你的。你不會忘記吧？在這次的事件中，我們是戰友。

你忠實、可靠的朋友赫丘勒·白羅

凱瑟琳皺起了眉頭，信中有某種使她疑惑、好奇的東西。

「那群唱詩班的小孩亂得跟辦野餐似的，」薇娜小姐道，「湯米山德斯和艾伯特·戴克斯應該站到後面，除非他們照辦，否則我不會捐一毛錢的。我真不知道這兩個孩子禮拜天在教堂時都想些什麼。湯米唱『上帝，快解救我們』時，嘴巴根本沒打開。要是艾伯特·戴克斯沒偷吃薄荷糖的話，那我的鼻子就不是鼻子。」

「是呀！他們真是太糟糕了。」凱瑟琳同意道。

她又拆開第二封信，臉上立刻泛起了紅暈。薇娜小姐的聲音似乎愈來愈遙遠。

當她回過神來時，薇娜小姐正以勝利的口吻結束一段長篇大論。

「於是我跟她說：『才不會，格雷小姐是坦普林女士的堂妹。』你認為呢？」

「您是在為我說話？真是太窩心了。」

「如果你要這麼說也可以。頭銜對我來說是不管用的，管她是不是牧師娘，那女人在我看來根本是不懷好意。還繞著彎說你已被上流社會腐化。」

「她說的或許也沒錯。」

「但瞧瞧你，」薇娜小姐繼續說道，「你曾如她們所預料，變成一位難纏的女人回來嗎？不！你跟以前一樣聰明，還是穿著柏賓牌長襪及那雙大鞋。我昨天還跟愛倫談到這個。我說『愛倫，你看看格雷小姐，和她在一起都是名聲響叮噹的人，但她裙子也沒短到膝蓋以上或穿些抽絲的絲襪、誇張的怪鞋什麼的，是不是？』

凱瑟琳笑了一下，對薇娜小姐的偏見一點也不以為意。這位老女士則繼續發表意見。

「親愛的凱瑟琳。」這位女士說，「你見了大世面，卻沒有被沖昏頭，這對我來說是再高興也不過了，昨天我在找我的剪報。我有幾篇關於坦普林女士和她的戰時醫院的剪報，還有別的，應有盡有。但我找不到，你待會去翻看看，親愛的，你的眼力比我好，它們都放在我寫字檯抽屜的一個盒子裡。」

凱瑟琳看著手中的信想發言，但按捺住，走到寫字檯那邊找到剪報，開始瀏覽起來。回到聖瑪莉米德村以來，她一直十分欽佩這老女人堅忍不拔的勇氣。凱瑟琳為她做不了多少事，但按她的生活經驗來看，有些小事卻能給老年人帶來樂趣。

「這一篇剪報。」凱瑟琳說，「『把別墅捐作野戰醫院的坦普林子爵夫人，已成了竊盜案的受害者。她收藏的寶石被偷了，其中還有坦普林家族名貴的家傳寶石』。」

「很可能是複製品。」薇娜小姐說道，「一堆社交名媛戴的都是假的。」

「這是另一篇！」凱瑟琳說，「上面有一張很引人注目的照片；坦普林女士和她的女兒蘭諾絲的玉照。」

「拿來給我瞧瞧。」薇娜小姐說道，「看不到那孩子的臉對不對？但我敢說，那樣才好。世界上很多事都相反，漂亮的媽媽會有可怕的小孩，我敢說攝影師就只照那小孩的後腦殼，這對媽媽來說是件好事呢！」

凱瑟琳大笑起來。

「『今年里維拉的旅遊季裡，坦普林女士是其中最聰明的女主人之一，她在馬丁角有一棟別墅。她的堂妹，格雷小姐，以最傳奇的方式繼承了一大筆財產，今年將在她家做客。』」

「我要找的就是這一篇，」薇娜小姐道，「我以為我漏掉的剪報裡有你的照片；反正就是那些照片，某某夫人或什麼張三李四的做了什麼或在哪裡，通常還帶著一把武器或一隻腳舉在半空中。看到自己的那些德性，一定有人很不高興。」

凱瑟琳沒說什麼，只是整平那堆剪報，臉上帶著困惑憂慮的表情。

凱瑟琳不再往下翻了。她猶豫了一會兒，然後從信封裡抽出那第二封信，轉身詢問薇娜小姐。

「薇娜小姐，我想請問您，我在里維拉認識的一位熟人問我，能不能到這裡看我。」

「是位男士嗎？」薇娜小姐問道。

「是的。」

「他是誰？」

「他是范奧丁的私人祕書，也就是那個美國百萬富翁的祕書。」

「他叫什麼名字？」

「奈頓，奈頓少校。」

「嗯，百萬富翁的祕書，想到這裡來。聽著，凱瑟琳，我是為你好才說這番話。你是個聰明的好女孩，雖然大部分的事你都處理得宜，但每個女人一生都會當一次傻瓜。這個男人的目的八成是為了你的錢。」她做了個手勢打斷凱瑟琳的回話。「我早知道會有這種事了。一個百萬富翁會找什麼樣的祕書？十之八九是個喜歡生活平淡的年輕人，舉止得體、揮霍成性、沒有頭腦、不求上進，要說還有比當百萬富翁的祕書更輕鬆的工作的話，那就是跟有錢女人結婚。我並不是說你不是男人喜歡的典型，可是你到底已經不年輕了，也不算很漂亮。我要跟你說的是：別傻傻的被騙！但如果你執意如此，那就要看緊你的荷包了。好了，我要說的都說完了。你還有什麼要說的嗎？」

「沒有。」凱瑟琳說，「可是，您介不介意他來看我？」

「我不管你了。我已經盡了我的責任，以後發生什麼事可別怪我。『你要不要跟他吃頓飯？』如果愛倫腦袋清楚的話，或許可以做頓飯吧！」

「我想，請他吃一頓午飯是最好的。」凱瑟琳說，「您真是太好了，薇娜小姐，他要我們電話回覆，我就打電話告訴他，說很高興請他過來吃頓午飯。他會從倫敦開車到我們這裡來的。」

「愛倫的牛排配烤番茄做得可好吃了，」薇娜小姐說，「她不太會做菜，可是就這道菜做得最好。蘋果餡餅就差多了，因為她很不擅長甜點，不過家常小布丁就不錯。還有一種男修院才有的乾酪，我聽說很多男士都很喜歡吃，另外還有一些陳年老酒、一瓶上等的法國白葡萄酒。」

「不，薇娜小姐，真的不需要。」

「胡說！孩子，餐桌上沒有酒，男人吃飯是不會盡興的。如果他喜歡的話，還有些戰前的威士忌。就照我說的做，別囉嗦了。酒窖的鑰匙在衣櫃的第三格抽屜裡，左手邊算起來第二雙毛襪裡。」

凱瑟琳按照指示尋找去。

「第二雙，記住！」薇娜小姐說，「第一雙毛襪裡有我的鑽石耳環和金銀胸針。」

「噢，」凱瑟琳把手縮了回去。「這些您怎麼不放到珠寶盒裡？」

薇娜小姐冷哼了一聲。

「那不行！我有太多這種經驗了，謝謝你。我記得很清楚，我那可憐的父親在樓梯下方弄了個保險櫃，然後跟我母親說：『瑪莉，你每天晚上把你的珠寶盒放到這裡來，我幫你把珠寶鎖好。』我母親是個聰明的女人，她知道男人喜歡用自己的方式藏東西，於是照他說的把珠寶盒鎖在儲藏櫃裡。有天晚上小偷闖了進來，當然他們第一件事就是找保險櫃！一定是我父親到村子裡到處吹牛，讓人以為所羅門王的鑽石都藏在我家了。結果東西被那些小偷搬得一乾二淨，啤酒杯、銀杯和金盤以及珠寶盒。」她回憶地嘆息道，「我父親對我母親的珠寶被偷一事十分痛心。盒裡有威尼斯寶石及上等瑪瑙、粉紅珊瑚，還有兩只嵌有大寶石的鑽石戒指。當然最後母親還是告訴父親，身為一名聰明的女性，她早就把珠寶首飾包在緊身衣裡，寶石還是安全如昔。」

「所以珠寶盒是空的。」

「不，親愛的，」薇娜小姐說，「那樣珠寶盒就會太輕了。我母親是個非常聰明的女人；她當然想到了這點，於是放了一堆鈕釦在珠寶盒裡。長靴的鈕釦放最上層，褲子的鈕釦在第二層，其他各種鈕釦放在最下層。怪的是，父親知道了以後很生氣。他說他不喜歡人家欺騙他。不過我現在不能再聊下去了，你該去打電話給你朋友了，記得叫愛倫做牛排，順便告訴她，吃飯時別穿有洞的毛襪侍餐了。」

「薇娜小姐，您說她叫愛倫還是海倫？我想——」

薇娜小姐閉上了眼睛。

「我的聽力沒問題，就和一般人一樣，只是海倫不大適合當女傭的名字，我真不知道她們那個階層的母親是怎麼回事！」

中午，當奈頓來到這棟鄉下別墅時，雨停了。冬天的太陽耀眼地照著凱瑟琳，她在門口接了奈頓，他連忙跑到凱瑟琳面前，像小男孩似的。

「我想，你不會生我的氣吧，我只是想快點再看到你。希望不會打擾你的朋友。」

「請你進來和她認識一下。她的防衛心很強，不過很快你就會發現，她的心地比任何人都好。」

薇娜小姐坐在客廳老式的沙發上，像個女皇。身上戴滿祖先流傳下來的首飾。她冷冷地接待了他，而奈頓卻以自己特有的方式表現出他的可愛和忠誠，大約十分鐘之後，薇娜小姐的態度便軟化下來了。午餐很可口，愛倫——或海倫，穿上一雙新的抽絲絲襪，表現非凡地在旁侍餐。飯後不久，老小姐就去休息了，凱瑟琳和奈頓去散步，回來時，兩人單獨喝了一頓下午茶。

傍晚時分，當汽車開走了之後，凱瑟琳慢慢地走上樓。一個聲音叫喚她，她便走進了薇娜小姐的臥室。

「你朋友走了嗎？」

「是的，真的很謝謝您讓他來。」

「不用謝了。你是不是把我當成吝於助人的老頑固了，孩子？」

「我覺得您是個大好人！」凱瑟琳親暱地說。

「哼！」薇娜小姐輕聲道。

過了一會兒，當凱瑟琳要離開時，老小姐又把她叫住了。

「凱瑟琳。」

「嗯？」

「我誤判了這位年輕人。一個男人如果是那樣殷勤、細心，又有那麼多的客氣話，那很可能是裝腔作勢、故弄玄虛。可是如果一個男人真的在熱戀之中，那他看起來就像一隻綿羊。今天，每當他看著你的時候，他就像一隻小綿羊。我收回我今天早上所說的話，他是真誠的。」

31 艾諾斯先生的豐盛午餐

「味道真好。」約瑟夫・艾諾斯先生讚賞道。

他又大喝了一口酒，放下杯子喘了一口氣，舔了一下嘴唇上的泡沫，滿意地看著他的東道主赫丘勒・白羅。

「給我一塊上等的烤牛排和一杯好啤酒。那些該死的擺飾、盤架、蛋捲、冷盤、小鵪鶉等等，就送給別人吧。再來一份牛排！」

白羅應允了他的要求，同情地微笑著。

「再來一份牛排腰子布丁也不賴，」艾諾斯道，「蘋果餡餅？好，也來蘋果餡餅，謝謝你，小姐，我要奶油。」

這頓飯繼續吃了下去。最後在一聲長嘆中，艾諾斯放下刀叉。在玩起碟子裡的乳酪時，他才終於將心思轉到其他事情上。

「您有點事要找我，我記得您這麼說。白羅先生。若是我能幫上您任何忙，那我將會非常高興。」

「您真是太好心了，」白羅說道，「我經常告訴自己：如果想了解戲劇方面的事，有一個人無所不知無所不曉，那就是我的老朋友約瑟夫．艾諾斯。」

「您說得沒錯。」艾諾斯滿足地說，「無論是過去、現在或未來的任何事，我都知道得一清二楚。」

「我知道。我現在要問的是：你知不知道一位名叫基德的年輕女士？」

「基德？吉蒂．基德？」

「對，吉蒂．基德。」

「她非常靈巧，又會唱又會跳，經常穿上大禮服反串男生。是她嗎？」

「對，我指的就是她。」

「她是一個很聰明的女人，錢也賺得很多。秀約不斷。她較常扮演女扮男裝的角色。不過，她不喜歡人家說她是個性格女演員。」

「這我聽說了，」白羅說，「最近她好像都沒有露面？」

「是呀，從舞台上消失了。聽說和一位有錢的貴族去法國了。我猜她不會再登台。」

「她是什麼時候離開的？」

「讓我想一下。噢，大概是在三年以前。真是可惜了，我告訴你。」

「她聰明嗎？」

「她精得像猴子一樣。」

「她那個男朋友叫什麼？你知道嗎？」

「他是個有名的人。一位伯爵或是……等一下，對，是一位侯爵。」

「從那以後你再也沒有聽過她的消息？」

「毫無消息。意外相逢都不曾有過，可能在一些有名的度假勝地鬼混吧。她一定成了侯爵夫人。你別想愚弄她，她那人有仇必報。」

「懂了。」白羅沉思地說道。

「很抱歉，我就知道這麼多了，白羅先生。我隨時候教。上一次，您真是幫了我很大的忙。」

「不要再提那件事了。你也幫了我不少忙。」

「總是會風水輪流轉嘛！哈哈！」艾諾斯道。

「你的職業一定很有意思吧！」白羅道。

「還可以。起起伏伏的，差強人意。綜觀起來，我沒有那麼悲觀，不過，眼睛還是要放雪亮點。你永遠不知道觀眾明天又喜歡看什麼了。」

「這幾年來，和舞蹈有關的節目都很賣座。」白羅說道。

「我從沒看過這種蘇俄芭蕾舞劇，不過它們頗受觀眾喜愛。太高調了，對我而言。」

「我在里維拉認識了一個舞伶——米蕾兒小姐。」

「米蕾兒？她可是炙手可熱喔，不乏金主支持。話雖如此，她還算能跳，我見過她，所以不是隨便胡扯。我個人從未和她打過交道，但我聽說她很難纏，一天到晚發脾氣。」

「沒錯。」白羅說道，「沒錯，我可以想像的到。」

「有個性。」艾諾斯喊道，「人們都說這種女人有個性。我老婆和我結婚時就是個舞伶，但是她沒個性，謝天謝地。在家庭生活中，有個性也沒有什麼用。」

「我同意你的看法，艾諾斯，那毫無用武之地。」

「女人應該是脾氣好又溫柔，還要會做一手好菜。」艾諾斯說道。

「米蕾兒開始登台表演還沒多久時間吧？」白羅問道。

「大概才兩年半，頂多。是一位法國公爵使她嶄露頭角的。現在她正和希臘的一位前總理來往。你是知道的，這些人最會存錢了。」

「和希臘的前總理打交道？這對我來說還真是條新聞。」白羅低頭沉思著說道。

「她是絕不吃虧的，人家都說小凱特林為了她殺死了自己的妻子。我當然不知道內情，反正他現在住在牢房裡。那她呢？就得替自己找出路了，而她一向善於此道。有人說，她身上戴著一顆寶石，有鴿子蛋那麼大。我沒見過鴿子蛋，可是小說裡總是這麼形容的。」

「像鴿子蛋一樣大的寶石！」白羅說道，他的眼睛又像貓眼一樣閃爍著綠光。「真有意思！」

「我是從一位朋友那裡聽到的，」艾諾斯先生說道，「但也很可能是一顆塗了色的玻璃球。女人都一樣，最愛誇大寶石的來歷。米蕾兒逢人就說，她那顆寶石有詛咒附身。她說那顆寶石叫什麼來著？『火心寶石』。」

「據我所知，」白羅說，「所謂『火心寶石』只是一條項鏈中間的一顆寶石。」

「我就說嘛，女人關於珠寶的謊言是說不完的。米蕾兒手上的那顆是用白金項鏈吊著的單品寶石。我看十之八九是一顆上了色的玻璃珠。」

「不，」白羅溫和地反駁道，「不，我不認為那是一顆上了色的玻璃珠。」

32 跟蹤

「你變了。」白羅突然說。他和凱瑟琳在薩伏飯店面對面地坐在一張小桌子旁。「是的，你變了。」他繼續道。

「你指哪方面？」

「這種細微的差別很難表達。」

「我變老了。」

「你是變老了。我的意思不是說，你的臉上一下子出現了皺紋、魚尾紋什麼的。我第一次見到你的時候，你像是一位冷靜觀察生活的觀眾，給人一種泰然自若的印象，像是舒坦地坐著觀賞一齣喜劇。」

「那麼現在呢？」

「現在你不再旁觀了。我的比喻可能有點可笑，你現在給人的印象是，一個拳擊手面臨著一場勝負未卜的格鬥。」

「我那位老小姐有時有點麻煩，」凱瑟琳微笑著說道，「但是請你放心，我可不想和她打拳擊。有時間你一定要去拜訪她。我相信，你會喜歡這位堅強、勇敢的老人。」

接著是一陣沉默，因為服務生很敏捷地送來一隻用平底鍋裝著的烤雞。他走了之後，白羅說道：「你聽我說過我朋友海斯汀的事嗎？他總說我是個口風很緊的人！而你實在稱得上是我的對手，你比我更喜歡單打獨鬥。」

「胡說！」凱瑟琳笑說。

「赫丘勒．白羅從來不胡說。事實如此。」

又是一陣沉默。然後白羅問道：「你回英國後，見過我們在里維拉認識的朋友嗎？」

「我見過奈頓少校。」

「啊哈！真的？」

凱瑟琳看著白羅睨目而視的雙眼，不禁垂下了眼簾。

「所以范奧丁先生還在倫敦囉？」

「是的。」

「明天或後天我可要拜訪一下他。」

「你有新消息要告訴他嗎？」

「為什麼你會這樣認為？」

「我只是問問而已。」
白羅從桌子對面望著她，不斷地眨著眼睛。
「我看，你像是有話要問我，小姐，但為什麼又不問了？『藍色列車之謎』是我們講好合寫的一部小說吧？」
「是的，我的確想問你幾個問題。」
「是什麼？」
她像是下定決心般地抬眼。
「你在巴黎都做了些什麼事，白羅先生？」
白羅略微一笑。
「我拜會了俄國的公使。」
「喔。」
「看得出這對你無濟於事。你放心，我不會緊閉口風，不會，我要將底牌攤在檯面上，一反牡蠣作風。你可能認為，我對德瑞克．凱特林的起訴存有疑慮？」
「我的確很懷疑。我以為你在尼斯時就結案了。」
「你話中有話喔，小姐。但我承認，是我把德瑞克送進了監獄。沒有我的參與，警方可能還忙著調查羅奇伯爵的罪行。但是，我對我所做的一切並不後悔。弄清事實真相是我唯一的責任，而線索直指凱特林先生。但是，這個案件就要以此告終嗎？警方說『是的』，但我，赫丘勒．白羅，可不認同。」

他突然轉了話題。

「告訴我，你最近聽過蘭諾絲小姐的消息嗎？」

「她給我寫過一封寥寥數語的信。對我回英國的事她似乎有點生氣。」

白羅點點頭。

「在凱特林先生被捕的那天晚上，我和她談過一次話，一次很有收穫的談話。」

他又沉默下來，凱瑟琳沒有去打斷他的思路。

「小姐，」他最後說道，「我正陷入某個瓶頸，但我要告訴你一點：有人愛著凱特林先生──如果我錯了請糾正我──為了她好，嗯，為了她好，我希望我是對的，而警方是錯的。你知道這個人是誰嗎？」

停了一會兒，凱瑟琳低聲說道：「我想我知道。」

白羅傾身向前。

「我不滿意，不，我很不滿意。所有的事實，所有重要的事實，都指出凱特林是凶手。可是，有一個情況卻被忽略了。」

「你指的是什麼？」

「那就是死者被毀容的臉。我問過自己上百次：德瑞克．凱特林是那種殺死妻子之後會再猛烈毆打她的人嗎？究竟為什麼要這麼做？這有什麼目的？我百思不得其解。一次又一次，我自問：『為什麼？』唯一能解答我的問題的，只有這個。」

他掏出一個信封，用拇指和食指從裡面夾出一點東西。

「還記得嗎，小姐？我在包廂的毛毯旁邊撿到這一撮頭髮時，你是在場的。」

凱瑟琳向前仔細地察看那一撮頭髮。

白羅不住地點頭。

「你對這撮頭髮沒有感覺，這我看得出。然而，我似乎覺得，你看出不少線索。」

「我是有一些想法。」凱瑟琳緩慢地說，「很古怪的想法！所以我才會問你在巴黎都做了些什麼，白羅先生。」

「我寫信給你時——」

「在麗池飯店寫的？」

白羅的臉上露出促狹的一笑。

「是的，在麗池飯店，有時候我也會奢侈一下，尤其有百萬富翁替我付帳時。」

「你剛才談到俄國公使。」凱瑟琳皺起眉頭說道，「這與此案又有什麼關係呢？我一點也不懂。」

「沒什麼直接的瓜葛。我到他那裡去了解某些情況。我還和其他人談過話，並對他進行了威脅，對，我，赫丘勒．白羅，威脅了他。」

「是警察嗎？」

「不是，」白羅毫無表情地說道，「和報界人士，和這個致命的武器談過話。」

他看著凱瑟琳，凱瑟琳對他微微一笑，然後搖頭道：「您又變回牡蠣去了嗎，白羅先生？」

「不，不，我可不想製造神祕感，我會對你毫無保留，什麼都說。我懷疑這個人積極運作販賣寶石給范奧丁的交易。我指責他居心不良，最後，了解了全部的情況。我知道寶石是在哪裡交貨的。我還知道了這個人交貨前後一直在附近徘徊，他有一頭白髮，走起路來有點瘸，姿態卻很年輕。我把此人稱為『侯爵』先生。」

「那麼現在你到倫敦來，是要見范奧丁先生？」

「不只是為了這個目的，還有其他的事要做。既然都來了，我還和兩個人見過面，一位是劇院的經理，一位是哈利大街的醫生。從他們那裡我都得到了一些資料。把這些資料理一理，小姐，看看你能否得出與我相同的結論。」

「我？」

「是的，你。告訴你，小姐，從一開始我就懷疑，偷竊和謀殺是否是出於同一人之手。很長一段時間裡，我都不敢對此肯定。」

「那現在呢？」

「現在我知道了。」

一陣沉默。然後凱瑟琳抬起了頭。她的雙眼發出光亮。

「白羅先生，我不像你那樣聰明。你跟我說的那些情況有一大半我都不知其所以然。我對這個案子的看法，完全是另一種角度——」

「事情總是這樣的。」白羅平靜地說，「儘管鏡子裡呈現的是完整的影像，但每個人都從不同的角度往鏡子裡看。」

「我的想法可能很荒唐，和您的想法或許很不一樣，但是——」

「怎麼樣？」

「你對這個有什麼看法，白羅先生？」

她從手提包中取出一張剪報，遞給了他。他看了一遍，點了一下頭。

「這就是我跟你說的，小姐，每個人從不同角度往鏡子裡看，可是鏡子仍然是同一面鏡子，影像也是同一種影像。」

凱瑟琳站了起來。

「我得走了，」她說，「我得趕上那趟火車，白羅先生——」

「是，小姐。」

「事情，事情不能再耽擱了。再耽擱我就受不了啦。」她的聲音聽起來很難受。

他安慰地握著她的手。

「要勇敢些！您現在不能軟弱下去，我們就要到達終點了。」

33 新的見解

「白羅先生想見您，先生。」

「該死的傢伙。」范奧丁不耐煩地說道。

奈頓理解地一聲不響。

范奧丁站了起來，在屋子裡走來走去。

「你看到今天早上那些該死的報紙了嗎？」

「只是粗略地瞄了一眼。」

「批評還是很猛烈？」

「恐怕是，先生。」

百萬富翁又坐了下來用手摸著前額。

「要是我從來沒找那個比利時小老頭來破這個案子該有多好？當時我只一心想要找出

殺害魯絲的凶手。」

「您難道不忍心看您的女婿受到懲罰？」

范奧丁嘆了口氣。

「我真希望自己就是法官！」

「我不認為這樣是明智的，先生。」

「都一樣啦！你確定那傢伙要見我？」

「是的，范奧丁先生，他很急著要見您。」

「我相信他很急。可以的話請他過來一趟。」

白羅舉止瀟灑地走進來。他並不介意百萬富翁冷冰冰的問候，仍然興致勃勃地談天說地。他說，他到倫敦來是想見一位醫生。他說出了這位著名外科醫生的名字。

「不是，不是戰時負的傷……是在比利時擔任教官時，一個地痞流氓給我吃的子彈。」

他摸著自己的肩膀，用力地縮了一下。

「范奧丁先生，我常常覺得您是一個很幸運的人；不像一般美國的百萬富翁通常腸胃不佳。」

「我的身體一向很好，」范奧丁道，「我的生活很簡單，作息規律，無過與不及。」

「你見過格雷小姐了吧？」他以好奇的目光看著祕書。

「是的，見過一兩次。」奈頓承認道。

他的臉上現出羞赧之色，范奧丁奇怪地叫道：「奇怪，你竟完全沒跟我提過，奈頓。」

「我想您不會對此感興趣的，先生。」

「我很喜歡那位小姐。」范奧丁說道。

「很遺憾的是，她又把自己關在聖瑪莉米德村了。」白羅說道。

「她真不錯，」奈頓激動地說，「很少有人會像她那樣，一無所求的去服侍一位頑固的老婦。」

「這我可沒話說了。」白羅說，眨了眨眼睛。「但我還是認為很可惜。現在我們言歸正傳。」兩人聽了驚訝地看著他。「請您不必對我即將要說的話感到震驚。假設，范奧丁先生，德瑞克．凱特林並沒有殺死自己的妻子，您做何感想？」

「什麼？」

兩人再次茫然地看著白羅。

「假設，我說，假設凱特林沒有謀殺妻子——」

「你瘋了嗎，白羅先生？」

「不！」白羅道，「我沒瘋，只是有點怪——至少有些人是這麼說的。不過，從我從事的職業看來，我是相當的『明智』。我問您，范奧丁先生，如果人不是凱特林殺的，您會覺得高興還是難過？」

范奧丁瞪著他看。

「我當然覺得高興，」他最後說道，「這是在練習假設嗎，白羅先生？還是本案另有內情？」

白羅望著天花板。

「只是一種極微的可能，」他沉靜地說道，「亦即伯爵可能是凶手。至少我成功地推翻了伯爵的『不在場證明』。」

「您是怎麼辦到的？」

白羅謙遜地聳了一下肩膀。

「我有我自己的辦法，只是運用一點小技巧、小聰明就辦得到。」

「但那些寶石，」范奧丁說道，「在他那裡搜到的寶石都是贗品。」

「很明顯除非為了寶石，他沒有其他理由去做案，不是嗎？但您忽略了一件事，范奧丁先生，可能在他之前已經有人把寶石偷走了。」

「這完全是個新見解。」奈頓叫道。

「你真的相信這種荒唐的說法？」百萬富翁問道。

「這個說法尚未得到證實，現在只停留在推論階段。但不管怎樣，它值得調查一番。您應該跟我再去一趟南法，來個實地調查。」

「您認為我也必須一塊去？」

「我相信，這也是您心中所願。」

白羅的話語中，聽得出責怪之意。

「您說得對，白羅先生。我們什麼時候啟程？」

「最近幾天您有很多事要忙，先生。」奈頓插話道。

但是百萬富翁已經打定了主意，不理會奈頓的阻擋。

「我想，這件事必須優先處理。」他說，「好，說定了，白羅，明天就走。搭哪一班車？」

「我認為，最好還是搭『藍色列車』。」白羅微笑著說道。

34
再乘藍色列車

「百萬富翁列車」——一如它的別號——以令人害怕的速度，蜿蜒梭行於彎曲的鐵道。范奧丁、奈頓和白羅都坐在車廂裡，各人想著各人的心事。奈頓和范奧丁住在兩個相通的包廂，正如魯絲．凱特林及其女僕當時的情況。白羅的包廂在車廂的另一頭。

這趟旅行又勾起了范奧丁痛苦的回憶。白羅與奈頓有時交談兩句，不去打擾他。

終於降緩速度，火車緩慢地繞著巴黎行駛。當火車到達里昂站時，白羅突然興奮起來。

范奧丁意識到白羅建議再搭這班車，是想再重建一次犯罪現場。這位偵探包辦了全部的角色。他一會兒在包廂內扮演來回忙碌的女僕；一會兒又扮演魯絲．凱特林，想像她見到丈夫時那種驚慌失措的神情；一會兒又扮演德瑞克．凱特林，想像當他發現妻子也搭同一班車的情景。他探索著每一種躲藏在另一個包廂裡的可能性。

突然間，他腦子裡出現了一種新想法。他一把抓住范奧丁的手。

「哦，我的天啊，我忘了，我們應該在巴黎改變行程，快！快，我們快下車！」

他抓起身旁的旅行箱，立即跳下了火車。另外兩個人也慌張但服從地跟著下車。有人在車站月台的欄杆旁擋住他們，因為他們把車票忘在臥車管理員的手裡了，可惜當時誰也沒想到這一點。白羅的解釋流暢而感人，且一再重複，但那些表情木然的官員們無動於衷。

「別鬧了！」范奧丁再也忍耐不住了。「我知道你很急，白羅先生，看在老天的份上，乾脆補一張從加來到巴黎的車票吧。趕緊進行你的計畫要緊。」

突然，白羅停止了說話，站在那裡一動也不動，好像一尊石雕像。剛剛還比劃著各種手勢的雙手，停在半空中不動了。

「我簡直是白癡。」他說，「天哪，我簡直是昏頭了。快點，兩位，我們還要繼續我們的旅行。如果幸運的話，火車可能還沒有開動。」

他們及時上了車。當排最後的奈頓提著行李搖搖晃晃地一上車後，火車就開動了。臥車管理員對這三位乘客友善的發出抗議，並幫他們把行李拿到包廂去。范奧丁沒說什麼，但他對白羅莫名其妙的行為十分生氣。

當只有范奧丁和奈頓在一起的時候，他說道：「簡直白忙一場！這個人根本亂了方寸。他是頭腦靈活沒錯，但如果失去鎮定，像隻受驚的兔子一樣亂亂轉，那就大為不妙了。」

一兩分鐘後，白羅回到包廂來，不住地道歉，神情十分沮喪，自責的咒罵多的讓人受不了。范奧丁面有難色地接受了他的道歉，努力克制自己對白羅發出嚴苛的批評。

三個人在餐車上用完晚餐之後，白羅建議大家在范奧丁的包廂裡坐著過夜。百萬富翁迷惑不解地看著白羅。

「你是不是有事瞞著我們，白羅先生？」

「我？」白羅天真無邪地說道，「你在想什麼啊！」

范奧丁不出聲了，但是他非常懊惱。他們告訴臥車管理員，不要為他們鋪床了。不過他們再詭異的念頭，也被范奧丁那筆相當可觀的小費給殲除了。

三個人又坐在那裡。白羅顯得有些神經質，一直靜不下來，最後他向祕書說道：「奈頓少校，你包廂的門鎖上了嗎？我是說通向走廊的那扇門是不是鎖上了？」

「是的，我剛才就關上了。」

「你確定嗎？」

「如果您不放心，我可以再去看看。」奈頓微笑道。

「不，不，不要麻煩了。我自己去吧。」

過一會兒，他點著頭回來了。

「對，你說得對。請原諒我老年人小題大作。」

他關上包廂之間的門，又坐在那個右手邊的角落裡。

幾個小時過去了。三個人都坐在包廂裡打著瞌睡，不時被火車開動的聲音驚醒。這可能是這列歐洲高級列車上頭一回有人付了高額票價，卻拒絕享用它的奢華設備。白羅不時地看著手錶，打著瞌睡；一會兒又挪動一下座位，想舒服地闔一下眼。有一次，他猛地站起來，打開連接包廂的門，向隔壁包廂裡看了一眼，搖了搖頭又坐下。

「你在幹什麼？」奈頓壓低了嗓門說，「你是不是等著什麼事發生？」

「我有點緊張！」白羅承認道，「我覺得如坐針氈，一點小動靜就會讓我跳起來。」

奈頓打個哈欠。

「真是一次非常不舒服的旅行，」他嘟囔著說，「當然，你本人一定知道自己在幹什麼，白羅先生。」

說完，他又坐回自己的角落裡，和范奧丁一樣縮成一團，闔眼打盹。當白羅第十四次看錶的時候，他輕輕地拍了一下百萬富翁的肩膀。

「啊，怎麼了？」

「再過五或十分鐘，我們就要到達里昂市了。」

「我的天啊！」在暗淡的燈光下范奧丁的面色顯得格外蒼白。「差不多就是這時候，我那可憐的魯絲就被人殺害了。」

他凝視前方，咬著上嘴唇，他的腦海中又浮現使他的生活黯然失色的那檔悲劇。

火車發出煞車的聲音，速度也放慢了。已經到了里昂市。范奧丁打開了窗子。

「照你最後的假設來看，如果德瑞克不是凶手，那麼那個陌生的男人就是從這裡下車的嗎？」他回頭問道。

令人驚訝的是，白羅卻搖了搖頭。

「不是，」他沉思地說道，「下車的不是一個男人，我認為——是，我認為可能是一個女人。」

奈頓驚醒了。

「女的？」范奧丁也叫起來。

「對，是個女的！您可能還記得，范奧丁先生，格雷小姐曾提到過，說這時有一位先生戴著帽子，穿著大衣到月台上來伸展四肢。我的看法是，這個人很可能是個女的。」

「那她是誰呢？」

范奧丁露出大惑不解的神色，白羅卻斬釘截鐵地說道：「她的名字……或者，她最為人知的名字叫作吉蒂·基德。您，范奧丁先生，可能還知道她的另一個名字：愛達·梅森。」

奈頓跳了起來，大叫一聲：「什麼？」

白羅立即轉過身來。

「對，我差點忘了。」

他從衣袋裡飛快地掏出一件東西，並把它伸向奈頓面前。

「請你在自己的菸盒裡拿根菸。這是你在巴黎的環城鐵路跳上車時不小心弄丟的。」

奈頓不知所措地看著他，突然間他做了一個移步的動作。白羅及時抓住了他的手，高舉在空中。

「不要動！」他和善地說道，「通向隔壁包廂的門是開著的，你已經被警察包圍了，當我們在巴黎下車的時候，我打開了隔壁包廂通往走廊的門，那時我的警察朋友們便走進了包廂，各就各位。可能你還不知道，法國警方找你找得好苦，奈頓少校——或者我們應該稱呼你為『侯爵先生』？」

35 白羅的說明

「說明？」白羅微微一笑。

這時，他正和范奧丁在內格雷斯科飯店吃午飯。從范奧丁的表情中可看得出，他既輕鬆又滿腹疑惑。白羅舒服地坐在靠背椅上，點燃了一支細雪茄，呆呆地望著天花板。

「當然，我會向您說明一切。我先從我絞盡腦汁的第一個疑點開始。你知道那是什麼嗎？是那張變了形的臉！在進行犯罪調查時，調查者通常會先浮起一個問題，身分認定的問題。所以這也是我第一個產生的疑問。死者果真是凱特林夫人嗎？可是這條線索不必再追，因為格雷小姐的口供是肯定的，而且絕對可信。因此，這種想法也就不存在了。對，死者就是魯絲．凱特林。」

「你是什麼時候開始對女僕產生懷疑的？」

「就在不久前，一件微不足道的小事引起了我的注意。那就是在包廂裡找到的菸盒。照她的說法，這是凱特林夫人送給他先生的。這一點，我認為是根本不可能的。他們倆早就分居了嘛！於是我對愛達．梅森是否可靠產生了一點疑問。之後又出現了更大的疑點：她在凱特林夫人那裡只工作了兩個月。當然，當時我並不確定她和這件案子有關，因為她被留在巴黎，而且在她留下之後，有人看到凱特林夫人還活著。只是──」

白羅傾向前去，對范奧丁重重搖搖食指。

「但是，我是個優秀的偵探。我懷疑所有的人、懷疑一切事情。我不相信別人對我講的話。我問自己：我們怎麼知道愛達．梅森真的被留在巴黎了？這個問題的初步答案讓我很滿意。那就是你的祕書的證詞，儘管他完全是一位局外人，他的話未必重要。除此之外，死者還親自和臥車管理員談過話，更證實了這一點。最後一點，當時我還暫且擱在一旁，因為我有了一個很妙的想法，也許不切實際且難以想像，但不斷在成型。如果這個想法成立，那麼那份證詞就失去了意義。

「我當時集中精力分析一個情況，就是奈頓少校在巴黎麗池飯店見到愛達．梅森時，正是『藍色列車』剛剛離開巴黎的時候。這個說法看來毫無疑點，但同樣的，在確定它的真實性時，我又發現兩件事。第一，奈頓少校很巧地也是兩個月前才到你這裡工作的；第二，那個菸盒上的縮寫字母和他名字的第一個字母相同。假設，只是假設，這個在包廂中發現的菸盒是奈頓的，而且梅森和他一起做案，那麼當我們把菸盒拿給她看時，她臉上不就應該是當時那種表情嗎？一開始，雖然感到震驚，但她馬上就設想好一套理論，將盜竊案與凱特林夫人被謀殺一事串連起來。那並非他們的原始構想。他們原先的打算是拿羅奇伯爵來當替罪羔羊，雖然她也不能堅認是羅奇伯爵，以免他到時提出不在場證明。請您好好回想一下，當我詢問愛達．梅森，她看到的那人是否有可能是德瑞克．凱特林先生時，她起初有點猶豫；但當我回到旅館以後，你卻打電話告訴我說，她想了很久並確定那個人就是德瑞克．凱特林。我早就料到她這一著了，對我來說，這不過是一種測試而已。在我離開您的飯店後，她與某人碰頭，接受新的指令。誰給了她新的指令？奈頓少校啊！那麼現在就剩下一件事了，這件事可能毫無意義，也可能意義重大。在一次不經意的談話中，奈頓提到他待過的一家約克郡別墅，也發生過寶石失竊案。當然，那可能純屬偶然，但也可能是相關的另一個環節。」

「但是，白羅先生，有一點我不明白。可能是我的理解能力太差，否則，我早就該看出來了。在巴黎上車的那個男人到底是誰？是德瑞克．凱特林？還是羅奇伯爵？」

「答案簡單得令人驚訝：根本就沒有這樣一個男人。您看，這個陰謀真可謂工於心計，不是嗎？究竟是根據誰的說法，我們才認為有這樣一個人上車呢？當然是根據愛達．梅森的證詞，而我們之所以對她的說法深信不疑，就是因為奈頓說她被留在了巴黎。」

「可是魯絲也親口對臥車管理員講過，說她把女僕留在巴黎。」范奧丁說道。

「我就要說明這一點。當然，凱特林夫人講過這樣的話；但實際上那並不是她說的，因為，一個死人是不會講話的。那只是臥車管理員的說法，那完全是另一回事。」

「難道那個臥車管理員撒謊？」

「那倒不是！他自己也認為他所講的是實情。但是那個跟他講話、說她把女僕留在巴黎的那個女人，不是凱特林夫人。」

范奧丁迷惑不解地看著他。

「火車到巴黎的里昂站時，魯絲‧凱特林夫人已經死了。是愛達‧梅森穿了女主人的衣服，買了餐籃，並對臥車管理員講了那句關鍵的話。」

「不可能！」

「不，不，范奧丁先生，這不是不可能的，現在的女人外表看起來大都十分相像，一個人在辨識他人時，多半靠的是衣服，而不是臉龐。愛達‧梅森的個頭和令千金差不多，穿上那樣貴重的貂皮大衣，戴上那頂蒙著半張臉的紅色漆帽，人們只能從側面看到一兩綹金黃的鬈髮，所以臥車管理員就被輕易騙過了。這個臥車管理員在此之前沒和凱特林夫人談過話，可能看到過女僕遞車票給他，在他的記憶中只有一個目光嚴肅、穿著一身黑衣服的女僕形象。除非是一個極為聰明的人，否則不可能發現女主人和女僕長得如此相像。請您不要忘記，愛達‧梅森原名叫吉蒂‧基德，她是一個女演員，很善於改變外貌和說話的聲音。不，不，臥車管理員根本不可能認出假扮主人的女僕。但是他有可能認出屍體不是前一天晚上和他講話的那位女士。這就是他們將死者毀容的理由。對這幫罪犯唯一能構成危險的只有凱瑟琳‧格雷小姐。當火車離開巴黎後，如果格雷小姐再次前往凱特林夫人的包廂拜訪她的話，那就不妙了。為此，這個女罪犯想了一個花招，她買了一個餐籃，把自己反鎖在包廂裡不出來了。」

「但到底是誰殺死魯絲的？是什麼時候發生的事？」

「首先，要謹記這樁罪行是由兩個人共同謀畫的——奈頓和愛達·梅森。那天奈頓在巴黎為您辦事，他是在火車緩行於巴黎郊區環城鐵路線時，趁機跳上火車。凱特林女士對奈頓的出現或許感到奇怪，但不會多加懷疑。他可能用什麼藉口使她往窗外看去，然後他從後面用繩子套住她的脖子，一兩秒鐘後就完成了。包廂門反鎖上了，梅森和奈頓脫下死者的外衣，用毯子將屍體包起來，放到隔壁包廂的座位上，和毯子、行李箱堆在一塊。奈頓拿著珠寶盒跳下火車。因為大家都認為做案時間是在這之後十二小時，所以他絕對安全。他的說法及所謂的凱特林夫人和臥車管理員的談話，為他的罪行製造了一個完美的不在場證明。

「在里昂站時，愛達·梅森買好餐籃就回到了包廂，以最快的速度換上了女主人的衣服，並把準備好的兩綹金黃色鬈髮戴在兩鬢，再做一些化妝的工作。然後臥車管理員來鋪床，她就講了那個眾所周知的故事，說她把女僕留在巴黎。在鋪床的過程中，她一直趴在玻璃上望著窗外，後背朝著走廊上那些來來往往的旅客們。這是一個非常重要的預防措施。因為在那些來往走動的人們之中，就可能有格雷小姐；如果她看見了，那麼她就可以對天發誓說，當時凱特林夫人還活著。」

「請您繼續講下去。」范奧丁說道。

「火車到達里昂之前，愛達·梅森就把女主人的屍體弄成像夜裡睡覺的姿勢，接著脫掉死者的衣服，小心翼翼地摺好放到床尾，然後她自己換上了一套男裝，準備下車。當德瑞克·凱特林走進妻子的包廂時，他以為妻子正在睡覺，而此時的愛達·梅森卻藏在隔壁包廂裡，伺機偷偷下車。在里昂市火車站臥車管理員走到月台上，她緊隨在後，假裝到外面去呼吸新鮮空氣。趁人不注意的時候，她飛快地來到另外一個月台，登上正準備開往巴黎的火車。早在前一天，奈頓的另一個女同夥就在麗池飯店用她的名字預訂了一個房間。她毫不費力就平安無事地到了麗池飯店，她此時已無事可做，就等著你大駕光臨。珠寶當然不在她的手中。奈頓以你的祕書身分做掩護，悄悄地把它帶到了尼斯。把貨交給帕波波魯斯一事，當然是早就商量好的。他是透過愛達·梅森轉交的。總之，這次犯罪活動做得非常乾淨俐落。這樣的行動也只有侯爵這種行家才做得出來！」

「您真相信理查·奈頓是個名滿天下的大盜，已犯案多年？」

白羅點點頭。

「這位侯爵先生的第一要訣，是故意裝出忠厚、可愛和謙虛的樣子。正因如此，您受了騙，范奧丁先生，您只認識他兩天，就把他收為私人祕書了。」

「他當時可沒有耍詭計喔。」百萬富翁高聲說道。

「此人老奸巨滑、深謀遠慮，連您這種閱人無數的老將都騙過去了。」

「我也調查過他的背景，所有人都證明他是個好人。」

「當然，當然，這也是遊戲中的一部分。理查·奈頓這個人無懈可擊。他出身良好、家世清白；戰時他表現勇敢，忠於職守，看來無可非議。當我著手分析那位神祕的侯爵的資料時，發現了某些與他一致的地方。奈頓說得一口流利的法語，媲美法國人，他在美國、法國和英國度過的時間和那位侯爵的『工作時間』也正好相符。最後，侯爵最近在瑞士那起重大的首飾偷盜案發生時，而您，先生，正好在瑞士認識了奈頓少校。也正是那個時候，您要買那顆名貴寶石的消息開始流傳。」

「可是為什麼要殺人呢？」范奧丁喃喃自語地說道，「如果是一起手法高超的盜竊案，完全可以不必冒殺人的風險就把寶石偷走啊。」

白羅搖搖頭。

「這不是侯爵第一次犯下血案了。他是個嗜血成性的殺人犯。另外，為了以防萬一，他也不願留下罪證，死人是不會說話的。

「侯爵對名貴的、具歷史價值的寶石有一種無法抑制的愛好。他鑽營到您的祕書職務時，早就陰謀策畫要對令千金下毒手。寶石必定會送給魯絲．凱特林，這一點他非常清楚。此外，他為了雙重保障，還雇了幾個流氓惡棍，想在你於巴黎買寶石的那天晚上襲擊你。這個計畫失敗了，可是侯爵並不氣餒，誰也不會懷疑這是奈頓幹的。正像所有的大人物一樣——侯爵也算是號人物——他也有自己的弱點，那就是他真的愛上了格雷小姐，當他發現格雷小姐有點喜歡德瑞克．凱特林的時候，就企圖嫁禍於德瑞克。這回，范奧丁先生，我要告訴您一件非常神奇的事。格雷小姐不是什麼通靈的人，但她確信，那天晚上在蒙地卡羅賭場的花園裡，曾感到令千金就在她身邊。在此之前不久，她剛和奈頓談過一次話，她說，當時她確實感到死者竭力想告訴她什麼，她甚至感覺到死者要說的話是：奈頓就是凶手！當時，這種想法非常強烈，深深地銘刻在她腦海裡，儘管她沒有把這種想法告訴任何人，可是她堅信這種幻覺的真實性。她有意讓奈頓更熱情地追求她，造成一種假象，讓他以為她相信人是德瑞克殺的。」

「太離奇了！」范奧丁說道。

「是的，非常離奇！這種事是很難說清楚的。對，還有一件小事使我對我的線索產生了動搖。您的祕書腿有點瘸，理由是戰時受傷。可是侯爵走起路來並不瘸。關於這一點我花了很長的時間才弄清楚。有一天，蘭諾絲．坦普林小姐偶然說起，他母親那所醫院的外科醫生對奈頓瘸腿感到很奇怪。這表示他的腿瘸是裝出來的。我在倫敦找了一位外科專家，找到專業的資料，證明我的想法是正確的。我前天當著奈頓的面提到這位醫生的名字。照理說，奈頓當時應該會提起，正是這位大夫在戰時給他治療過。但是他卻對此不置一詞，這個微不足道的表現終於確定我的犯罪理論是正確的。另外，格雷小姐還給我看過一份剪報，上面提到，在奈頓住院期間，坦普林女士的醫院裡發生了一起寶石失竊事件。直到我從巴黎麗池飯店寫信給格雷小姐時，她才知道我們是沿著同一個方向追蹤案情的。在做詢問調查時，我遇上了一點困難，但仍是有所收穫，那就是愛達．梅森是在案發當天早上才到達飯店，而不是在前一天到的。」

兩個人沉默了許久，然後百萬富翁伸出了手，和桌子對面的白羅相握。

「您可以想像，這對我意義有多重大，白羅先生。」他低沉地說道，非常感動。「早上我已經開了一張支票給你，但是世界上沒有任何一張支票能夠表達我對您的謝意。您是最棒的，白羅先生，您永遠是最棒的！」

白羅站起身來。

「我只是赫丘勒．白羅。」他謙虛地說，「但正如您剛剛說的那樣，在這一行我算是號人物，如同您在您那一行一樣。我很高興能夠為您效勞。現在我得好好休息，消除旅途勞頓。啊！可惜喬治不在我身邊。」

白羅在大廳遇到了他的朋友，高貴的帕波波魯斯，他的女兒齊娅也在他身旁。

「我以為你已經離開尼斯了，白羅先生。」這位希臘人低聲對這位偵探說，同時握住他熱情伸向自己的手。

「有工作催我回去，我親愛的帕波波魯斯。」

「工作？」

「對，工作。說到工作，我希望您的身體狀況已經好轉，老朋友？」

「我好多了，事實上，我們明天就要回巴黎了。」

「我聽說了一件好事。希望您沒有把希臘前總理完全搞垮。」

「我？」

「我知道你賣給了他一顆非常名貴的寶石，就是米蕾兒小姐戴的那顆寶石。」

「是的，」帕波波魯斯喃喃地說道，「一點也沒錯。」

「一顆與『火心寶石』相似的寶石。」

「當然，外型是有點像。」希臘人毫不在意地說道。

「你是位非常專業的珠寶專家，帕波波魯斯。我敬佩你！非常遺憾，齊婭小姐，您這麼快就要回巴黎了。我一直希望案子結束之後，我們能夠單獨相處久一點。」

「恕我冒昧地問一下，你辦的是什麼案子？」帕波波魯斯問道。

「一點也不冒昧。我們剛才順利地把侯爵抓到了。」

帕波波魯斯貴氣的臉龐如夢初醒。

「哪個侯爵？」他低聲說道，「怎麼聽起來有點耳熟？不，我真的記不清楚了。」

「當然記不清了。」白羅說，「我說的是一個非常出名的罪犯珠寶大盜。他因為謀殺凱特林夫人而被捕了。」

「真的？真有意思！」

他們有禮貌地相互告別了。當白羅走遠後，帕波波魯斯充滿感慨地對女兒說道：「齊婭，這個人真是個魔鬼。」

「我喜歡他。」

「我也喜歡他。」帕波波魯斯承認道，「儘管如此，他還是個魔鬼。」

36 在海濱上

合歡樹的花已經凋謝了，那味道在空氣中有點刺鼻，天竺葵圍簇著坦普林女士的別墅，繁茂的丁香散發出濃鬱的香氣。地中海比以往任何時候都藍。白羅與蘭諾絲·坦普林小姐坐在陽台上。他剛剛講完兩天前跟范奧丁先生說過的故事。蘭諾絲深深著迷，一字不漏地聽著，雙眉緊皺，神情有些憂鬱。

當白羅結束他的故事時，她只問了一句：「那德瑞克呢？」

「他昨天被釋放了。」

「那他上哪兒去？」

「他昨天就離開尼斯了。」

「他去聖瑪莉米德村了嗎？」

「對，去聖瑪莉米德村。」

話聲停歇了一會兒，這位女孩倔強地說道：「我錯怪凱瑟琳了，我以為她不喜歡德瑞克。」

「她是持保留態度，她無法相信任何人。」

「她可以信任我啊。」蘭諾絲以痛苦的聲調小聲說道。

「是的。」白羅嚴肅地說，「她可以相信你。可是凱瑟琳一生中大半時間都在傾聽別人說話。要一個習慣傾聽的人直抒己見並不容易。她把自己的憂傷和歡樂都隱藏在心底，無法與人分享。」

「我真傻。」蘭諾絲責怪自己地說，「我當時以為她真的愛上了奈頓。我應該了解多一點，而我會這樣認為，是因為……我希望她愛的是奈頓吧！」

白羅溫柔地捏捏她的手，說道：「振作點，小姐。」

蘭諾絲望著遠方的海面，她那平淡而嚴肅的臉上有種哀傷的美。

「天啊。」她最後說，「我們不會有結果的。我對德瑞克來說是太年輕了；他像個永遠長不大的小孩，他需要一個像聖母瑪利亞般的妻子。」

一陣靜默後，蘭諾絲突然對白羅說道：「但我真的幫了您的忙啊，白羅先生！我真的幫上忙了。」

「是的，小姐。由於你的提醒，讓我得到了有用的線索，當時你曾指出，凶手不一定是火車上的乘客。在此之前，我還真沒想過這個可能呢！」

蘭諾絲深深地嘆了一口氣。

「我很高興，」她說；「無論如何……這對我而言，總是個成就。」

遠方傳來了火車的汽笛聲，聲音拖得很長。

「這就是那班該死的藍色列車，」蘭諾絲說道，「火車是種殘酷無情的工具，您說是嗎，白羅先生？有人在火車上被謀殺了、死掉了，但火車照開不誤，繼續奔馳……天啊，我又在胡說八道了。但您知道我的意思。」

「是的，我了解。人生就像一列火車，小姐，它不斷前進，而能繼續前進總是好事。」

「為什麼？」

「因為火車最後一定會到達旅程終點，你們法國有句諺語就是這麼說的，小姐。」

「『與愛人相遇便是尋覓之旅的終點。』」蘭諾絲笑道，「對我而言就不是了。」

「是的，當然是。你還年輕，比你認知的還年輕。相信這班上帝駕駛的人生列車吧！」

遠方火車的汽笛聲再度響起。

「相信人生的列車，小姐，」白羅再度低語道，「也請相信赫丘勒·白羅，他無所不知呀！」

專文推薦

藏在日常細節中的冒險

楊照（作家）

一開始，就都在那裡了。

一九二〇年，阿嘉莎・克莉絲蒂出版了《史岱爾莊謀殺案》，神探白羅就已經退休了。而且在這個案子裡，藉由敘述者海斯汀的轉述，就鋪陳出克莉絲蒂小說最基本的偵探原則：

「那些看來或許無關緊要的小細節……它們才是重要的關鍵，它們才是偉大的線索！」

「豐富的想像力就像洪水一樣，既能載舟亦能覆舟，而且，最簡單直接的解釋，往往就是最可能的答案。」

「沒有任何謀殺行為是沒有動機的。」

還有，一個不討人喜歡的死者，一群各有理由不喜歡死者、因而也就都有殺人動機的人，這些人彼此之間構成複雜的關係，有的互相仇視，有的互相愛戀，麻煩的是，有些愛人其實貌合神離，有些仇人其實私下愛慕；更麻煩的是，不論是愛或是仇，都有可能是扮演出來的。

一個外來的偵探必須周旋在這些嫌疑者之間，從他們口中獲取對於案情的了解，換句話說，他必須在很短的時間內，搞清楚誰是誰、誰跟誰吵架、誰跟誰偷情，然後判斷誰說的哪一句是實話、哪一句是謊言。常常謊言比實話對於破案更有幫助。

再偷偷透露一下，如果要和小說裡的凶手及小說背後的作者鬥智，就像克莉絲蒂對英國社會的了解，祕訣就在於要去追究小說裡的人物背景，尤其是他們的階級地位。基本上，階級地位愈高、權力愈大、愈有錢者，說的話就愈不要相信。例如在《史岱爾莊謀殺案》中，僕人、園丁說的話遠比有頭有臉的人說的要可信多了。就算要說謊，他們的謊言也比較天真，而且往往出於善良動機。當你歸納線索時，就會知道他們並非故意說謊，那是因為他們的認知受到蒙蔽或誤導，而你慢慢就從這蒙蔽或誤導中被引導到真相。

《史岱爾莊謀殺案》出版那年，克莉絲蒂三十歲，但書稿其實早在五年前就寫好了，畢竟要找到有人願意出版一個看來再平凡不過的家庭主婦寫的小說，並不是那麼容易。

所有和克莉絲蒂接觸過的人，都對於她的「正常」留下深刻印象。她看起來就和她那個年紀的典型英國家庭主婦一樣，害羞、靦腆，只能在社交場合勉強跟人聊些瑣事話題，完全無法演講，甚至連只是站起來對眾賓客說幾句客套話，請大家一起舉杯，她都做不到。她不演講，也很少答應接受採訪，就算採訪到她也很難從她口中得到有趣的內容。她會講的，幾乎都是記者本來就知道、或者自己就可以想得出來的。

例如說白羅這個神探的來歷。克莉絲蒂回答：他應該是個外國人，這樣就能在英國日常生活中看出英國人自己看不出的線索。她自己碰過的外國人，只有第一次大戰剛爆發時到英國避難的比利時人。比利時警察怎麼能跑到英國來？那一定是因為他已經退休了。他有潔癖，所以對於現場會有特殊的直覺，馬上感受到不對勁的地方。一個有潔癖的人，好像應該長得矮小些才相稱，一個矮小有潔癖的人最適當的名字，就是希臘神話裡的大力士「赫丘勒斯（Hercules）」，製造出荒唐的對比趣味。那白羅這個姓是怎麼來的呢？克莉絲蒂很誠實地說：「我不記得了。」

一切都如此順理成章，一切都如此合邏輯，不是嗎？有記者問她怎麼看自己的舞台劇〈捕鼠器〉，創下了英國劇場、甚至全世界劇場連演最多場紀錄的名劇？克莉絲蒂的回答也還是中規中矩，合理合節：那是一齣小戲，在一個小劇院演出，成本很低，任何人想到了都可以帶家人或朋友去看，老少咸宜，並不恐怖，也不特別荒謬打鬧，可是又什麼都有一點，包括恐怖和荒謬打鬧的成分。

她的身上找不出一點傳奇、怪誕色彩，那她為什麼能在五十年間持續寫偵探小說，創造了那麼多謀殺，還創造了那麼多詭計？

首先因為她是女性，以及她的身世，包括她的階級身分，使得她在描寫故事場景時比一般男性作者來得敏感。因為在她之前的偵探推理小說男性作家的階級身分都是高高在上，基本上他們會從較高的角度看社會，比較看不到底層的感受。

而她的婚變以及婚變中遭逢的痛苦，都使她更能體會與觀察，將英國社會的複雜細節融入小說的核心情節，讓探案與線索分析結合在一起。

克莉絲蒂一生結過兩次婚，第一次在一九一四年，婚後不久，丈夫就參加了歐戰，是英國皇家空軍最早一批飛行員。一九二六年，這個丈夫有了外遇，直率地向克莉絲蒂要求離婚，在那之前，克莉絲蒂的媽媽才剛過世，雙重打擊之下，又遇到車子無法發動，克莉絲蒂崩潰了，她棄車而走，忘記了自己究竟是誰，躲進一家鄉間旅館，登記時寫了她心裡唯一有印象的名字——她丈夫情婦的名字。

離婚後，一次在晚宴中，有人提起近東烏爾考古的最新收穫，克莉絲蒂就取消了原定要去西印度群島的計畫，改訂了跨越歐洲到君士坦丁堡的「東方快車」，是的，就是這趟旅程給了她寫《東方快車謀殺案》的靈感。不過更重要的是，在烏爾，她認識了一位年輕的考古學家，比她小十四歲，這個人後來成了她的第二任丈夫。

這位考古學家陪她去參觀在沙漠中的烏克海迪爾城，卻在沙漠中迷路困陷了。幾小時中克莉絲蒂卻沒有一點驚慌不安，當下考古學家就決定要向她求婚。

原來，克莉絲蒂的內心是有這種冒險成分的。要不然她不會兩次選到的，都是喜愛冒險的丈夫，而她本身大概也不會吸引一個在各種危險情境下挖掘古代寶藏的人，讓他願意向一個大他十四歲的女人求婚。

這樣說吧，維多利亞時代後期的英國環境，壓抑限制了克莉絲蒂冒險、追求傳奇的內在衝動，她只好將這樣的衝動寄託在丈夫和寫作上。她一邊陪著第二任丈夫在近東漫走，一邊在小說中寫各式各樣的謀殺與探案。謀殺和探案都是冒險，還有，偵探偵查中做的事——蒐集線索，還原命案過程——其實和考古學家的考掘，如此相似！

克莉絲蒂寫得最好的，正是「藏在日常中的冒險」。她個性中的雙面成分，造就了特殊的偵探魅力。既嚮往非常傳奇，卻又有根深柢固的日常邏輯信念，兩者都在克莉絲蒂的小說中扮演了重要角色。她的謀殺案幾乎都和日常習慣緊密編織在一起，日常環境成了凶手最重要的掩護。有些日常規律明顯地被破壞了，讓我們很自然以為那會是謀殺的線索，沿著這些線索形成了閱讀中的推理猜測，然而白羅早就提醒了，真正重要的反而是那些「細節」，也就是看來像是依隨日常邏輯進行的事，或說藏在日常邏輯中因而不被看重的事，那裡要嘛藏著凶手的核心詭計、煙幕，要嘛藏著凶手致命的破綻。

凶案的構想，就是如何讓異常蓋上日常、正常的面貌，又如何故意將日常、正常予以扭曲，製造假象；那麼偵探要做的，就是如何準確地在日常中分辨出真正的異常，將假的、明顯的異常撥開來，找出細節堆疊起來的異常真相。

此外，克莉絲蒂的小說裡隱藏著極其曖昧的情感價值觀，最典型、最有名的就是《東方快車謀殺案》。透過追查過程，讓讀者知道為什麼凶手要訴諸於這種手段，其動機具有可同情之處，再加上克莉絲蒂對身分階級的觀察，她比較相信或讓讀者相信那些沒有權力、地位的人，隨著偵查節奏去認識可能或必須懷疑的人。克莉絲蒂最擅長營造「多重嫌疑犯」的小說特質，因為讀者在閱讀時必須被迫去認識很多不一樣的人。在她最受歡迎的作品，大概都具備這樣的特質。

當然，她的作品中還有兩個最突出的神探，即白羅和瑪波。白羅是比利時人，但為什麼必須是外國人？這是因為英國人具有高度階級意識，這種觀念一路滲透到所有互動細節，包括人與人之間如何說話。而白羅因為不是英國人，他會發現一般英國人不太看得出來的東西，以及兩個人互動的方法哪裡不正常。至於瑪波為什麼得是老太太？她一如那個年代的老人家，總是靜靜坐著打毛線，因為不起眼，自然讓人放鬆防備，所以瑪波探案的線索都是來自於這樣的互動模式。

然而，白羅有很明顯的優勢，瑪波的身分使她基本上只能進行「靜態」的辦案，案子的空間受到侷限，白羅卻可以跨越各種空間，恣意揮灑。而且白羅擁有警官身分，可以合理出現在各種犯罪現場，瑪波能出現的地方，相形之下就勉強、不自然多了。白羅是明白的outsider，在英國，只要他出現，就會覺得有外人在而感到緊張，於是很容易露出平常不會表現的行為；瑪波則看起來是insider，但實質上是outsider，因為總是沒人發現她、當她空氣人。這兩人的探案，是兩個極端。雖然讀者最愛白羅，但克莉絲蒂自己偏愛瑪波勝於白羅。

不管後來的偵探、推理小說發展了多少巧妙詭計，克莉絲蒂卻不會過時，因為她的推理如此密切地和日常纏繞在一起；活在日常中，我們就無可避免被克莉絲蒂的「日常細節推理」吸引，隨時讀來都充滿驚奇趣味。

名家盛讚克莉絲蒂（依推薦時間排序）

金庸（作家）

克莉絲蒂的寫作功力一流，內容寫實，邏輯性順暢，也很會運用語言的趣味。閱讀她的小說，在謎底沒有揭露之前，我會與作者鬥智，這種過程非常令人享受。其作品的高明之處在於：布局的巧妙完全意想不到，而謎底揭穿時又十分合理，讓人不得不信服。

詹宏志（作家、PChome 網路家庭董事長）

推理小說在從先輩柯南．道爾等人的發明中出現力量時，誕生了一位《天方夜譚》故事中每天說故事說個不停的王妃薛斐拉．柴德，也就是「謀殺天后」克莉絲蒂，整個世界對聽這些故事才有如此的熱情。他們捨不得睡覺，每天問後來還有嗎、還有嗎，永遠不肯離去，這就是克莉絲蒂對推理小說的最大貢獻。

可樂王（藝術家）

所謂「克莉絲蒂式」的推理小說，就是一場和一個天才的寫作者或高明的恐怖份子在紙上捕掠捉殺的戰事。即便是一列火車、一處飯店或一間酒吧，在克莉絲蒂寫來皆充滿神祕和猜謎。在人生適合的下午裡，我總是一面嚼著口香糖，一面跟著矮子偵探白羅穿梭謀殺現場，克莉絲蒂的推理作品無疑是推理世界中最充滿「魔術性」的小說。

吳若權（作家、節目主持人）

我從小就對推理小說情有獨鍾，克莉絲蒂一系列的作品尤其令我愛不釋手。多年來，閱讀推理小說的經驗讓我覺悟：讀者在文字情節中推展開來的驚嘆，不只是因緣於故事的本身，而是自我性格的投射。從這個觀點來看克莉絲蒂一系列的作品，她簡直就是洞徹人性的算命師。而讀者，在她的文字中，發現了自己無可奉告的命運。

藍祖蔚（國家電影及視聽文化中心董事長）

做過藥劑師，難免懂得毒藥；嫁給考古學家，難免也就嫻熟文明的神祕；再加上曾經失蹤九天，一切不復記憶的離奇經驗，的確提供了寫作靈感，但若少了想像力，那些片羽靈光縱使辛辣如辣椒，卻不足以成菜。

推理小說重布局、重人物描寫，克莉絲蒂最厲害的卻是犀利的人性觀察，她一手創造的白羅探長，潔癖個性完全和她相反，更將她所憎厭的人格特質集於一身，殊不知，唯有不對著鏡子寫作，才能夠跳出框架與制式反應，開闢無限寬廣的新世界，建構多面向的詭異迷宮。

看完她的小說，你只會更加訝異，到底是什麼樣的心靈才能成就這般視野？

李家同（作家、前暨南大學校長）

克莉絲蒂的整體布局十分細膩，最後案情也都講解得非常詳細，回頭去看，在書中都找得到線索。故事的情節與內容也很好看，不是像一個流氓在街上被殺掉那麼單調。……看小說應該要花腦筋、要思考，從小就要養成思辨的能力，看她的小說，就是對邏輯思考能力極佳的訓練。

袁瓊瓊（作家）

雖然被公認是冷靜理性的謀殺天后，但是在理性之下，克莉絲蒂的底色依舊是感情。克莉絲蒂很明白，所有的慾望之後，都無非是某種愛情。在以性命相搏的犯罪世界裡，凶手以終結他人的性命來遂私欲，不過是為了成全自己的愛，或者是成全自己的恨。

鄧惠文（精神科醫師）

以推理小說作家而言，克莉絲蒂的風格相當獨樹一格。她的偵探在辦案時，靠的不光是科學證據的搜集，而是大量運用犯罪心理學，及對人性的深刻了解。例如在《五隻小豬之歌》中，白羅便是藉由聽取嫌疑犯訴說案情時所不自覺顯露的主觀意識及中心思想，而看出其中破綻，找出真凶。白羅是靠腦袋辦案，以心理層面去剖析案情，即使人們敘述的是同一件事，他可以聽出不同角色因出發點及看待角度不同所透露的情緒觀感，從而抽絲剝繭，還原事實真相。

克莉絲蒂所塑造的人物也生動且各具特色，不同個性所出現的情緒反應描寫，皆細膩而準確，讓讀者產生豐富的想像空間，一展卷便欲罷不能。

吳曉樂（作家）

克莉絲蒂使用的語言平易近人，主要是以角色與情節的對應來斧鑿出故事的深度，堆疊出讓讀者回味的迂迴空間。而她筆下的角色往往性別、階級、性格、族群各異，塑造出多元又豐富的人物群像。

文學作品不問類型，若要流傳於世，最終仍得上溯至「人性」的理解與反思。而阿嘉莎．克莉絲蒂的作品中，我們可以看到人類屢屢得和自己的人生討價還價，或千方百計讓主觀意識與客觀條件達成某種程度的整合，讀者在重建人物的心理軌跡時，也見識到自身的是非成敗，我認為，這也是克莉絲蒂的作品能夠璀璨經年、暢銷不衰的主因。

許皓宜（心理學作家）

克莉絲蒂筆下的故事看似在談人性的醜惡，實則像一位披著小說家靈魂的心靈引導者，用她的文字訴說著人們得不到「愛」時的痛苦。於是在故事終了的剎那，你不得不對人生多了幾分「看透感」：原來，我們心裡的那些痛苦、報復與自我折磨的慾望，不是因為「憤恨」，而是起於對「愛的失落」。這或許是我們在情感世界中最珍貴且深刻的一種覺察了。

推理小說荒謬驚悚嗎？不，它其實很寫實。它幫我們說出心裡的苦、怨、醜陋的慾望，於是，我們可以重新學習愛了。

一頁華爾滋 Kristin（影評人）

從有記憶以來，閱讀克莉絲蒂最迷人之處往往不在真正的凶手是誰，而是在於「Why」（為什麼）與「How」（如何進行），在於人性與心理描摹的故事肌理。依循其書寫脈絡，會發覺不只是邏輯清晰、布局縝密、著重細節，她總能完美掌握敘事節奏，書中人物彷彿真實存在般鮮明躍然紙上，讀者情緒會隨精準文字保持流轉、跳動、收放，掩卷時並無太多真相水落石出的暢快，反倒淡淡的惆悵化為餘韻襲上心頭，原來還是種種意料之外，卻屬情理之中的人性盲目使然。私以為，那成就了克莉絲蒂的推理故事之所以無比迷人的主因之一。

冬陽（推理評論人）

雖然阿嘉莎．克莉絲蒂的作品並非我的推理閱讀啟蒙，卻是養成閱讀不輟的重要推手。首先，她無庸置疑是個說故事能手，打開我名為好奇的開關；其次是設計犯罪事件的巧妙多元，既日常又異常，凶手更是叫人意想不到。沒錯，我相信每個當讀者的都忍不住想破案，想早偵探一步識破詭計，或者像考試結束鈴響前一秒，瞎猜都要指著某個角色大喊「你就是犯人」！然後會忍不住作弊——不是翻到最後幾頁窺探真凶身分，而是往前翻查讓人起疑的段落、偵探顯然掌握重要線索的時刻，直到忍不住豎白旗投降，看神探（我知道啦，真正把我要得團團轉的聰明人是作者）頭頭是道地分析我遺漏錯置的片片拼圖，終於看清真相全貌。這，就是偵探推理，我因此熟悉遊戲規則、沉醉在每一場迷人故事裡，成為這個類型書寫的俘虜，享受至今不疲的美好滋味。

石芳瑜（作家、永樂座書店主）

布局細膩、處處留下線索，破案解說詳細，說明了這位安靜、害羞的推理小說女王心思縝密，且充滿想像力。密室殺人，完美犯罪，《東方快車謀殺案》不愧為古典推理小說的經典。再加上神祕的東方色彩，隨著火車抵達的迫切時間感，連非推理小說迷都會神經拉緊，讀完大呼過癮。

家庭主婦缺少人生經驗？處女座的阿嘉莎．克莉絲蒂充分展現她過人的寫作天分，靠得是從小開始的閱讀，以及對偵探小說的著迷。三十歲寫下第一本偵探小說《史岱爾莊謀殺案》的克莉絲蒂，在那個時代並不能說是「早慧」，但寫作生涯五十五年中，共創作了八十部偵探小說，卻令人難以企及。這位害羞靦腆的小說女神，大概是相信只要有足夠的理由，每個人都有殺人的可能！

余小芳（暨南大學推理研究社指導老師、台灣推理作家協會常務理事）

學生時代加入推理社團，社課指定讀物便是經典作品《一個都不留》，成為我對克莉絲蒂的初步印象，自此沉浸於推理小說的世界。隔年寒假陪同學參與轉學考，在斜風細雨的走廊中，滿足讀完《東方快車謀殺案》。隨著歲月遠走，已昇華成趣味回憶。

踏入推理文學領域需要認識的作家，阿嘉莎．克莉絲蒂絕對名列其中，她的作品常有英國小鎮風光、莊園式的謀殺、設備豪華的交通工具等，還有特色鮮明的偵探活躍其中。書中少有血腥、暴力的橋段，布局巧妙且結構嚴密，手法純粹、知性，故事內容與人物性格融為一體，以高超的想像力結合說好故事的能耐，為推理小說開創新局面。克莉絲蒂推理全集重編改版，值得新舊讀者一起探索。

林怡辰（國小教師、教育部閱讀推手）

多年後，還是難忘第一次閱讀阿嘉莎．克莉絲蒂作品的感動和激動。

這套將近一世紀的作品，文筆流暢，邏輯縝密，過程中不斷與作者較量、猜出凶手，直到最後解答不禁佩服，蛛絲馬跡處處展現作者的精妙手法，於是又拿起另一部作品，再次沉溺在謀殺天后所編織的日常世界中的奇幻，無可自拔。犯罪動機和手法穿越時空限制，如今讀來合理且依舊令人感動，閱讀中趣味橫生，難怪成為後來諸多偵探小說的原型。

克莉絲蒂創作生涯中產出的八十部推理作品，至今多部躍上大銀幕，無怪乎被稱之為「經典」，喜愛推理偵探作品的人不可不讀，你會驚異於她在文字中施展的魔法！

張東君（推理評論家、科普作家）

我愛克莉絲蒂！這位在台灣有時會被稱為克奶奶的超級暢銷推理小說家，即使是自認沒讀過她的書的人，也都會在各種書籍或影視作品中看到對她致敬的片段。由於她喜歡旅行和冒險，那些經驗與體驗都成為書中的場景，因此閱讀她的作品時，不只是雀躍地跟著偵探推理，也有了虛擬的旅行體驗。或者當成旅遊導覽書，在出發去尼羅河、去英國鄉間、去搭船搭火車時，就塞一本克奶奶的作品到隨身背包中。

我還是大學新生時，就聽學姐說她哥哥經常看克奶奶的小說，而且邊看邊狂笑。於是我跟著效仿，在某次搭飛機之前買了第一本小說當旅伴，不只看得超開心，看完後還到處找尋書中出現的那種有兜帽的斗篷，當成出門時的必備用品。克奶奶的作品是跨越文字、國界的。只要看過一本，就會不停地追下去。還好，真的是還好只有八十本。何況這次是全新校訂的紀念珍藏版，當然不能錯過！

發光小魚（呂湘瑜）（文史作家、助理教授）

一部好的偵探小說，除了情節設計巧妙之外，還需要洞悉人性，如此方能合理地交代人物的言行舉止與動機。阿嘉莎．克莉絲蒂便是其中翹楚，她的作品不管是偵探、愛情小說或戲劇，必要元素都是謎題與人性。在寧靜無波的場景下暗潮洶湧，永遠都有意料之外，讀者的情緒也會隨著劇情的進行起伏糾結。克莉絲蒂觀察到時代的變化，將犯罪心理融入作品中，於是，看她的小說不只能得到解謎的快樂，同時對人性也能夠有所省思。

此外，克莉絲蒂豐富的人生歷練及旅行經歷，例如一九二二年的環球之旅、居住過也旅行過的巴黎和埃及，甚至是追隨考古學家丈夫前往的中東，都讓她的小說讀來更加充滿異國情調。如果你也愛旅行，不如就讓我們一同搭上那一班南法的藍色列車，或由伊斯坦堡出發的東方快車，跟著白羅鑽進一樁奇案，一嘗旅程中破解謎題的快感吧。

盧郁佳（作家）

國小時，家裡買了一套阿嘉莎．克莉絲蒂全集，從此成了我的毒品，在白癡課本將我的腦袋啃嚙成海綿般空洞時，撫慰受創的心靈，那時我仍對人心險惡一無所知。

數學課教你列算式，樂趣遠不如克莉絲蒂教你住宅平面圖、偷換時序的密室魔術，你從庭園長窗進房間，我從房門直通鄰房，他從走廊進房……從而學會故事是建構邏輯。她文風多變，時而《四大天王》中讓神探白羅向助手海斯汀大賣關子，眉頭緊皺，山雨欲來，預示天翻地覆，只能靠他拯救世界；時而用維吉尼亞．吳爾芙《自己的房間》中俏皮的語言，讓貧苦村姑安妮在《褐衣男子》中回憶南非出生入死的冒險，竟源於她耽讀村裡圖書館爛舊的冒險愛情小說，還有戲院每週末放映〈帕米拉歷險記〉，帕米拉每集從飛機跳落高空、搭潛艇、爬上摩天大樓，每次被黑幫老大抓到總不一刀斃命，卻老要用瓦斯毒死她，暗示續集又會逃出生天。

長大才發現，克莉絲蒂小說就是我的〈帕米拉歷險記〉：它以歌劇般輝煌龐大的天真陰謀、精細的人際觀察（一句話重音放在哪個字、從膝蓋鑑定女人的年齡等），召喚年輕讀者抱持浪漫精神投入未知的壯遊，瘋魔、衝撞、冒犯，傷痕累累毫無懼色。正如瓦斯在冒險片中太多、現實中卻太少；陰謀在現實中沒有克莉絲蒂寫得那麼複雜，但她刻畫的心理卻是現實中解謎的試金石。

賴以威（臺灣師範大學電機系副教授）

或許可以為經典下幾個定義：該領域的愛好者更都讀過；不是這個領域的愛好者，許多人也都聽過；影響後續的作品，在很多著作中都可以看到它的影子；值得反覆再三閱讀，每隔一陣子再讀都可以獲得閱讀的樂趣，有更多的體悟。我永遠記得第一次讀《東方快車謀殺案》時，被那宛如嚴謹設計數學謎題的鋪陳、推進給深深吸引、震撼。從這幾個角度來說，克莉絲蒂的推理小說被稱之為「經典」，可說是當之無愧。

謝哲青（作家、旅行家、知名節目主持人）

克莉絲蒂小說的魅力在於透過每個角色的對白，藉由不斷的說話來表現人物的個性，以彰顯其人格特質中一些無法被忽略的事實。我們從他們的言語、講話的過程和字裡行間，竟然就能知道誰是凶手。

我從克莉絲蒂的小說學到很多，除了推理小說有趣的事實之外，最重要的是，我在工作的職場跟人應對的時候，如何從語言和對話裡去捕捉某些隱而不顯的事實。許多人們欲蓋彌彰的東西，無論心事也好、祕密也好，克莉絲蒂都會用文學的手法，讓你理解語言的奧妙和魅力。

克莉絲蒂的書寫會讓你覺得彷彿自己也在現場，你可以從聽到的對話當中，學會如何理解人心的一些小技巧，這是小說家最出色、最偉大的地方。我們必須學習傾聽別人說話——這些人講話是真誠的嗎？他想要跟你分享什麼資訊？這些資訊可靠嗎？——這是我在閱讀推理小說時，最大的收穫和理解。

阿嘉莎・克莉絲蒂大事記

1890		• 九月十五日出生於英格蘭德文郡托基鎮。
1894	4 歲	• 開始在家自學，父母親、姐姐教導閱讀、寫作、算術和彈鋼琴。
1895	5 歲	• 家中經濟走下坡，舉家搬至法國，學會流利的法語。
1905	15 歲	• 在巴黎寄宿學校學鋼琴和聲樂，但生性極度害羞，未成為職業鋼琴家，最終回到英國。
1907	17 歲	• 陪同母親前往埃及調養身體，對社交活動充滿興趣，但尚未對日後感興趣的埃及古物點燃熱情。 • 回英國後繼續寫作、參與業餘戲劇表演。
1908	18 歲	• 寫出第一篇短篇小說〈麗人之屋〉，同時也寫出第一部愛情小說《白雪黃漠》，以筆名向出版社投稿，但屢遭退稿。
1912	22 歲	• 與英國皇家軍官亞契・克莉絲蒂（Archibald Christie）熱戀。 • 八月爆發第一次世界大戰，亞契奉派到法國作戰。
1914	24 歲	• 耶誕夜結婚，亞契隨即返回戰場。克莉絲蒂參與紅十字會工作，在醫院擔任護士和藥劑師，因此對藥理和毒物非常熟悉，造就後來多部推理小說情節都以毒藥殺人。
1916	26 歲	• 開始嘗試寫推理小說，寫出第一部小說《史岱爾莊謀殺案》，主角偵探赫丘勒・白羅的靈感，來自於大戰期間英國鄉間的比利時難民營。本書歷經數家出版社退稿後，終獲柏德雷・海德（The Bodley Head）圖書公司的出版機會，之後並簽下另五本小說的合約。
1919	29 歲	• 前一年亞契返回英國，八月生下女兒露莎琳。

1920	30 歲	• 出版《史岱爾莊謀殺案》。
1922	32 歲	• 出版第二部小說《隱身魔鬼》，主角是夫妻檔偵探湯米和陶品絲。 • 與亞契至南非、澳洲、紐西蘭、夏威夷和加拿大等國旅行十個月，在南非得到《褐衣男子》的靈感。
1923	33 歲	• 三月出版第三部小說《高爾夫球場命案》，白羅再度登場。
1926	36 歲	• 四月母親過世，克莉絲蒂陷入憂鬱。 • 六月在「威廉・柯林斯父子出版社」出版《羅傑艾克洛命案》。 • 八月亞契因外遇提出離婚，十二月初一次爭吵後，克莉絲蒂離家棄車失蹤，消息登上全國新聞。
1927	37 歲	• 一月在悲痛心情中寫出《藍色列車之謎》，第一次創造出聖瑪莉米德村，即後來瑪波小姐居住的村子。 • 分居期間在雜誌刊登以白羅為主角的短篇小說，後來集結出版《四大天王》。 • 十二月在雜誌刊登短篇小說〈週二夜間俱樂部〉，瑪波小姐初登場，後來收錄在一九三二年出版的短篇小說集《十三個難題》。
1928	38 歲	• 十月正式離婚，仍保留「克莉絲蒂」姓氏。 • 秋天搭乘「東方快車」前往土耳其的伊斯坦堡，再轉往伊拉克首都巴格達，參觀考古現場烏爾，認識考古學家伍利夫婦（Leonard and Katharine Woolley）。
1930	40 歲	• 二月應伍利夫婦之邀再訪烏爾，認識考古學家麥克斯・馬龍（Max Mallowan），九月於英國愛丁堡結婚。這段婚姻開啟克莉絲蒂旺盛的創作生涯，兩人到中東考古現場的旅行為許多作品帶來靈感。

		• 婚後克莉絲蒂開始維持固定的寫作行程。十月出版《牧師公館謀殺案》，是第一部以瑪波小姐為主角的小說。 • 出版第一部以「瑪麗．魏斯麥珂特」（Mary Westmacott）為筆名的《撒旦的情歌》，並陸續發表了五部非犯罪小說。
1932	42 歲	• 出版《危機四伏》。
1934	44 歲	• 出版《東方快車謀殺案》，是白羅海外辦案三部曲之一，故事靈感來自中東的旅行經歷。一九七四年第一次改編成電影大獲好評。
1936	46 歲	• 出版《美索不達米亞驚魂》，白羅海外辦案三部曲之二。
1937	47 歲	• 出版《尼羅河謀殺案》，白羅海外辦案三部曲之三，故事背景是年輕時與母親同遊的埃及。一九七八年第一次改編成電影大受歡迎。
1939	49 歲	• 二次大戰期間，克莉絲蒂在大學學院醫院擔任義務藥師，學習到最新的毒藥知識，對於推理小說寫作大有助益。 • 出版《一個都不留》，是克莉絲蒂最著名作品之一。
1941	51 歲	• 出版《密碼》，呈現出克莉絲蒂對戰爭的看法。 • 出版《豔陽下的謀殺案》。
1942	52 歲	• 出版《藏書室的陌生人》、《五隻小豬之歌》等名作。
1944	54 歲	• 以「瑪麗．魏斯麥珂特」為筆名出版第三部作品《幸福假面》，被美國書評人發現是克莉絲蒂的作品，讓她從此失去匿名創作的自在樂趣。

1950	60歲	• 獲選為皇家文學學會的會員。
1953	63歲	• 出版《葬禮變奏曲》。
1956	66歲	• 一月獲頒大英帝國爵級大十字勳章（GBE）。 • 十一月以「瑪麗．魏斯麥珂特」為筆名出版《愛的重量》，是這個筆名的最後一部作品。
1958	68歲	• 成為「偵探作家俱樂部」主席。
1960	70歲	• 馬龍獲頒大英帝國爵級大十字勳章。
1961	71歲	• 獲得艾克塞特大學頒發榮譽文學博士學位。
1968	78歲	• 馬龍獲封為爵士，克莉絲蒂亦被稱為馬龍爵士夫人。
1971	81歲	• 獲頒大英帝國爵級司令勳章（DBE），獲封為女爵士。
1973	83歲	• 出版最後一部創作《死亡暗道》，亦為湯米和陶品絲最後一次辦案。
1974	84歲	• 最後一次公開露面，出席電影《東方快車謀殺案》首映會。
1975	85歲	• 八月六日，白羅成為有史以來第一次在《紐約時報》頭版刊出訃聞的小說主角，宣傳九月即將出版的《謝幕》，這也是白羅最後一次辦案。
1976	86歲	• 一月十二日去世。 • 十月出版《死亡不長眠》，瑪波小姐的最後一次辦案。

克莉絲蒂推理原著出版年表

1920　史岱爾莊謀殺案 The Mysterious Affair at Styles（神探白羅系列）
1922　隱身魔鬼 The Secret Adversary（神探湯米＆陶品絲系列）
1923　高爾夫球場命案 The Murder on the Links（神探白羅系列）
1924　白羅出擊 Poirot Investigates（神探白羅系列）
1924　褐衣男子 The Man in the Brown Suit（神探雷斯上校系列）
1925　煙囪的祕密 The Secret of Chimneys（神探巴鬥主任系列）
1926　羅傑艾克洛命案 The Murder of Roger Ackroyd（神探白羅系列）
1927　四大天王 The Big Four（神探白羅系列）
1928　藍色列車之謎 The Mystery of the Blue Train（神探白羅系列）
1929　七鐘面 The Seven Dials Mystery（神探巴鬥主任系列）
1929　鴛鴦神探 Partners in Crime（神探湯米＆陶品絲系列）
1930　牧師公館謀殺案 The Murder at the Vicarage（神探瑪波系列）
1930　謎樣的鬼豔先生 The Mysterious Mr. Quin（神探鬼豔先生系列）
1931　西塔佛祕案 The Sittaford Mystery
1932　十三個難題 The Thirteen Problems（神探瑪波系列）
1932　危機四伏 Peril at End House（神探白羅系列）
1933　十三人的晚宴 Lord Edgware Dies（神探白羅系列）
1933　死亡之犬 The Hound of Death
1934　三幕悲劇 Three Act Tragedy（神探白羅系列）
1934　李斯特岱奇案 The Listerdale Mystery
1934　帕克潘調查簿 Parker Pyne Investigates（神探帕克潘系列）
1934　東方快車謀殺案 Murder on the Orient Express（神探白羅系列）
1934　為什麼不找伊文斯？ Why Didn't They Ask Evans?
1935　謀殺在雲端 Death in the Clouds（神探白羅系列）
1936　ABC 謀殺案 The A.B.C. Murders（神探白羅系列）
1936　底牌 Cards on the Table（神探白羅系列）
1936　美索不達米亞驚魂 Murder in Mesopotamia（神探白羅系列）

1937　巴石立花園街謀殺案 Murder in the Mews（神探白羅系列）
1937　尼羅河謀殺案 Death on the Nile（神探白羅系列）
1937　死無對證 Dumb Witness（神探白羅系列）
1938　白羅的聖誕假期 Hercule Poirot's Christmas（神探白羅系列）
1938　死亡約會 Appointment with Death（神探白羅系列）
1939　一個都不留 And Then There Were None
1939　殺人不難 Murder Is Easy/Easy to Kill（神探巴鬥主任系列）
1940　一，二，縫好鞋釦 One, Two, Buckle My Shoe（神探白羅系列）
1940　絲柏的哀歌 Sad Cypress（神探白羅系列）
1941　密碼 N Or M?（神探湯米＆陶品絲系列）
1941　豔陽下的謀殺案 Evil Under the Sun（神探白羅系列）
1942　五隻小豬之歌 Five Little Pigs（神探白羅系列）
1942　藏書室的陌生人 The Body in the Library（神探瑪波系列）
1943　幕後黑手 The Moving Finger（神探瑪波系列）
1944　本末倒置 Towards Zero（神探巴鬥主任系列）
1945　死亡終有時 Death Comes as the End
1945　魂縈舊恨 Remembered Death（神探雷斯上校系列）
1946　池邊的幻影 The Hollow（神探白羅系列）
1947　赫丘勒的十二道任務 The Labours of Hercules（神探白羅系列）
1948　順水推舟 Taken at the Flood（神探白羅系列）
1949　畸屋 Crooked House
1950　謀殺啟事 A Murder Is Announced（神探瑪波系列）
1951　巴格達風雲 They Came to Baghdad
1952　殺手魔術 They Do It with Mirrors（神探瑪波系列）
1952　麥金堤太太之死 Mrs. McGinty's Dead（神探白羅系列）
1953　黑麥滿口袋 A Pocket Full of Rye（神探瑪波系列）
1953　葬禮變奏曲 After the Funeral（神探白羅系列）

1954　未知的旅途 Destination Unknown
1955　國際學舍謀殺案 Hickory, Dickory, Dock（神探白羅系列）
1956　弄假成真 Dead Man's Folly（神探白羅系列）
1957　殺人一瞬間 4:50 from Paddington（神探瑪波系列）
1958　無辜者的試煉 Ordeal by Innocence
1959　鴿群裡的貓 Cat Among the Pigeons（神探白羅系列）
1960　哪個聖誕布丁？ The Adventure of the Christmas Pudding（神探白羅系列）
1961　白馬酒館 The Pale Horse
1962　破鏡謀殺案 The Mirror Crack'd from Side to Side（神探瑪波系列）
1963　怪鐘 The Clocks（神探白羅系列）
1964　加勒比海疑雲 A Caribbean Mystery（神探瑪波系列）
1965　柏翠門旅館 At Bertram's Hotel（神探瑪波系列）
1966　第三個單身女郎 Third Girl（神探白羅系列）
1967　無盡的夜 Endless Night
1968　顫刺的預兆 By the Pricking of My Thumbs（神探湯米＆陶品絲系列）
1969　萬聖節派對 Hallowe'en Party（神探白羅系列）
1970　法蘭克福機場怪客 Passengers to Frankfurt
1971　復仇女神 Nemesis（神探瑪波系列）
1972　問大象去吧！ Elephants Can Remember（神探白羅系列）
1973　死亡暗道 Postern of Fate（神探湯米＆陶品絲系列）
1974　白羅的初期探案 Poirot's Early Cases（神探白羅系列）
1975　謝幕 Curtain: Hercule Poirot's Last Case（神探白羅系列）
1976　死亡不長眠 Sleeping Murder（神探瑪波系列）
1979　瑪波小姐的完結篇 Miss Marple's Final Cases（神探瑪波系列）
1991　情牽波倫沙 Problem at Pollensa Bay
1997　殘光夜影 While the Light Lasts

國家圖書館出版品預行編目（CIP）資料

藍色列車之謎 / 阿嘉莎・克莉絲蒂（Agatha Christie）著；于雷譯. -- 三版. -- 臺北市：遠流出版事業股份有限公司, 2022.10
面；　公分. -- (克莉絲蒂繁體中文版20週年紀念珍藏 ; 14)
譯自 : The mystery of the blue train
ISBN 978-957-32-9742-0(平裝)

873.57　　111013854

克莉絲蒂繁體中文版 20 週年紀念珍藏 14

藍色列車之謎

作者 / 阿嘉莎・克莉絲蒂
譯者 / 于雷

主編 / 陳懿文、余式恕　封面、內頁設計 / 謝佳穎
排版 / 連紫吟、曹任華　行銷企劃 / 舒意雯
出版一部總編輯暨總監 / 王明雪

發行人 / 王榮文
出版發行 / 遠流出版事業股份有限公司
地址 / 104005臺北市中山北路一段11號13樓
電話 / (02)2571-0297　傳真 / (02)2571-0197　郵撥 / 0189456-1
著作權顧問 / 蕭雄淋律師

2002年6月1日 初版一刷
2022年10月1日 三版一刷
定價 / 新臺幣380元 (缺頁或破損的書，請寄回更換)

ISBN 978-957-32-9742-0

遠流博識網 http://www.ylib.com　E-mail: ylib@ylib.com
遠流粉絲團 https://www.facebook.com/ylibfans

www.agathachristie.com